小镇疑云

(美) 麦克·哈维 ◎著
(Michael Harvey)

吴洁静 ◎译

青岛出版社

图书在版编目（CIP）数据

小镇疑云 / (美) 麦克·哈维著；吴洁静译. —青岛：青岛出版社, 2019.3
 ISBN 978-7-5552-5931-2

Ⅰ. ①小… Ⅱ. ①麦… ②吴… Ⅲ. ①长篇小说-美国-现代 Ⅳ. ①I712.45

中国版本图书馆CIP数据核字 (2017) 第263770号

Copyright © 2016 by Michael Harvey
Published in agreement with The Gernert Company, through Bardon-Chinese Media Agency, Taiwan
Simplified Chinese edition copyright © 2019 by QingDao Publishing House CO., LTD
All rights reserved.

山东省版权局著作权合同登记 图字：15-2017-116号

书　　名	小镇疑云
作　　者	（美）麦克·哈维
译　　者	吴洁静
出版发行	青岛出版社（青岛市海尔路182号，266061）
本社网址	http://www.qdpub.com
邮购电话	13335059110　0532-68068026
策划编辑	刘　坤
责任编辑	刘　冰
封面设计	末末美书
制　　版	戊戌同文
印　　刷	山东临沂新华印刷物流集团有限责任公司
出版日期	2019年3月第1版　2019年3月第1次印刷
开　　本	32开（880mm×1230mm）
印　　张	10.75
字　　数	215千
书　　号	ISBN 978-7-5552-5931-2
定　　价	49.00元

编校印装质量、盗版监督服务电话　4006532017　0532-68068638

谨此纪念"猫"布莱恩·沃德，
一个彻彻底底的波士顿人

有多少次我在雨中躺在陌生的屋顶之下,思念着家呢。

——威廉·福克纳《在我弥留之际》

目 录

序　幕（1971年）　⋯　001

第一部（1975年）　⋯　007

第二部　⋯　077

致　谢　⋯　333

序幕

1971年

在查尔斯河的岸边,凯文第一次与波比·斯凯尔斯打交道。当时,无所事事的凯文正在灰绿色的河水上玩着打水漂,看着小石子在浮着一层油的河面上轻快地跳跃。他回头时,刚好看见波比走在一条蜿蜒的小路上。波比年纪稍大些,十二三岁,有一头乌黑的头发和一张在阳光的照射下显得苍白的脸。他低着头走路,一边走一边踢着地面,肩上背着一个麻布袋子,袋子里有什么东西在扭动。

"嘿!"凯文说。他以前在附近见过波比,他心里清楚,这里没有人敢招惹波比。这并不是因为波比个子高,其实他并不高;也不是因为他随身带着枪或刀,或许他确实带着,但是凯文从没见过。波比没有父母——这通常会让一个孩子显得比较冷漠无情,而每当波比用一种安静冷酷的目光凝视着你时,确实会给你这样的感觉。住在布莱顿的每个人都知道,波比·斯凯尔斯不会惹是生非,但也不好欺负。

"你在这里做什么?"波比问。

凯文尽量不去看那个依然在大男孩的脚边抽搐着的袋子:"只是扔扔石头。我叫凯文。"

"我知道你是谁。"

"袋子里装的是什么？"

波比蹲下来打开了袋子。一只狗的脑袋突然探了出来，黄色的牙齿闪闪发亮。波比把一只手放在狗的口鼻上，让它平静下来："我绑住了它的腿，所以它站不起来。再说，它本来就不算很强壮。"

"它怎么了？"

"你知道胖子弗兰克吗？"

谁都知道胖子弗兰克·泰西欧。他开一辆绿色的普利茅斯梭鱼车，喜欢独自坐在公园的长椅上看球赛，或者在清冷的蓝色月光下抽烟。一天下午，弗兰克把车停在波比坐着的路沿边，不停地骚扰他，厚厚的嘴唇上露着微笑。胖子弗兰克还没来得及探过身子打开右边的车门，波比就已经跑开了。

"那个混蛋把这只狗拴在他的地下室里，"波比说，"还用切下来的一段管子拼命地抽打它，所以我把它带了出来。"

凯文数了数狗身体一侧的肋骨，才六根[①]。这只狗有一张杂种狗特有的瘦削脸，脖子和肩膀上长着白色的斑纹，眼睛模糊，眼眶通红。凯文走近时，它张大了嘴，想要站起来。

"你最好待着别动。"

凯文在一棵树边坐了下来，一动不动。"你打算做什么？"他问波比。

波比挠着狗的耳后。它的耳朵短小而弯曲，好像一对干燥的皮革。凯文听着它艰难的呼吸声，看着它飞快地伸缩舌头。

"我要去河里。"波比指着一排树林，"如果你听到有人来了，就对我喊一声，行吗？"

凯文点点头。他不知道自己为什么会点头，不知道自己为

[①]狗的身体两侧应各有十二根肋骨。

什么没有撒腿跑开——他的确没有。波比带着狗和其他东西走下山坡。凯文移动了一下，为了能看到河面上的阳光勾勒出的男孩和狗的身体轮廓。波比俯下身子，与杂种狗头倚着头，就这样过了好像有三四辈子那么长的时间。然后，他坐了下来，抚摸着狗的口鼻，凝视着远处的河水。过了一会儿，他把袋子里的石头拿了出来——一些又扁又沉的石头——然后把狗头朝下装进袋子里，抓紧袋口，用一根绳子扎了起来。接着，他又一次俯身靠近袋子，开始低语。这一套仪式让凯文感觉波比仿佛是祭坛上的男孩，正在念着神父们站在祭坛后面、双手放在圣杯上时默念着的祷词。波比抓起一块最大的石头，把它高高举起，然后重重地砸下。一次，两次，三次……袋子始终一动没动。狗没有发出一点儿声音。波比把这块石头连同另外三块差不多大的石头一起放进一个小背包里，捆在绳子的另一头。他蹚着水，往查尔斯河里走去，直到河水没过他的大腿。然后他把袋子推进了河里。袋子沉入水里时，他在胸口画了一个十字，接着走了回来。凯文依然坐在原地，双臂抱在胸前，像个婴儿一样哭喊着，毫无顾忌。波比在他身边坐下，捡起一块石头。这块石头一边黑一边白，光滑得像块玻璃。

"我三次把它从胖子弗兰克的地下室里拖出来，但它总是跑回去。"波比把石头投了出去。石头在水面上跳了四下，然后被河水绊住，沉了下去，"后来，我想明白了，有些东西还是死了的好，抗争是没有用的。"

凯文的眼神直直地穿过前方无尽缥缈的空间，看着世界在波比·斯凯尔斯苍白的眼眶里旋转、颤抖，有生命，有死亡，还有其他的一切。十分钟后，袋子没有浮上来。波比站起身子，凯文站在他的影子里。他俩离开了。

第一部　1975年

第一章

击球，靠的只是胯和手。一旦想得太多，就不止这些了。不过，凯文才十五岁，世界对他而言依然十分简单——看见球，击球，用胯和手。

来自查尔斯镇的小孩站在土丘后面，手里摩擦着一个新的棒球，好像"鲶鱼"①。凯文向前一步，抓起一把泥土，好像"屠夫"②。投球手从后方走上土丘。凯文让他等着。观众席上挤满了一张张焦虑苍白的脸。有人叫凯文回他的击球区，凯文叫他头也别回地滚。接球手嘟哝了几句，裁判揭下面罩大吼，让所有人都闭嘴。凯文前后挥动着球棒，掂掂分量，找找手感。他的眼睛正盯着投球手，投球手也望着他。凯文退回到击球区，抬脚将鞋钉拔出松软的泥土。凯文的球队目前正以 0 比 2 落后，他握着球棒的手向上移动了 1 英寸③左右。汤米·杜塞特在二垒上跳了跳，有人在三垒上大叫。凯文将球棒挥向土丘，一次，两次。投球手做了个假动作，接着投出了球——一个内弧线快球，但还不够靠内。凯文甩开胯部，挥臂击球。在

①指美国著名棒球运动员、绰号为"鲶鱼"的投球手 Catfish Hunter。
②指美国著名棒球运动员、绰号为"屠夫"的接球手 Carlton Fisk。
③ 1 英寸约为 2.54 厘米。

他击中球的那一瞬间，他知道三垒球员已经没有机会了，唯一的问题是这个球能否落在界内。凯文一边跑，一边偷偷瞟了一眼。球沾上了一点儿粉笔灰，快速地滚到一群当地人中间。人们在一堆泡沫塑料盒和啤酒罐子间四处逃散。裁判大叫"界内"。这时，凯文已经碰过了一垒，正贪婪地冲向二垒。他顺着惯性向前奔跑着，虽然游击手已经把手套搁在了头顶。六个队员重叠着扑在了击球区里，汤米·杜塞特被压在最底下。布莱顿队在别人的公园里打比赛，后来却作为主队进入了城市杯半决赛。现在，他们又赢了，3比2。

凯文站在二垒上，感觉心脏在胸腔内剧烈地跳动着。他的队员们转过身，开始向他跑来——一连串带着草屑的身影，永远定格在他的心里。他摘下头盔，从此再也不知道头盔去了哪儿，因为接着他的队员们扑倒了他，将他紧紧地压在坚硬的内场地上，在周围几百个查尔斯镇球迷的注视和咒骂之下。在十五岁的时候，比赛是一件很单纯的事情，是一个独立的世界。然而，那段时光正在走向终结。凯文心里隐约明白，这一切不会再来了。

他们神情恍惚地开车离开了查尔斯镇。凯文坐在泰迪·博伊尔那锈迹斑斑的敞篷车后座上。泰迪是棒球队的助理教练，因一次被捕而出了名。被捕的原因是有个邻居发现泰迪的老婆死在他家的床上。泰迪信誓旦旦地说自己与尸体在同一张床上睡了两个晚上，也没发觉任何异样。泰迪还告诉警察，他老婆总是睡得很死，而且他俩平时也不怎么说话。法医的鉴定报告出来了，上面显示泰迪的老婆死于大量的颅内出血，警察于是放了他。此后，泰迪对他在酒吧里的朋友们就有了一个不同寻常的故事可讲。

在离开停车场之前，泰迪给每个孩子发了一根球棒，因为担心他们走不出查尔斯镇。泰迪歪戴着圆礼帽,把一个冰冷的酒瓶子塞在裤裆下。他在开车穿过汤姆森广场时,乱按着喇叭,对当地人竖起中指。一到达斯多罗路,他就叫孩子们收起球棒,然后给了他们每人一罐啤酒。清爽的啤酒流过喉咙,感觉好极了。泰迪以每小时75千米的速度在斯多罗路上行驶着。河对岸的哈佛大学和钟楼闪烁着红白相间的光芒。开车路过时,泰迪带领全车一起高呼"布莱顿和城市杯冠军!"当车摇摇晃晃地驶过橡树广场时,人们正从各式各样的酒吧里出来,源源不断地涌上大街。查尔斯镇已经连续三年获得城市杯冠军,第四年继续夺冠的呼声也很高。没有人看好布莱顿。布莱顿队绕着塔尔公园兜圈子,泰迪乱按了一通喇叭,然后把车开进了酒吧停车场。与此同时,球队教练吉米·费兹把啤酒泼得满车都是。孩子们鱼贯而出。费兹抓住凯文的后脖子,用短硬的胡碴儿蹭他的脸。

"我告诉过你什么来着?我告诉过你什么来着?"

费兹放开了凯文,开始在路边的沟渠里跳起一段吉格舞。凯文解释说他们还有一场比赛要打,但教练不听。有人在喊费兹的名字,费兹往那儿走去。半路上,他停下脚步,仰起头,对着没有星星的夜空,鬼鬼祟祟地长嚎了一声。又只剩下凯文一个人了。他穿过马路上拥挤的人群,淡然地接受各种推推搡搡,直到最后摆脱了出来。橡树广场的中央地带是一个环形交通枢纽,里面有一小块被公园长椅围绕着的草坪。布莱顿的人们称之为"圆圈"。波比·斯凯尔斯坐在其中一张长椅上,一边看着庆祝活动,一边喝着布莱汉姆牌冰沙。

"你们赢了?"

"嗯。"凯文在他身边坐下。

"怎么赢的?"

"2比3。有一支二垒安打。"

"接下来的对手是谁?"

"和多彻斯特争夺城市杯冠军。我想比赛会在市中心进行,波士顿公园之类的地方。"

波比喝完饮料,把杯子扔进垃圾桶:"我在那里打过球,很好的场地,没有石头,是真正的草坪,还有一套广播设备。"

"别开玩笑了。"

"真的,他们会在广播里报出每个击球手的名字。"波比是布莱顿史上最好的棒球选手。凯文记得有一天晚上,他在挡球网的后面,看着波比把三个球击出右场区的围栏,球最后落在友谊酒吧的停车场里。布莱顿最后以5比6输给了麦得弗,但是在赛后,大家谈论的都是波比和他出色的左手击球。

"多彻斯特一直很难对付,"波比说,"队里有很多曲棍球选手。"

凯文耸耸肩,好像他无所谓,但这是装出来的。波比细细琢磨着他。

"你想吃片披萨吗?"凯文问。

他们穿过华盛顿大街,走进帝国披萨店。老板是一个矮小整洁的意大利人,大家都叫他"乔"。乔坐在桌子边,一边折着外卖盒子,一边阅读足球杂志。

"你们赢了?"乔问。

凯文点点头。

"好样的!来一片披萨?"

波比竖起两个手指。他们坐在路沿上吃披萨——热乎乎的满是番茄、芝士和油脂的酥脆的意大利辣肠披萨,有着像枕头一样松软的饼皮。凯文这时才发现他的球裤被扯破了,上面还沾着血迹。他把裤管卷到膝盖处,把伤口上的细石和尘土尽可能地抹去。

"你明天上班吗?"波比问。

每个周末,凯文都会去他外婆的出租车公司上班。波比住在出租车公司楼上的一个空房间里。从小到大,他辗转在好几个寄养家庭里。十三岁那年,他终于在一家由几位剑桥牧师经营的孤儿院里安顿了下来。后来,凯文的外婆把他带回了家。凯文还记得外婆把波比带回家那天的情形。外婆再三发誓,说自己再也不会去做弥撒了。她和凯文的母亲一整晚都没睡,一边抽烟喝茶,一边窃窃私语,谈了过去几十年里对诵经的看法。波比在十六岁那年退学了。他不笨,一点儿也不笨,但他确定自己命该如此。第二天,他就开起了出租车。

"我会在九点左右来上班。"凯文说。

"七点就来。我们去杰福学校看看,你开一会儿车。"

"我还没拿到驾照。"

"去他的驾照,我们就在空地上转转。再说,你外婆不会介意的。"波比拍了拍凯文的帽檐,"祝贺你们赢了比赛!接下来,去把多彻斯特打个屁滚尿流。"

凯文看着波比走回"圆圈",在之前同一张长椅的同一个位置上坐下。他往前伸出双腿,沿着椅背展开双臂,心满意足地审视着眼前快速旋转着的世界。凯文模仿着他的姿势,手肘撑着地面向后仰着,穿着球鞋的双脚垂在排水沟里。一辆轿车撞上了"圆圈",放慢了速度。一个孩子从后窗伸出头,但波比挥手示意他继续前进。在广场的另一边,泰迪·博伊尔正站在汽车的引擎盖上引吭高歌。凯文听不清泰迪在唱什么,因为有人正在捶击汽车喇叭。等到明天,人们将爬出他们的三层小楼去上班。有人在火车上检票,有人为住在牛顿的某位富太太的房间墙上敲钉子,有人在奥尔斯顿修理汽车的汽化器和漏气的轮胎。他们在午餐时喝上一杯鸡尾酒或啤酒,在愤怒中沸腾,在悲伤中溺亡。不过,那将是明天的事情。今晚,他们只管庆祝。

凯文独自走上钱普尼大街。参差不齐的联排住宅和三层小楼为夜晚打开了灯,好像一块黯淡的黄色污斑跑上山坡,融入夜色里。一个阴影在凯文的右侧猛然一动,接着,秦太太的脸闪现在二楼的窗户后面。秦太太和她的丈夫经营着一家洗衣店,和女儿们一起住在洗衣店楼上的一套三室公寓里。凯文小时候很害怕见到秦太太,不敢看她的脸,因为她的脸上有几块蜕皮的白斑。凯文的外婆解释说,"他们扔炸弹"那会儿,秦太太正住在日本广岛,爆炸灼伤了她的脸。凯文问外婆,明明是"我们"扔的炸弹,为什么她偏要说是"他们"扔的。外婆说:"你的问题真是问在了点子上,你什么时候变得那么聪明了!"

凯文犹豫了一下,然后举起手,向秦太太挥了挥。秦太太的双眼正盯着凯文,看上去就像一只被拴在树上的动物,再也不会相信任何人。凯文继续往山上走,一直走到8号门前。悬在大街上方的凸窗前,亮着一盏孤灯。那里会有一个老男人,坐在他的椅子里,喝着满满一杯威士忌,抽着雪茄,独自不成调地哼唱着。他已经通过某种途径知道了比赛的事情,知道凯文奠定胜局的一记击球,也知道那会要了凯文的命。

凯文走过一条通往三层小楼另一侧的隐蔽小径。门廊上的灯光在被用作后院的长满杂草的空地上投下纤弱的阴影。一片灌木丛组成的深色帷幔围住了这片地产的一侧;而另一侧则被占地两英亩①,由树林、花岗岩和疯长的杂草组成的印第安岩石公园隔

---

① 1英亩约为4046.86平方米。

开。印第安岩石公园是教堂的财产,是方圆五千米内每一个想醉酒、想跟人睡觉或者最好两者皆有的年轻人最喜欢的地方。在长满杂草的空地后方,有一排装着铁链的围栏和一幢两层楼高的房子。房子有一个斜坡屋顶,旁边围绕着五六个黑影。那是凯文外婆的出租车公司。凯文考虑着要不要走进去,在办公室里的沙发上睡一觉。那里有一张毯子和几个枕头,还有一台电视机,他可以推出去,在黑暗中观看。最后,凯文还是匆匆地走上了三层小楼背面的台阶,偷偷溜进了一楼的公寓。

在一个改成食物储藏室的房间里,地板上放置了一张床垫,平时凯文就睡在上面。走廊的另一头有两间真正的卧室,他的妹妹们睡在其中一间里。从客厅的电视机里传来转播波士顿红袜队比赛的吵吵嚷嚷的声音。凯文一边听着,一边小心翼翼地打开了他妹妹房间的门。两张单人床都靠墙摆放着,挤满了狭小的房间。一张床的上方贴着几张电影海报,有《小鹿斑比》《小飞象》《绿野仙踪》,以及和朱莉·安德鲁斯[①]有关的一切。凯文的小妹妹科琳今年九岁,沉迷于幻想世界。从各方面来考虑,他无法责怪她。在另一张床上方的书架上,放着一本厚厚的医学词典和一本印制粗糙的《格雷氏解剖学》,都是布丽吉特的书。布丽吉特比凯文小三岁,她喜欢把东西拆开来看看它们是如何运转的。除了烤面包机,布丽吉特还曾经把她在院子里抓到的蜘蛛的腿拔了下来。然而,比起其他任何事情,布丽吉特最喜欢做的是戳穿她的小妹妹的心思,然后看着她扭来扭去很难为情的样子。凯文正要退出房间时,科琳抬起了头,抖开她乱蓬蓬的长发,打了个哈欠。

"几点啦?"

---

① Julie Andrews(1935—),英国著名演员、歌手、舞蹈家及戏剧导演。

"快十点了。接着睡吧。"

科琳又打了个哈欠,在被子底下舒展了一下双腿。她依然能像个孩子似的熟睡,这让凯文很嫉妒,而他自己也不知道为什么。

"你们赢了吗?"她问。

"当然。"

科琳伸出手。凯文把一个棒球放在她的手里。这是他们从初夏时开始举行的一个仪式,她在每个球上写下日期,然后把它们保存在床底下的一个硬纸板盒里。凯文取笑她,好像自己这么做只是为了帮小妹妹的忙,但实际上,他暗自兴奋,那感觉有点儿像棒球联盟赛的选手在每个交出去的球上签名。科琳正研究着她刚收集到的这个球,一只手从一团毯子里悄悄伸了出来,从她的手中抢走了球。科琳抬头看着凯文,大眼睛里噙着泪水。

"别这样。"凯文轻声说。

布丽吉特从毯子底下探出脑袋,十二岁孩子的嘴唇间挤出一个苍白的笑容:"让她哭。"

科琳正要号啕大哭时,凯文听见客厅里有动静。"拿着。"他的手套里还有一个球,他把它给了科琳,"反正这才是赢得比赛的球。"

"真的?"科琳立即高兴起来。

"他撒谎。"布丽吉特说,"我手上这个才是赢得比赛的球,所以刚才他把它给了你。"

一个人的形象在凯文的脑海中闪现。他的母亲,手上涂着指甲油,正在给科琳做厚厚的卷发。卷发散落在科琳的背上时,她不断地发出赞叹和惊呼。布丽吉特坐在角落里,看着镜子中的自己。她讨厌在镜子里看到的每一件东西和每一个人,但最讨厌的还是她自己。凯文感到一丝痛苦，用哥哥才有的流畅轻松的动作，从布丽吉特手里夺过了球。"你们两个都去睡觉。科琳，先拿好你那个球，我们之后会再把事情搞清楚。"

走廊上又传来一阵嘎吱声——有人走到了大门口，然后又回到了客厅。

"你最好在他来之前离开。"布丽吉特吓得尖声说道。凯文在转身进入走廊、走向食物储藏室的途中，感觉布丽吉特的眼神刺透了自己的背脊。他在大窗户下方铺了床，然后躺在上面，看着世界在长长的月光下转动着，倾听着脚步声，直到睡着。

第二章

凯蒂·皮尔斯猛吸了一口烟。烟雾充满了她的肺部,然后被她轻轻地吐出,消散在早晨凛冽的空气里。他快要起床了。她得把凯文弄出屋子,然后去准备早餐。她的心思越过给人不祥之感的印第安岩石公园,爬上后方的小山。山顶上坐落着圣安德鲁学院,一所女子高中。二十年前,她是那里的学生,1955级。凯蒂又吸了一口烟,在缭绕的烟雾中展开她的回忆。一些上了年纪的男人——有着高鼻梁、瘦削的脸、黄色牙齿的威士忌爱好者,坐在一张单薄的木椅上,冷漠的黑眼睛下方是粗糙红润的两颊。波士顿,上层阶级,贵族血统,她的脑海中浮现出她的竞赛对手——四个来自其他学校的学生,都是男孩。在等待上场比赛的时间里,他们打量着彼此。两个学生在角落里窃窃私语。另一个看起来想跟她说话,但她冷若冰霜,拒对方于千里之外。恐惧在她的胃里凝结。他们分别来自拉丁学校、波士顿学院附属高中、菲利普艾斯特中学和格罗顿中学,都是精英[1]。她自己就像歌利亚对战大卫[2]。

---

[1] 原文为法语。
[2]《圣经》中记载,歌利亚是非利士地的将军,带兵进攻以色列,他拥有无穷的力量,所有人看到他都要退避三舍,不敢应战。最后,牧童大卫用投石弹弓打中歌利亚的脑袋,并割下他的首级。大卫日后统一以色列,成为著名的大卫王。

他们都是全国演讲比赛的决赛选手。在此之前，圣安德鲁学院从未承办过这项赛事，也从未获过奖。但是这一次，凯蒂将打破历史纪录——修女们对此很有把握，所以她们把全部的重担都堆在了她十七岁的肩膀上，因为她是一个聪明的学生——她极其喜欢她们的这种想法，直到现在也一样。既来之，则安之。这次不像平时的练习——她站在亮堂堂的三楼走廊的一头，而艾伦修女站在另一头，拍打着一个木制计数器，叮嘱她要口齿清晰；也不像之前的预赛，跟着队伍来到比赛现场——圣安德鲁学院的女孩们聪明灵巧、文静、谦虚、自信。她感到恐惧。这次的情形和此前完全不同，他们让决赛选手单独出场。第一位演讲者是一个来自格罗顿中学的二年级学生。他把手轻轻放在讲台上，身体微微前倾，每一个手势都经过设计，干净利落，演讲的主题是新英格兰特权阶级两代人之间的私密谈话。他讲完后，从容不迫地从凯蒂身边轻轻走过，看都没看她一眼。然后，他们念了凯蒂的名字。极其细微的一股尿液沿着她的腿流淌下来。

愚蠢的爱尔兰母牛，傻子，妓女。

当凯蒂走上木头台阶来到讲台边时，父亲的低语在她耳边响起，周围的一切瞬间坍塌了。父亲注意到了女儿受到的关注。是的，他注意到了。所以，在比赛前的第二个晚上，他开车带她出去兜风，向她解释什么是尊卑有别——她的地位，她的身份，她永远会是什么样子。

愚蠢的爱尔兰母牛，傻子，妓女。

凯蒂往观众席望去。她看到一位评委——所有评委中最年长的一位，有着满头银发和紫色的嘴唇。他从口袋里拿出一块手帕，向她挥了挥，示意她开始演讲。凯蒂张开嘴，一个干哑的声音跳了出来。这位贵族评委擦干净嘴唇，身体靠向左边，与旁人窃窃私语，然后露出一个宜人的微笑。一把椅子移动时发出了嘎吱声，凯蒂的心中感到羞耻难耐，脑子里一片空白。她转身逃走了，离开了她已经夭折了的未来，躲在她逐渐冷却的过去里的某个地方。最后，一位修女在厕所的一个隔间里找到了她。修女对凯蒂说，这没关系，下次她能做得很好。但是，艾伦修女再也没和她说过话，再也不像从前那样待她。学院里的所有人也都不再像从前那样待她。她在这个世界上唯一的立足点被混合了眼泪、恐惧和狡诈的潮水彻底冲走了。她从山顶上摔了下来，回到了充满煤烟和灰尘的山谷。她曾经属于那个地方，他们在那里等她，充满着渴望，带着畸形扭曲的笑容，露着尖利的、闪闪发亮的牙。那个曾经如此明亮却又如此短暂地发过光的灯泡在她的脑海中闪了一下，灯丝微微泛了泛红光。从此以后，她的心便永远走向了黑暗。

愚蠢的爱尔兰母牛，傻子，妓女。

凯蒂·皮尔斯把烟蒂弹进了清晨的微风里，看着它落在草丛里，慢慢熄灭。房子里传出更大的动静，他很快就要起床了。凯蒂必须开始准备早餐，还必须把她唯一的儿子弄出来，在他们把他也生吞活剥了之前。

第三章

凯文醒来时闻到一股刺鼻的香烟燃烧的味道，他的床单和衣服也染上了这种味道，把他包围了起来。母亲已经醒了，站在后门廊上，让厨房的门敞开着，在寒风中享受地抽着烟。凯文把毯子拉到下巴上，又享受了一会儿床的温暖，听到远处收破烂的人已经开始了早晨的几圈走动。那个人开着一辆旧卡车，以每小时五千米的速度在街区里游荡。驾驶座旁边的门上挂着一条绳子，上面拴着一个铁盘。收破烂的人把脑袋伸出车窗，同时用一把勺子敲击铁盘，用单调的声音反复叫着："有没有破烂啊，有没有破烂啊，有没有破——烂啊……"

凯文听着收破烂的喊声越来越轻，直到它消失在山下。周围又恢复了安静。母亲回到了屋里，来回走动着，拖鞋剐蹭着裂开的地板油毡。凯文一直等到烧水壶的鸣叫声响起，才穿上衣服，蹑手蹑脚地走进厨房。

现在才九月初，但天气比往年冷一些。暖气还没开始供应，所以母亲点燃了火炉，让炉门开着。凯文拉了一把椅子，在炉子前坐下，用母亲修补过的贝瑞茶①的杯子喝水。

"想要我做一点儿吗？"母亲问，手里举着一袋谢菲牌玉米

---

①爱尔兰红茶品牌。

麦芬①预拌粉。凯文很喜欢玉米麦芬,母亲认为这能补偿其他的一切——一袋售价19美分,一种便宜的补偿方式。

"当然,妈妈。玉米麦芬太棒了。"

那就是她需要的全部的安慰。十分钟后,麦芬做好了——模样小小的,混着粗糙的玉米粉,但是热乎乎的,裹着一团黄油。凯文一边喝茶,一边吃了两个。母亲坐在他旁边,瞪着某个只有她能看见的空白区域。几分钟后,她坐在椅子里的身体开始紧绷,眼睛转向走廊。

"你爸爸起来了。"

凯文听到了她声音里空洞的恐惧,感觉这种恐惧也在自己肚子里膨胀开来。他用勺子舀起了另一块蛋糕,把它包在纸巾里,然后往后门走去。母亲帮他披上外套。

"妈妈……"凯文扭开身子,但她仍然在他脸颊上亲了一下。

"去吧。"她用大拇指腹擦了擦他脸上的吻痕,拨开他额头上的刘海,"我爱你,凯文。"

"我得走了。"

她握住他的下巴,强迫他看着自己的眼睛:"我真的很爱你,凯文。这你是知道的。"

"嗯。"浴室里传来了水龙头放水的声音,"我得走了。"

"上去看看她。"她抬眼看着天花板。

"我要迟到了。"

"上去看看她,只要几分钟。"

凯文抓起手套,溜到楼梯口。母亲在他身后啪的一声锁上了门。他听到了厨房椅子刮擦地面的声音以及透过薄薄的木门传来的断断续续的说话声。他转身爬上楼梯,一步两个台阶。

---

① 一种纸杯蛋糕。

毛发光亮的猫无精打采地站在阴影里，放松着身体，看着男孩像印第安人捕猎似的静悄悄地爬上楼梯，同时用一只棒球手套拍打着自己的大腿。男孩走进三楼的公寓，消失在视野里。猫等待着，杏色的眼珠上下摆动，一会儿望着出租车公司的前窗，一会儿望着老妇人住的顶楼。树叶在微风中沙沙作响。猫眯起眼睛看着太阳。不冷不热的太阳很快越爬越高，几块磨砂玻璃吸收了它微弱的光线。猫舒展着它背上的肌肉，想了想男孩，又想了想老妇人。还有一个小时，她才会穿过院子。猫退缩进灌木丛，盘踞着，等待着。

第四章

玛丽·伯克喝了一小口茶，想着她的那些内衣。她把它们藏在了公寓的各处，以防在某天深夜或清晨，她需要一件内衣，但哈利根商店还没开门。她从厨房桌子边站起来，走进客厅，拨弄着门架子上的一团团灰。烟头依然留在它刚才被玛丽扔下的地方，玛丽把它带回厨房，又一次点燃它，轻柔的烟被她吸入肺部。到了晚上，有时她能感觉到喉咙里有痰，厚重的、硬硬的、深褐色的痰，以及乱跳的心脏和挣扎的脉动。玛丽会一直咳嗽，直到气管疏通，心脏恢复正常的跳动频率。接着，她会再点一根烟，只是为了告诉她的肺，谁才是它的主人。她一直躺在床上，一边听收音机里拉里·格里克的节目，一边对着天花板吐烟圈，思考着。一个套着另一个的烟圈就好像那些没有梦的日子。

六十年前，玛丽出生在她现在正在吃早饭的这张桌子上。她是八个孩子中的第七个，长大后既安静又聪明。母亲去世那年，她十三岁。他们对邻居说，母亲是从一段楼梯上掉下来摔死的，但是玛丽很清楚究竟发生了什么。六个月后，她父亲也从同一段楼梯上摔了下来。当时，玛丽和沙克斯（她的五个兄弟之一，玛丽最喜欢的一个）站在楼梯口，盯着父亲的尸体，觉得那是罪有应得。1932年的冬天，玛丽结了婚，那年她十七岁。当今人们或许会称之为强奸，但是当年，在她未来的丈夫夺走她的贞操时，她确实没有什么选择的余地。考虑一些别的事情已经让她筋疲力尽。八年里，玛丽胡乱地生了六个孩子——她是一个常规的性交机器，当他趴在她身上发情时，她只是瞪着墙上的裂缝。从任何方面来看，她的丈夫都和她的父亲一模一样。只是成年的玛丽比小时候更明白事理。她的丈夫害怕她，所以对她的鞭打也是变本加厉。

玛丽在她最大的孩子长到十二岁时，放置了这个壁橱。橱门上有一个黑色的滑动插销，橱里面放了一些枕头和一条毯子。孩子们半夜里会听到父亲从楼梯上走下来，出现在卧房门口，眼睛里带着寒冷空洞的光芒。她把孩子们赶到走廊上，把他们全都塞进壁橱里，自己最后一个进去，插上插销，然后坐着不动。一开始，她的丈夫用拳头捶打橱门。旧木板颤抖了，表面的油漆裂成细卷的片状落下，但橱门还是撑住了。一个排行中间的女儿哭了起来，玛丽双臂环抱着她，用手背擦干她的眼泪。在橱门的另一边，她的丈夫拖来一把椅子，坐下对着他的家人说话。一个一个，轮流说过来。女孩都是妓女，男孩都会搞同性恋。而他们的母亲呢？她在他们认识的第一个晚上就给他口交，就在橡树广场后面的小巷里。她给他口交，他就一直看着她。现在，孩子们知道这些了，她感觉如何？玛丽本来可以告诉他，根本没有任何感觉，但她什么都没说。不过，他已经知道了。终有一天，这会要了他的命。

她吸完最后一口烟，用拇指掐灭了烟头，看着回忆渐渐淡去，消失在炭红色的烟灰里。外面的楼梯上传来脚步声。她慢慢站起来，拖着脚走到后门。这时，门刚好打开，她的外孙凯文站在那里，在晨光的照耀下，凯文灰色的眼睛正与她四目相对。

"你好，外婆。"

"你想喝点茶吗？"

"我正要出去。"

"坐一会儿吧。"

男孩在厨房里的桌子边坐了下来。玛丽已经能够感觉到他的悲伤。这悲伤在一代代人之间泛起涟漪。有些孩子似乎对此免疫,他们坚毅平静的脸上反映着他们具有磐石般基底的灵魂;而有些孩子则和凯文是同类。玛丽的胸口感觉到一阵熟悉的抽搐,她的恐惧像在她的肠子里蠕动的袋子。新的一代即将被端上桌,而她无力阻止。

"你今天上班吗?"她问。

"我打算和波比开车出去兜风。"

"让我猜猜,你想开车?"

"波比说你不会介意的。"

"他这么说的?"玛丽咯咯的笑声转变成了一阵持续的咳嗽声。两个人都没说话,等着玛丽的咳嗽过去。

"你没事吧,外婆?"

"开一辆旧车去。看在上帝的分上,别撞到什么。"她站了起来,把水壶灌满水。

"你会去公司吗?"凯文问。

"我可能早上会去,活动一下身体。"

"怎么了?"

"没事,我只是不想变成老太婆。"玛丽拿出一盒火柴,擦亮一根,点燃炉子上的火膛,"你们昨晚赢了?"

"嗯,我们进了城市杯决赛,"他举起手套,"十一点去训练。"

茶水依然很烫,水壶几乎立刻鸣叫了起来。玛丽拿出一盒红玫瑰茶,在马克杯里放了一包。茶是她一贯的安慰剂——可以治愈各种头痛。与茶相关的一切动作,从必不可少的烧水到准备配茶的吐司,都给她带来安慰,使她感到平静。她知道这很疯狂。但是,当你一边喝茶一边考虑事情时,世界总会变得稍微像样一点儿。至少这是玛丽的观点,无所谓别人怎么看。她拿着水壶倒水时,水溅出来了一点儿。她把茶放在外孙面前,然后又给自己倒了一杯。凯文加了一些糖和牛奶进去。玛丽拿出黄油,开始做吐司。

"妈妈给我做了玉米麦芬。"凯文从口袋里拿出一个白色纸巾包着的东西,打开来。

"哦,很好。"玛丽又坐了下来,拿起麦芬,脚侧以一种紧急焦虑的节奏踢着桌子,"你妈妈好吗?"

凯蒂·皮尔斯是玛丽·伯克倒数第三个女儿,是这个家庭里最聪明、和她最亲近的一个女儿。

"她还好。"

"告诉她我昨天去了商店。算了,还是我自己告诉她吧。"

即使加了牛奶和糖,茶依然很浓,颜色很深,味道很重。祖孙俩坐着,小口喝着茶。

"你爸爸昨晚回来了吗?"她问。

"他在客厅看比赛。"

"就这样?"

"就这样。"

她察觉到男孩的语气,但没多问,只是拿起钢笔,开始做《环球报》上的文字游戏。凯文伸手去拿报纸头版,他一直在读有关"水门事件"的报道,了解整个事件的迂回曲折,和让总统下台的伍德沃德及伯恩斯坦[1]一起出生入死。玛丽从厨房桌子对

---

[1] 指美国《华盛顿邮报》记者鲍勃·伍德沃德和卡尔·伯恩斯坦。他俩在1972年依据线人"深喉"的消息,捅开"水门事件"的内幕,导致当时的美国总统尼克松辞职下台。

面望过来,跟男孩讨论着事件的细节,迫使他捍卫自己的信仰,抓住每一次机会对他发问。整个过程中,她看到了一颗心的盛放。在这个家庭里,没有人上过大学。凯文会是第一个上大学的人,之后还会做很多了不起的事情。

"头条是什么?"

《环球报》正在对"水门事件"进行回顾,关注的是尼克松的现状以及他会如何度过他的下半辈子。玛丽瞥了一眼头版上前总统的脸,然后推开了报纸。

"骗子。"她说。

"尼克松需要做的只是说出实情。"凯文说。

"你不了解共和党。"

"他需要做的就是这些,把偷窃文件的真相说出来。"

"可他为什么要这么做?"

"两个原因:首先,美国人民会原谅他;其次,《华盛顿邮报》本来就要联系他。"

"共和党告诉过约翰·肯尼迪,如果他去达拉斯,他们就杀了他。他们真的这么做了。"

"这跟'水门事件'有什么联系?"

"他们是共和党,这就是联系。"她掰下一块麦芬,把它浸泡在茶里,直到它变软,"你听说了布拉凯特大街上发生的事情吗?"

"什么事情?"

"某个来自费德里斯路的黑人闯进一间公寓,差点儿杀了一个女人。"

"我听说那公寓里没人。"

"当时他身上带着刀,你觉得他打算干吗?"

"你怎么知道他带着刀?你怎么知道他是个黑人?"

玛丽·伯克站了起来,开始踱来踱去。恐惧越旋越紧,在她的胃里打转。

"那些该死的黑鬼。"

"我讨厌那个词,外婆。"

"我不是指他们全部。"

"那也不行。"

"我昨天在后院看到一个。"她脱口而出。

"一个什么?黑人小孩?"

玛丽点点头。那时才下午三点,小孩发现玛丽正在厨房的窗帘后面偷窥他,于是飞快地逃进了巷子里。可是她已经看到了他,这就足够了。

"也许他有个熟人住在附近。"凯文说。

"他一看到我,撒腿就跑。"

"我也整天在后院跑来跑去的。"

她哼唧了一声。男孩将杯中的茶一饮而尽,然后穿上外套。

"波比在等我。"

"过来。"玛丽在他的脸颊上亲了一下,粗糙的手指挠着他的头发,"你说的对,这是个很糟糕的词。"

"那为什么还要说?"

"因为我是个老女人,我感到害怕。我确实应该更明事理。"

"你不必对我道歉,外婆。"男孩的脸红了。

"我当然不必。"她的手滑到凯文的大衣领子下面,用手指感觉了一下衣服的厚度,"穿这些你觉得够暖和了?"

"够暖和了。"

她放开手,把凯文的衣领抚平:"问问波比,他今天早上为什么不顺路来这里看看。"

"我不喜欢问他这种问题。"

"不管怎样,问问他。"

男孩不安地扭动着球鞋。

"凯文,你很喜欢波比,是吗?"

"波比很酷。"凯文耸耸肩。

"你觉得他很酷?"

"当然啦。"

"看着我。"

他照她说的做了。

"你知道,我不会永远在你身边。"

"别这么说。"

"我还没进坟墓呢。我只是说,未来某天。"

"好吧,未来某天。那会是很久很久以后。"

"在那一天来临时,一切都会发生变化。"

"会发生哪些变化?"

"我不能肯定,但是一定会出现一个空白,而人们会想去填补它,这是天性使然。关键是我觉得你是一个浑身上下都与众不同的人。"

"外婆……"

"这并不代表事情对你而言会变得比较容易解决。也许依然会有一天,整个事情会往这边或那边倾斜,而你不知道应该往哪边推一把,你甚至不知道自己该不该推这一把。"

"我会知道的。"

他总是这么自信,这是每当夜深人静时最令玛丽感到害怕的一点。"你不会知道的,凯文。你会以为你知道,但实际上你并不知道。我要你向我发誓,你会信任波比。他会知道该怎么做的,他会努力做好的。行吗?"

"行。"

"除了波比,别相信其他任何人。"

"我记住了。"

"好的。现在,吻我一下吧。"

凯文向前探出身子。玛丽如往常一样仔细地看了看他的脸,然后放开了他。男孩离开了。

玛丽·伯克看着她的外孙穿过后院,朝出租车公司走去。凯文走到半路上时,玛丽拉下窗帘,从瓷器柜的顶层拿下一个保险箱。箱子里面有一叠用粗橡皮筋捆着的钱和一把38口径的左轮手枪,枪柄用灰色的胶带包裹着。她拿起手枪,在手心里掂了掂它的分量,接着摇了摇头,把手枪放回柜子的顶层。一块黑黑硬硬的东西,和装着钱的保险箱并排放在一起。

第五章

　　五辆黑色出租车在公司外面站岗放哨。这是一些来自底特律①的巨大机器，配有钢铁制造的保险杠以及和轮毂盖一般大的前车灯。车门很重，甩开时足以把人撞倒。引擎发动时，脚下的地面会跟着一起震颤。每辆车的一侧都印有"老汤出租车"的字样。凯文在一块石头底下找到了公司后门的钥匙，走进了办公室。外婆的木头办公桌安静地伫立在窗边，正对着院子里的三层小楼。桌子上有一摞纸和一个有银色圆形拨盘的大电话机。凯文拿起电话听筒，凝视着用红色粗体字母印刻在听筒上的出租车公司电话：ST2-6400。凯文的外婆全资拥有这家出租车公司，她的五个兄弟在那儿当司机。通常情况下，他们能够开车顺利到达目的地；但有时候，他们会先去找杯喝的，然后开车一头撞在树上。凯文挂上听筒，漫不经心地走出办公室，往二楼走去。

　　"谁在那里？"

　　凯文吓了一跳，低头看着自己的脚。那个声音来自一个被他外婆称为"老鼠洞"的地方——一个贴近地板的半圆形墙洞。"老鼠洞"平时都是封闭着的，今天早晨，它却门户大开，一道白光从里面流淌出来。

----

①美国著名的汽车城。

"嘿，阿吉，是我。"

阿吉是凯文的姨婆，也是凯文外婆唯一的妹妹。她住在一个单间公寓里，与出租车公司仅一墙之隔。阿吉从来没有走出过她的公寓。除了凯文的外婆，也从来没有人走进过那里。凯文每次与阿吉讲话，都需要趴在地上，透过"老鼠洞"盯着她的半张脸。

"嗨，凯文，帮我把这个拿走，行吗？"一个盛有食物碎屑的盘子和一个茶杯滑出洞口。凯文不情愿地趴了下来，脸几乎贴着地面。一个蓝色的大眼珠出现在他的面前。

"你今天上班吗？"

"上班的，阿吉。"

眼珠慢慢地转了转。凯文看到一只夹着白发、红肿的耳朵，以及一片红色的嘴唇。

"我醒来后吃了'傻子药'①，一共四粒。"

"你需要吃那么多吗？"

"医生说我需要，不过它们快把我逼疯了。"蓝色玻璃眼珠转回木头眼眶里。凯文眨了眨眼，对"傻子药"的每一丝药效都深信不疑。

"玛丽在哪儿？"

"她还没来。"

每天下午，阿吉都会和她的姐姐一起坐在自己的公寓里，一边看《幸运保龄球》节目，一边吃掉几杯冰激凌。有一次发生了一点儿问题，阿吉被紧急送到了医院，鼻子上插着管子，翻着白眼。在那之后的三个星期里，凯文的外婆在办公室后面的小厨房里独自吃冰激凌，那里只有她和黑白电视机上传来的保龄球瓶被击倒的声音。有一次，凯文站在黑暗的走廊上观察她，但始终一

---

① 巴比妥酸盐的别称，一种神经镇静剂。

句话也没有说。

"告诉玛丽,我今天吃了桃子。"阿吉说。

"桃子?"

"冰激凌。她听得懂的,因为是她买的。你一定要告诉她。"

"我会的。"

"你该走了,再见,凯文。"

"老鼠洞"啪的一声关上了,只剩下凯文趴在地上。他从地上爬起来,把阿吉的杯盘拿到了厨房。他的舅公沙克斯正坐在桌子前,面前摊着一份《先驱者报》,旁边放着一大杯咖啡。

"嗨,沙克斯。"

"嗨,小鬼。阿吉想要什么?"

"没什么,她只是让我帮她拿点东西。"凯文把杯盘扔进水槽里,"波比来了吗?"

"还没见到。"

"他今天会让我开出租车。"

"很好。"

凯文本来想说自己打算喝掉一箱半啤酒,然后闭着眼睛在马萨诸塞州收费公路上横冲直撞,沙克斯肯定会全力支持。达克是五兄弟中年纪最轻的一个,长相天生最有爱尔兰味道——卷曲的铁红色头发、细长而棱角分明的面容和令人过目不忘的鼻子。他也许算是长得最好看的一个,但他很少谈论这一点,除非有人先对他提及。沙克斯刚好相反,他长得不怎么好看,脸坑坑洼洼的,好像一个软土豆。他的手很大,关节很粗,又厚又糙的手指被尼古丁[①]染成了黄色。然而,凯文最喜欢的人却是他。沙克斯

[①]俗名烟碱,是一种存在于茄科植物(茄属)中的生物碱,也是烟草的重要成分。

曾经是个疯狂的人——在波士顿的大部分下等爱尔兰人的聚集场所里酗酒、斗殴，直到最后，他决定靠自己的拳头吃饭。凯文见过一张旧的拳击比赛海报，所以他知道家里人在这件事情上并没有胡说八道。海报上，二十三岁的沙克斯蹲在照相机前，蓝色的眼睛紧盯着一副黑色的拳击手套，海报下方写着：新英格兰青年次中量级拳击比赛冠军，1937。沙克斯的大部分比赛都在汤顿市民中心或者奥尔斯顿退伍军人协会之类的地方举行，有两次在法林之窗。他告诉凯文，那是他赚得最多的两次比赛。主办方在华盛顿大街的一扇大窗户上挂了一个铃铛，人们就站在街角观看比赛。沙克斯不是一个喜欢自吹自擂的人，只是凯文喜欢听那些比赛的故事，而且凯文觉得沙克斯也喜欢谈论那些比赛。干吗不喜欢呢？凯文把棒球手套摔在桌子上，拉出一把椅子。

"红袜队赢了？"

"3比2，林恩在第八轮打了个本垒打。今年会一直这样打下去的，小鬼。"

"他们总把事情搞砸。"

"但今年不会。"

"你怎么知道？"

"我有种感觉。"沙克斯伸手去拿桌上的好彩牌香烟盒。他摇出一根烟，用要点燃的那端指着凯文，"别惊慌，别抱怨。"每次点烟前，他都会这么说，而凯文总是点点头。

"你今天要训练吗？"

"要。"

"几点？"

"十一点。我们下周和多彻斯特队争夺冠军。"

一缕缕青烟从被他的舅公称作"隧道"的两只鼻孔里冒了出

来。"我会去看的。"沙克斯独自住在塔尔公园对面的一间廉价工作室里。他从来不会错过任何一场球赛,偶尔会错过一场训练。他不怎么说话,只是坐在一张长椅上,喝着大罐装的施乐兹啤酒,一边喝,一边抽烟;一边抽烟,一边看球。

"比赛会在波士顿公园进行。"凯文说,"波比告诉我,他们会在广播里宣读参赛者的名字。"

"你会紧张吗?"

"也许吧。"

"你在那儿根本听不清。"

"听不清吗?"

沙克斯摇摇头,又抽出一根好彩烟。凯文能够听到香烟"噼啪"燃烧的声音。

"在棒球场上,我就是个废物。"

"别胡说了。"

"不信去问问你外婆。我手上拿着球棒,像一片树叶似的发抖,向上帝祈祷我的双手别击错了方向。当然啦,结果总是这样。"

"你是一个职业拳击手,沙克斯。"

"拳击只是拳头的较量,没时间去想可能会出现什么样的问题。但是棒球不同,"他用关节突出的手指敲了敲自己的太阳穴,"你得用这儿打球,压力下不失优雅。"

"你觉得我做到了吗?"

"我看得出来,你觉得你自己做到了。眼下,别太自以为是了。"

"我不会的。"

沙克斯咯咯笑了起来,他的声音里充满了爱意和烟酒引起的沙哑。"我知道，我只是想给你提个醒。"他舔了舔大拇指，把报纸翻到有赛马专栏的那个版面，"现在，让我们看看有没有机会赚上一点儿小钱。"

凯文看着沙克斯用黑笔作着标记，犹豫着要不要再说些什么。他现在和沙克斯如此平静安全地待在一起，这种机会并不多见。沙克斯吸了最后一口烟，在锡制烟缸里按灭烟头，鼻腔里呼出两缕青烟。然后，他把手臂举到头顶上，张大嘴巴，打了一个凶猛的哈欠。沙克斯的一口烂牙已经没剩下几个。凯文记得有一天晚上，他亲眼目睹了沙克斯的一颗牙被拔出来的整个经过。事情就发生在他们现在正坐着的这张桌子旁。那天晚上，八岁的凯文从后门偷偷溜进一个昏暗的房间。他的舅公正瘫坐在椅子上，嘴里塞了些烂布，桌上放了一瓶爱尔兰威士忌。他的三个兄弟靠着墙，懒散地坐成一排。凯文的外婆站在沙克斯面前，一只手拿着一把红色长柄的扳手。沙克斯拿出破布，喝了一大口威士忌，然后点了点头。凯文的外婆立即动了手。一个兄弟转过脸去，不敢看她搅动扳手。另外两个兄弟一边看，一边皱着眉头。外婆的扳口滑了一下。她咬住下唇，这一次夹得更紧了。沙克斯的蓝色大眼睛始终看着她，两只大手在身侧扭动着，左脚敲打着节奏。凯文记得那个极其可怕的惨叫声。扳手被放回桌子上，血淋淋的扳口上夹着一颗完整的带着角状牙根的烂牙。沙克斯啐了一口血，猛喝起瓶子里的酒来。凯文的外婆坐在椅子上，有点儿透不过气，伸手去拿香烟。就在那一刻，她注意到了凯文。当时，凯文的眼睛一定瞪得比什么都大，因为外婆一见到他，就立即把他推出了房间。凯文发誓会在需要的时候去看牙医，并且会把那天看到的一切都忘掉，但这根本不可能。凯文第一次去福斯特医生的诊所看牙的经历，以他打伤医生的嘴唇而告终。凯文的母亲感到很尴尬,但沙克斯却自豪得跟什么似的,还称赞凯文的右拳非常厉害。凯文研究着舅公脸上的皱纹。突然间,出于某种连自己也无法充分理解的原因,凯文极其渴望把这些皱纹永远留在他的记忆里。

沙克斯把手中的《先驱者报》翻到另一个版面,又记了一些笔记:"今天有个好机会,小鬼,3点15分,在萨福克。"

"哦,是吗?"凯文凑近了一些。

"马的名字叫枪山。由于伤病,它已经两个月没有赢过了,第一次落入了低等马的行列。"

"那匹马已经去了该死的胶水厂。"①

沙克斯和凯文不约而同地抬起头。波比正无精打采地站在门口,穿着褪色的牛仔裤和红袜队的厚运动衫。他刚冲了澡,黑色的头发还湿湿地卷曲着。他走到桌子旁,拿起桌上的香烟,摇出一支夹在耳后。

"关于枪山,你还知道什么?"沙克斯问,然后一把抓走桌子上的香烟。

"离它远点儿,沙克斯。"波比朝着凯文眨了眨眼睛,转过一把椅子,坐了下来,"因为你上周赌得太烂,已经欠了芬格斯一百块。"波比除了开出租车,还给当地一个名叫"芬格斯"的赌博庄家打些零工,"此外,你上周还欠了黑鬼奖池二十块。"

"说起那个……"沙克斯脱下大靴子,掏出一张自己塞在鞋跟里的纸条,"这是这周我要下注的号码。我赌二十块。"

"去你的。"

"上周奖金有多少?"

---

①胶水厂用马皮做胶水,所以这句话的意思是"这匹马已经死了"。

"五百五。"

"我只差了一个数字。"

"每个人都只差了一个数字,沙克斯。"

"黑鬼奖池"是一个由当地几个庄家一起经营的街区彩票,中奖号码为周日的报纸上公布的周六跑马比赛参与人数的最后三位数字。沙克斯每周都买这种彩票,他的兄弟们和凯文的外婆也一样。外婆中过一次奖,那是凯文唯一一次听到她开怀大笑。

"就赌这个。今晚,我就会把芬格斯的钱都赢过来。"沙克斯打开电视机。一个记者站在查尔斯镇高等中学的门口,讲述着学校的新学年以及开学以来第一个完整的校车接送周的情况。新闻报道的画面切换到了一个穿着机车夹克的白人男孩身上,他正把一个瓶子扔向停在路口等红灯的校车。接着,画面上又出现了三个白人男孩,他们把一个戴着犹太圆顶小帽的孩子拖下校车,在人行道上揍他。其中一个男孩拿着球棒,突然跳起,向摄像机砸了过来。所有人跑过了街。两个黑人的脸从干洗店里探了出来。穿机车夹克的小孩往干洗店的前窗扔了一块砖头,然后孩子们蜂拥而入。两个警察骑着摩托车到达现场,但新闻画面又切换回了依然站在高中门口的记者身上,他还在喋喋不休地讲着。沙克斯调低了电视机的音量。

"去他们的,一群畜生。"波比说。

沙克斯打了个响指,眨了眨眼睛:"要是你也得每天早上坐校车穿过杜德利广场,你怎么办?"

"一半孩子甚至都不去学校。他们只想着敲碎别人的脑袋,要是黑色的脑袋就更棒了。"

沙克斯的眼睛转向凯文:"你想惹麻烦?"

凯文在波士顿拉丁学校上学。拉丁学校是这个国家最古老的公立学校之一，自主选拔最有潜力的学生。如果谁能考入这个学校，学费是全免的，至少在被退学之前。每年秋天，有八百名不同肤色、不同种族的学生会在拉丁学校的七年级登记入学，但是六年后，只有大约一百名学生能够毕业。凯文在申请拉丁学校时没有告诉任何人，在被录取后也没有。在开学前的一个月，他的母亲在一个抽屉里发现了学校录取信。她让凯文在厨房里坐下，解释这封录取信究竟意味着什么。当儿子把一切都告诉她时，她的眼睛里有种东西在萌动，一种狂热、年轻、明亮、骄傲的东西。后来，凯文的父亲从前门撞进来，她眼里的光芒瞬间便熄灭了。她把录取信塞进凯文的口袋，然后开始在橱柜间转悠着寻找一盒奶酪意面。在两段楼梯上方的公寓里，凯文的外婆把录取信贴在冰箱上。每次有人来访，她就把信拿下来让他们看，让他们惊叹。

"我要去拉丁学校了，沙克斯。"

"它在城市的那一边，你得坐校车。"

"没事儿的。"

沙克斯看了波比一眼，波比耸耸肩，手上晃荡着一串钥匙。

"改天我会教他开车。"

"唐尼·坎贝尔九点需要接送。"

"他去哪儿？"

"罗根。他说他会在门廊上等。"

"知道了，"波比转向凯文，"你准备好了吗？"

外面的停车场上传来一阵声响。三双眼睛同时朝门外望去。凯文的外婆应该在至少十五分钟之后才会来公司。但是，世事难料。

第六章

布丽吉特·皮尔斯坐在厨房里，下巴离桌面六英寸，尽可能快地把"跳跳糖"倒入嘴里。父亲坐在她对面。在半导体工厂工作了整整一周后，父亲的手指甲里满是黑色的污垢。母亲坐在他俩中间，双手时而握紧，时而松开。这是一个表示她要开口说话的明确信号。"给我闭嘴，"布丽吉特心想，"只要闭嘴就好。"

"就在山上，杰克。"

"山上，该死的山上。"布丽吉特的父亲拿起蓝白色的陶瓷调味罐，往蛋上拍了点盐。母亲把黄油碟子往他那边推了推，好让他够得着。母女俩看着他涂黄油。他掰了吐司的一角放在蛋黄上，咬了一口，舔着嘴唇上的一抹蛋黄，痛苦地呷了一口咖啡，然后把茶杯放在茶碟上。

"她在牛顿有一些朋友，杰克。她整个夏天都可以在山上玩。"

"她在这里的朋友有什么不好吗？"老男人第二次往蛋上撒盐，大声地咀嚼着裹了培根肉的蛋黄吐司。当他开口说话时，布丽吉特能看到他牙齿间残留的早餐，"也许是布莱顿配不上她？"

"没人那么说。"

他头也不抬地招呼道："过来。"

科琳出现在门口，在两腿上移动着身体重心。

"我说'过来'！"

布丽吉特的母亲极其轻微地点了点头，科琳慢慢挪进房间。他用两腿勾住她，把她拉到自己的身边，然后让她转过去直视着她的母亲。

"你是想跟着她一起去山上吧，凯特？"

布丽吉特母亲的目光在她丈夫和女儿之间游移。她想找一个逃避之所，但没有找到。

"这之间没有关系。"

"撒谎。这之间大有关系，该死的，她心知肚明。"布丽吉特记得去年夏天母亲离开那一天时肩上背着的挂在铁丝衣架上的廉价衣物，凯文在她耳边冰冷的低语，以及科琳抓着她的裙子时发出的能剥落墙壁油漆的尖叫声。布丽吉特眼神空洞，她眨了眨眼睛，看着她的父亲。在自己的妻子走出大门时，他只是在房间的暖气边待着。她离开了三天。在这段时间里，老男人一直坐在客厅里放哨。第一个晚上，布丽吉特偷偷溜下床，只为了看看他是不是还在那里。她看到他的香烟在黑暗的紫色云雾中忽明忽暗，她一直数到他吸了十口烟，才肯溜回床上。

第三天下午，母亲回了家。汽车滑下山坡时，布丽吉特正坐在她家的屋顶上。这是一辆刚洗过的小汽车，它停靠在路边时，铬合金保险杠在阳光下闪耀着光芒。方向盘后面坐着一个男人。布丽吉特看着他们紧拥着倒向汽车的一侧，她的母亲压在男人的身上，紧紧抓着他，不让他开车离开。此刻，布丽吉特对她母亲厌恶到了极点。母亲走上钱普尼大街，衣服依然挂在衣架上，只是现在全皱了，被夹在手臂底下。布丽吉特爬下屋顶，独自坐在厨房里，听着她母亲拖着脚走进屋子，关上卧室的门。那一晚，老男人撬开一瓶没开过的威士忌的瓶盖,喝掉大半瓶,不停地抽着烟,没从客厅挪开过一步。第二天早晨,布丽吉特的母亲回到厨房做早餐。老男人坐在桌子边,把她端给他的东西全吃了。没有人再提起那件事。有什么好说的呢?等有了再说吧。

"苹果不会落到离苹果树太远的地方,不是吗?"杰克把科琳的一小撮光滑的发卷绕在自己的一根手指上。

"别碰她,杰克。"

他抓了一把女儿的头发,捂在自己的鼻子上:"她连闻起来都很像你。"

科琳发出一声轻轻的呜咽。布丽吉特从椅子上站起来,踢了一下她放在脚边的书包:"放开她。"

老男人的眼睛扫过桌子:"你在跟谁说话?"

"布丽吉特……"

"闭嘴,妈。马上放开她。"

科琳突然找到了一些勇气,徒然地挣扎着,想要自由。

"别怕,"布丽吉特说,"他不会伤害你的。"

"伤害她?我为什么要伤害她?"杰克把科琳转过来对着自己,当她是从游乐场赢来的玩具娃娃似的研究了起来,"谁会伤害这样一件东西?"老男人摸索着女儿脸上纤细的骨头,大拇指在她的脸颊上移动,直到在她的眼睛下方找到一处凹陷,然后按了下去。科琳发出一声尖叫,双膝弯曲。

布丽吉特身子往前倾了一点儿。父亲的眼神向她逼近,双唇间伸出粉色的舌头:"你想用那个捅我,小狗崽子?"

布丽吉特低头看了看自己手上紧握着的黑柄菜刀,然后抬头看着父亲那张充满复杂表情的脸。是愤怒、害怕,还是期待?也许三者都有。

"放开她。"布丽吉特说,语气平静、沉着、坚定。她会拼了命,即使在星期六的早晨,在一张早餐桌的旁边。它就在那里,一个百分百虔诚的、完全新生的、皱纹里和贪婪里充满着丑陋的家伙。它舔着嘴唇,咬着牙,嗷嗷待哺。一切都会在它面前破碎崩溃,即使能再次站起来,也不再是刚才在房间的那个样子,永远不再是。她父亲能够清清楚楚地看到那些,所以他放开了科琳。科琳跑出房间时,老男人的脸因某种私人的悲伤而抽搐着。然后,他继续吃早餐,第三次在蛋上加盐,问妻子是否能给他看一眼那该死的《环球报》。母亲拖着脚去把那些她能找到的报纸都拼凑了起来。布丽吉特把书包甩到肩上,跟着妹妹出了门。

两个女孩偷偷溜上房子后面的楼梯,通过一个木头梯子爬到屋顶。布丽吉特带路——踩在松散的砖头堆上,低头避开叉状的电视天线。她俩像两只鸟一样栖息着,往下凝视着橡树广场和广场周围纵横交错的街道。寒风已经变得刺骨,大片大片地斜吹过屋顶,冰冷而凛冽。布丽吉特依然拿着书包,把书包抱在胸前。科琳冻得瑟瑟发抖。

"我快冻僵了。"

"快点。"

从屋顶可以俯瞰他们的院子,还有一个黑乎乎的烟囱可以提供栖身之处。布丽吉特双腿交叉地坐着,科琳靠着粗砖墙,蜷成一团,骨瘦如柴的双臂抱在胸前,双手塞进腋窝。

"谢谢你。"她的声音在风中飘荡,但布丽吉特听得很清楚。

"他不会伤害你的。"

"我怕他。"

"你什么都怕,所以你会成为目标。"

"我不想成为目标的。"

"那么你得坚强起来。"

科琳皱了皱鼻子,眨了眨眼睛。姊妹俩看上去很像,只是科琳是一件完成度更高的作品——有着精雕细琢的五官和更好的比例;而布丽吉特刚好相反,好像从烤箱里早拿出来了半小时——粗拙、黯淡、有一点儿畸形的半成品。

"你为什么总是爬上这里?"科琳问。

"这叫隐私。你根本不懂。"

"我懂的比你以为的多。"

布丽吉特瞥了一眼妹妹,她正在秘密的重压下颤抖。

"你什么都不懂。"布丽吉特说。

"我知道你喜欢波比。"

"谁?"

"住在外婆的出租车公司里的波比。我看到你注视他。"

"我没有注视他。"

"有,你有。就在屋顶这里。"

布丽吉特把书包搬到膝盖上,打开:"难怪大家都讨厌你。"

"没人讨厌我。"

"谁都讨厌你,妈妈、爸爸,每个人。"

"你胡说。"

"他们也讨厌我。你以为我会在乎?我能照顾我自己。"

"爸爸以前还把他领来的圣水给我。"

在科琳还不到初次领取圣餐的年纪时,父亲每次从教堂回来,都会一声不吭地把水瓶灌满,喝一小口,然后让她也喝一点儿。母亲说,他用他的方式把耶稣的血带给女儿。

"了不起。"

"是了不起。"

布丽吉特能听出妹妹声音里的绝望,她一阵脸红。父亲的指印在科琳脸上留下了紫红色的印迹。

"你太容易受伤了,小科。"

一大滴泪珠从科琳的鼻尖滴下,沿着她嘴唇的弧线滑落。布丽吉特张开双臂,让妹妹依偎着她,用外套袖子裹着妹妹。太阳从云层后面露出了脸,在屋顶上投下移动的影子。

"你是一个漂亮的孩子,"布丽吉特轻声说,"妈妈说你漂亮得都可以去拍广告了。"

科琳突然抬起头:"你骗我。"

布丽吉特嘘了一声,打消了她的念头。

"妈妈真的那么说吗?"

"她当然那么说了。"

科琳再次靠着墙坐起来,一边抽泣,一边擦着鼻子。她依然感到沮丧,但不由自主地有些得意。

"感觉好些了吗?"布丽吉特问。

科琳点点头:"我喜欢做你的妹妹。"

"嗯?"

"你很凶,但你照顾我。你喜欢做我的姐姐吗?"

"我有别的选择吗?当然,我喜欢做你的姐姐。"

"对不起,我取笑你和波比的事。"

"没什么。你想看样东西吗?"

"什么?"

布丽吉特从书包里拿出一本大大的蓝色医学辞典。

"你为什么上哪儿都带着它?"

"因为我喜欢它。"布丽吉特喜欢关于血与肉的一切。她脑袋里装满了动脉与器官的地图,一卷卷肠道,还有内脏和大脑的横截面。心脏的运作原理令她着迷,她好奇它到底为什么会跳动。

"你不会再哭了?"布丽吉特一边问,一边将辞典迅速翻到她作了标记的一页。

"不哭了。"

"你肯定?"

科琳点点头,摆出一副聪明好学的样子。布丽吉特指着一个词条问:"你知道这个词是什么意思吗?"

科琳凑上前,眯着眼看了看:"'先'什么。"

"先兆子痫。它是高血压的另一种叫法。肚子里有宝宝的女人有时会得这种病。"

"宝宝?"

布丽吉特漆黑的双眸里闪烁着某种本能的东西。

"是的,宝宝,你知道宝宝是什么。"

科琳挪近了一些,好像她俩正围着一堆篝火,或者在图书馆之类的地方。

"先兆子痫。"布丽吉特又指了一下那个词条。科琳跟读了一声。

"好,现在,你知道它为什么很重要吗?"

科琳摇了摇她的一头卷发,不是为了摇头说"不",而是因为她的卷发是那么丰盈,每个人都爱听它们摇动的声音,同时也是因为布丽吉特讨厌她摇头。

"它很重要是因为妈妈得过这种病。"

一道阴影投向科琳的眉间,她光滑的额头上挤出一道皱纹。

"妈妈?"

"她在怀你的时候得过这种病,先兆子痫。"布丽吉特拉长了念出每一个音节,"你一点儿也不知道吗?"

"不知道。"

布丽吉特快速合上辞典,说:"这导致了她的失明。在生下你之后的六个月里,妈妈什么都看不见。"

"妈妈没有看不见。"

"这就是为什么在你小的时候她从来没抱过你。"

"她抱我的。"科琳皱了一下眉头,接着完美的上唇颤抖了一下。

"你说过你不会再哭了。"

"对不起。"

"过来。"布丽吉特又一次张开双臂,科琳扑了进来,蜷缩在姐姐的怀抱里。姐姐亲了亲她的额头,轻柔地安慰她,一边解释,一边道歉,直到她再次恢复平静。姐妹俩坐在一起,在清晨的寒冷中相互依偎,凝视着平坦的屋顶和空荡荡的街道。科琳有着完美的长相,喜欢玩她自己的游戏,但她不了解什么是痛苦,还不够了解。她会学着了解,她俩都不得不学着了解。即使只有十二岁,这种命运里的必然性依然令布丽吉特感到背脊发凉,她知道没有别的方式。

第七章

　　凯文和波比取了四号出租车。波比开着车，搜索了广播调频，点燃了一支烟。在开上一条长长的崎岖不平的车道时，波比换到低速挡。他们转向亨尼韦尔大道，驶上伯顿大街，滑下华盛顿大街，经过萨米街角商店和修鞋铺、一家希腊披萨店、帕提甜甜圈店和天主教文法学校——凯文的妹妹们在那里上学，接着是酒吧一条街：爱尔兰村、最后一滴、城堡吧、吉米的第十九个洞以及橡树广场烧烤酒吧。他们绕着"圆圈"开车。三个当地人手舞足蹈地冲上了草地，整个周五的晚上都睡在那里。第四个人躺在一张长椅上，吐了自己一身，还有更多的呕吐物灌进了他的鞋子里。

　　圣安德鲁教堂里的钟刚敲过七下，波比沿着一条叫作诺南特姆的大街往山上开去。半山腰上坐落着托马斯·杰福森中学。"杰福"是一所公立学校，提供普通的城市教育，也就是所谓的废话教育。不过，那里有个大空地。凯文还在文法学校念书时，他和他的伙伴们在其中一面砖墙上用喷漆喷出一块投球区，在枯燥的夏日高温下，玩上一整天的棒球。凯文会假装他是桑尼·西伯特或者路易斯·提安。他无所谓别人假装的是谁，因为在他的头脑里，他是在芬威体育场一个挤满了人的房子前打着整场比赛。他们长到十三岁时，发现"杰福"的空地还可以派上别的用场——在半夜里的用场，比如喝啤酒和吸大麻。为了不受排挤，这两件事情凯文也干了很多次，但还没有多到让他忘记了在"杰福"做过的最开心的事——投出一个雷·卡尔普曲线球，看着对手挥棒落空。确实，海绵球上没有接缝，不容易抓住。但谁在乎呢？他挥棒落空了，不是吗？

波比用手指拨了一下转向灯，把车开上了一条通往"杰福"后方空地的小路。凯文感受着车轮的颠簸，看着出租车仪表盘上的指针随着颠簸而弹起。波比踩住了刹车，汽车"嘎吱"一声停了下来，在原地挂着空挡。凯文摇下了车窗。两个孩子正坐在一面矮墙上，一个穿着长长的黑色皮夹克，另一个穿着绸缎绿的凯尔特人外套。他们一边喝着大罐的清晨松汁，一边分发着大麻烟卷夹子上的残留物。

"考瑞兄弟。"凯文对波比说。

"我离开一下。"

"你去哪儿？"

"给车加点油，马上回来。"

凯文下了车，看着波比把车开进小巷。汽车的排气管挂在离地几英寸的地方，拖出一条灰色的烟雾。凯文拖着他的球鞋穿过空地。学校的一面砖墙上喷涂着几个黑色字母——"去死吧黑鬼"，这三个单词[①]反映了对一种冲突的最残酷的理解。这种冲突在恐惧中狂欢，像瘟疫般蔓延在波士顿狭小的街区里。凯文路过时几乎没有注意到这条信息。

"凯文小子，怎么样？"戴维·考瑞比凯文大一岁，他高一的时候被布莱顿高中开除，之后成为一名电工学徒。他在市中心

---

① 原文为"DIE NIGGA DIE"。

的一个高层建筑里干活，每小时挣十六块钱，一周干六天。戴维还没到法律允许当学徒的年纪，但他长相比较老成，而且付钱给一个工会的家伙让他帮自己搞定了工作。他喝了一小口啤酒，用神经质的蛮力把靴子往墙上砸去。

坐在他旁边的是他的哥哥保罗，靠贩卖毒品为生，那些毒品来自他叔叔住的房屋的地下室。兴奋剂、冰毒、摇头丸、天使粉——只要你报得出名字，保罗就能帮你注射。他撬出大麻烟卷夹子里的残留物，把它放到唇边，一只眼睛始终盯着凯文。

"怎么了，猪头？"保罗喘着气说话，因为烟还停留在他肺里。

"去死吧你。"

保罗从他坐着的地方跳了下来，轻拍了几下凯文的侧脸。凯文用一个狡猾的右拳迅速反击，拳头擦过了大男孩的下巴。凯文自己吓了一跳，而大男孩也几乎和他同样惊讶。

"兔崽子！"保罗扔掉大麻烟蒂，举着两只手走向凯文，把他推到砖墙上，用膝盖猛顶他的腹部，疼得他弯下了腰。接着，保罗又把凯文的头夹在腋下，把他摔倒在地。凯文的鼻子闻到了大麻、啤酒和保罗外套上皮革的味道，他伸出手去抓一切他能碰到的东西。保罗窃笑着，上臂的肌肉不断鼓起和收缩，挤压着凯文的气管。凯文听到自己的喉咙咯咯响，强烈渴望呼吸一口空气。黑色的线条挤满了他视觉的边缘。他的双手滑了下来，在大男孩的肩膀上无力地抓着。接着，保罗的挤压松开了。凯文跌向前方，不断地干呕和咳嗽。波比站在他的面前，一把抓着保罗的夹克。

"你没事吧？"

"没事。"凯文往车顶上吐了口唾沫，揉了揉自己的喉咙。

保罗·考瑞不是个蠢货。有种人确实很蠢，到处惹是生非，没有任何目的，但保罗不是这种人。他东戳戳西碰碰，就想看看谁是懦夫，一旦找到一个，他就会不停地欺负。所以，碰上保罗这种人，最好的做法就是反击回去，让事情有个了结，或者像波比一样——他把保罗推到他弟弟身边命令道："你给我坐下！"

"小孩需要学一些规矩。"保罗嘴上说着，眼睛却盯在地上，寻找自己刚才掉了的大麻残留物。他的弟弟拉开一大罐啤酒，倒入塑料杯，递给波比。但波比摇了摇头："我还得开车。"

"你还在浪费时间干那个活儿？看看我赚到了什么！"保罗指着他的座驾——一辆闪闪发亮的蓝色雪佛兰科迈罗。它停在那辆好像下过地狱的老汤出租车旁，看上去十分漂亮。

"不错的车，"波比说，"但我没兴趣贩毒。"

保罗压扁一个空啤酒罐，把它扔进从墙和柏油马路接缝处长出来的弯弯曲曲的杂草丛中。

"你听说布拉凯特大街上的入室抢劫案了吗？"戴维问。

"什么时候的事情？"

"几天前。一个小黑鬼闯了进去，趁老太出门购物的时候，把房子洗劫一空。"

"你怎么知道是黑人小孩干的？"凯文问。

"布兰达·希金斯就住在隔壁。"保罗打开另一大罐啤酒，喝了一小口，"他妹妹看着那个蠢货离开的，据说是从费德里斯来的。"

"报警了吗？"波比问。

"警察根本不关心，他让我们自己收拾这个烂摊子。"保罗瞄了一眼弟弟，戴维正点头表示支持。

"那接下来，你是不是打算逮住所有你碰到的黑人小孩？"

保罗皱了皱眉头,压低了嗓门说:"你是不是挺喜欢黑鬼的,波比?"

"滚!"

保罗看着波比,重新思考他刚才说的话。波比一直没离开他俩,直到确定他俩想明白了这是怎么一回事。

接着,他转向凯文:"来,我们走。"

他们往出租车走去,刚走到半路,只见戴维从墙上跳下来,伸手一指。三十码远的地方,有一个炭笔画速写似的轮廓,那是一个瘦得皮包骨头的黑人小孩,十二三岁的样子,正站在把"杰福"和后面的房子隔离开来的栅栏上。考瑞兄弟一言不发地朝那儿跑了起来。站在栅栏上的小孩看了他们一眼,跳下栅栏的另一边,消失不见了。

"追不上了。"凯文说。这时考瑞兄弟中的一个已经爬上了栅栏。

"别废话。"波比说。然后,他俩又开始朝出租车走去。

"要是他被抓住了,他们会把他怎么样?"凯文问。

"把他往死里弄,那会是他们的光辉时刻。保罗是个残忍的刺头,你不会想插手他的事情的。"

"我能照顾好自己。"

波比看了他一眼:"你以为他们是那个从罗希学校来的孩子?"

去年夏天,波比在他位于出租车公司楼上的房间里教凯文如何击拳。他们把毛巾裹在拳头上打拳击。凯文每次企图出拳,波比的拳头都会突然揍在他的脸上。凯文浑身上下都是伤,鼻子里塞着卫生纸,却还继续跟波比学打拳击。几周后,他有了进步。波比甚至让他击中自己几拳,只为了知道被击中是一种什么感觉。有一次,凯文把一个从罗希学校来的男孩打得屁滚尿流,因为那男孩叫他的同学"拉丁基佬"。男孩吃了两记右直拳,倒了下去,再也无法动弹。整个过程发生在五秒钟内,就在距离学校几个街区的露可汉堡店门口。凯文站在那个男孩面前,耳朵涨得通红,他被自己的所作所为吓坏了。但他心里还抱着一丝希望,希望男孩能站起来,好让他再次把他打倒在地。那天晚上,在浴室的镜子里,凯文看着自己紧握着的拳头,好奇它到底已经有了多少力量。但是波比认为,它还没多少力量。

"那个孩子的体重甚至还不如你。"

"我有一百零三磅。"

"天哪,他们在家喂了你什么?"

凯文从口袋里拿出一张满是碎屑的纸巾:"我喜欢玉米麦芬。"

"听着,那个孩子比你重不了多少。另外,我认识他哥哥,是个懦夫。但保罗·考瑞不一样。你知不知道他上周在史密斯公园打碎了一个孩子的下巴?"

凯文摇摇头。

"据说,就因为他不喜欢那个孩子看他的眼神,就打碎了他的下巴,然后用一根球棒揍他。十四号警署出动了三个警察才制止了他。"

"我没听说过。"

"好吧,那你现在听说了。"

他们在出租车前停下。波比把一只脚搁在挡泥板上。凯文坐在引擎罩上,背靠着挡风玻璃,看着伤痕累累的天空,开口说道:"你不喜欢保罗,是吗?"

"他是个窝囊废。"

"他怎么看你呢?"

"你是指他说我喜欢黑鬼?"波比捡起一块石头,用力扔向一块钉在大楼一侧的"禁止闲逛"的指示牌,但没扔中,"我不会因为肤色而讨厌别人,如果你问的是这个的话。我不在乎别人知不知道。事实上,半数以上的蠢货根本不在乎你是什么肤色,他们只是想折磨别人。"

"我也这么想。"

"你也这么想?"波比又扔了一块石头,这次击中了指示牌,金属发出"砰"的一声,传遍了整片空地,"这地方是个污水坑,总在不断地拖人下水。你要记住这一点。"

"我不像你,波比。我不能袖手旁观。"凯文又坐直了身子。

"那你跑远点。"

"你的意思是做一个懦夫?"

"我的意思是要活着,要活得够久,久到能够从此一直活下去。你想去上大学是吗?"

这是个远大的梦想,离开布莱顿,去这里以外的任何地方。一些人讨厌凯文,因为他很有希望离开;而另一些人则为他的离开而活着,将所有的赌注都押在了这个十几岁的年轻人身上,用他们自己的恐惧和失败,为他编织未来。凯文也能感觉到这些。这里之外,存在着某样东西,充满生命力,令人激动不已。所有他需要做的只是与之连通。但是,他得先离开这里。

"我当然想去。"

"好。那么,"波比说,"别招惹是非,别和考瑞那样的人胡搅蛮缠。"

"如果我不得不呢?"

"如果你没有选择……我的意思是完全没有选择……那就成为最厉害的那个,搞成'不是你死,就是我亡'之类的。但你要先试着跑开，或者来找我。知道了吗？"

"好的。"

"很好。你开过手排挡吗？"

"我天生就是开手排挡的。"

波比轻声笑了笑："来吧。"

凯文爬上出租车的驾驶座，双手在方向盘上移动了几下，然后滑向换挡杆球和厚按钮。波比溜上副驾驶座，指着地上说："这块踏板是离合器。你先发动车子，松一下踏板，同时踩一点儿油门。明白了吗？"

"太简单了。"

"嗯，就是这样。离合器要很松，这样开起来就容易了。好了，马里奥，前进！[①]"

凯文左脚蹬着离合器，右脚搭着油门，把换挡杆挂到1挡。车子一动不动。波比晃动着挂在手指上的钥匙："一开始就要仔细。"接着笑了笑，插入车钥匙，给车子点上火。

一开始的三次，车子都是跳了一下就熄火了。第四次，它前进了五英尺[②]。六次尝试之后，凯文找到了感觉。很快，他开着车在空地上穿行，从1挡换到2挡，再换到3挡，又换回2挡。

"很好，你可以用换低挡代替刹车。注意那些该死的墙。"

在距离学校一侧的红砖墙五英尺的地方，凯文踩下了刹车。车子"咔"的一声停下了。"我会了。"凯文说。

"是的，你会了。今天就学到这儿吧。"

"让我开车回家吧。"

---

① 日本游戏公司任天堂在1985年推出的过关游戏《超级马里奥》（又名《超级玛丽》）中的主角。
② 1英尺约为30.48厘米。

"下一次。现在，下车。"波比移到了方向盘后面，凯文绕到了副驾驶座上。波比伸手拨动引擎开关，引擎停了下来。他俩都听到了橡胶物重击砖墙的声音。

"是费恩。"波比说。

"你确定？"

"还能有谁？"

他们走到位于学校另一侧一片较小的空地的转角处。费恩·麦克德莫特把一个网球抛向高空，弓起背，对着五十英尺外的砖墙发了一个快球。

"怎么样，小伙子们？"费恩有一个坚硬的方下巴，剪了一个板寸头。他穿着蓝色汗衫、长袖灰色衬衫和阿迪达斯网球鞋，脚边有一个编织筐，里面有半筐网球，柏油地面上还滚动着大约十五六个。靠墙的地方有一个购物车，里面放了三桶网球和一个球拍，还有一件夹克、一双麂皮匡威鞋和一整张球网，球网上配有硬铁丝，可以用来把球网挂在公园里的球桩上。

费恩用手掌弹着网球拍面，朝着后方空地点头："你们早上和考瑞兄弟喝了一杯吗？"

"他们每天都在那里吗？"波比问。

"当然，"费恩捡起一个滚到他脚边的球，"他们每天都在那里，除非某天去了戒酒互助会或者进了坟墓。"费恩拿着球，紧紧地顶住网球拍线，往下瞪着一个他想象中的对手，蜷起身子，又发了一个球："你怎么样，凯文？"

"我没什么，费恩。你呢？"

费恩掀起他的衬衫，露出腰上四分之一英寸的皮肤："你看。"

"什么？"凯文的眼睛寻找着伤疤、青肿之类的东西。

"'爱的把手'①。我才十七岁,腰上却已经有'爱的把手'了。"

凯文从没听说过"爱的把手",他不知道回答什么才好。但事实证明,他不需要回答,因为费恩还没说完。

"每天发五百个球——这就是我做的事情,波比,就像博格②一样。"费恩想知道波比是否在听,但很难判断,"看到我拿的那块板了吗?"费恩走到购物车旁,拿出一块大约三分之一曲棍球网高度的长条胶合板,"我把它系在公园的栅栏上。"

"为什么?"凯文问。

"这样我发出去的球就能弹回来。看这里。"费恩指着胶合板上用黑色记号笔涂的两个正方形标记,"我是在《体育画报》上看到这个方法的。这些是我的目标区域。如果我击中了它们,就说明我的发球在球场上也会很厉害。"

"这样你就可以在任何地方练习发球了。"凯文说。

"有了这块板,我就是金牌选手。当然,我还是每天早晨都来这里,发球猛击砖墙——那是我去佛罗里达的唯一途径。"

"佛罗里达?"凯文问。

"明年冬天,我会在这里训练六个月,然后去参加专业循环赛。对吧,波比?"

"对的,费恩。"

"你会和我一起去吗?"

"我说了我会去看你的。"

"两年时间里,我们会在温布尔登喝香槟、吃草莓——他们

---

①指"腰间赘肉"。
②指比约恩·博格(Björn Borg, 1956—),曾在20世纪70年代创造辉煌战绩的瑞典著名网球选手。

在温布尔登会供应这些东西,草莓和奶油。对吗,波比?"

"对的,费恩。"

"保持身材,均衡饮食。看见了吗?"费恩用球拍指着购物车。用来放小孩的隔栏里有一箱牛奶和一盒糖霜甜甜圈,"早餐喝一夸脱牛奶。别四处瞎转悠,浪费时间。谁会在早晨八点喝掉一箱六罐啤酒?"

凯文耸耸肩,说:"考瑞兄弟会的。"

费恩拿出甜甜圈,分给他们。波比和凯文没要。费恩四口吃掉两个,然后喝了一些牛奶,冲掉他嘴唇上黏着的糖霜。接着,他开始把地上的网球捡起来放到球筒里。

"你去哪儿?"波比问。

"基督教青年会的臭娘们儿周六在公园里开课,会占掉所有的球场,除非我去得比她早。"

"你为什么不和她比一场,谁赢了谁用球场呢?"波比说,语气里带着一点儿温和的讽刺,但费恩没有察觉。

"不想浪费时间在这个娘们儿身上。再见,小伙子们!"

他狼吞虎咽地吃下最后一个甜甜圈,把盒子扔进了垃圾桶,然后推着购物车走过空地。他一边走,左后方的车轮一边有规律地摇摆着。

"和小狗屎一样软弱。"波比说。

"你觉得他去得了佛罗里达吗?"

"他去得了公园就算走运的了。"

"他是一个挺好的网球运动员。"

"是挺好,但还不够好。"

"他每天早晨都来这里练习。"

"对着一面砖墙打球,中间吃一盒甜甜圈。费恩哪里也去不了，他自己知道，我们都知道。"

"我们？"

"考瑞兄弟、沙克斯、你们家的老男人，还有我。我们在这里出生，将来会在这里死去。我们感到恐惧，即使没有人承认。你认为大家为什么总是趾高气扬地到处走？是为了找一块牛肉？"波比甩了甩手腕，轻轻戳了一下凯文的手臂，"振作起来，小鬼。我告诉你，你和我们不一样。"

"我住在这里。"

"但将来你会离开这里。"

"你为什么这么肯定？"

"因为这是你外婆说的，她可不是一个乱来的人。来吧，你该回家了，我要去接个单。"

他们爬进四号出租车。波比先挂1挡，车子轰隆隆地驶出了空地。在回去的路上，他们听着广播，谈论着红袜队，猜他们最终会不会取得胜利。

第八章

布丽吉特看着她的小妹妹走到梯子边,爬下屋顶,听着科琳在后门台阶上的脚步声,以及最后"砰"的一声关上房门的声音。现在,只剩下她一个人了。布丽吉特爬到矮墙上,矮墙沿着房屋的后部和两侧的屋顶延伸。她把脚悬荡在空中,仔细盯着出租车公司看。公司的办公桌前有她外婆的身影,一边打着电话,一边坐在椅子里前后摇晃。布丽吉特观察了一会儿,然后沿着屋檐,蹑手蹑脚地走到房屋的另一边。她搬开几块松散的砖头,从里面拿出一个笔记本。落满灰尘的棕色笔记本封面上用古英语字体印刻着"圣安德鲁语言学校"几个大字。布丽吉特靠着烟囱有裂口的一面坐下,仔细读了读笔记本的最后几页。然后,她取下夹在笔记本封面上的一支笔,把今天早餐时发生的事情和之后她和科琳在屋顶上的谈话全部记了下来。写完后,她再次把笔记本藏在砖头下面,然后走到梯子旁边,平趴下来,通过一个洞盯着下方三楼的楼梯口以及她外婆公寓的后门。风依然刮着,房子闻起来有一股木头、煤炭和油烟的味道。布丽吉特收拾了一下自己的仪容,把书包甩到肩上,然后开始往下爬。

距离他看见老妇人的身影已经过去了一个小时。之前,老妇人站在后门廊上,好像一个漆黑的稻草人。她穿过院子,走进办公室。再早一些时候,有个孩子从办公室的门里偷偷跑出来,旁边还跟着另一个人——年纪大些,个子更高些,精瘦但强壮,皮肤在忽隐忽现的阳光的照射下显得很苍白。年纪大些的那个人时不时扫视着树木围成的边线,"猫"即使藏得很隐蔽,也依然感觉到了那个人的眼神。他们爬进其中一辆黑色出租车,汽车引擎咆哮着开始运转。他们开车离开了。现在,这里十分安静。空气潮湿、灰暗,紧裹着"猫"的皮毛。他拿出一把刀,用一个手指轻抹着刀锋。老妇人正坐在办公桌前,好像一枚挂在窗子上的硬板纸剪影,她抽着烟,那画面就好像他曾在一本书上看到过的一幅描绘一次晚餐的油画——《夜游者》①里的场景。当年,他的老师曾经介绍过这幅作品,但他不想费神去了解,至少不想去了解老师讲了什么,因为这幅画对他而言不同一般——它会对他诉说。与其说它是一幅画,不如说它更像一部电影。他想知道,在他留在这个世界上的最后一段时间里,在他坐在灌木丛中等待那一刻到来的时候,是否还有别的什么东西会对他诉说。他希望如此,但不敢指望。那个剪影抬起了下巴,对着天花板上的灯吐出一缕轻烟。"猫"挪动了一下。他名叫柯蒂斯·乔丹,是一个兼职小偷和全职毒贩。一份工作往往能够养活另一份工作:为了得到额外的一点儿毒品,客户会用一些简单的符号向他提供情报。关于这个老妇人独自居住的情报,柯蒂斯就是这么获得的——还包括她会在周末早晨去办公室工作,以及在她的公寓里有一个装满现金的保险箱。他把身体紧贴着三层小楼的一侧,这样最糟糕

---

① 美国绘画大师爱德华·霍普(Edward Hopper)创作于1942年的名画。霍普以描绘寂寥的美国当代生活风景闻名,属于都会写实画风的推广者。

的状况不过就是一个白人的脸探出窗户,看到一个黑人正在回望。乔丹张开鼻孔,深吸一口气。他跑上第一段楼梯,在楼梯口转了个弯,然后跃上下一段。

第九章

　　凯文低着头，走上陡峭的山坡。波比不想再谈论任何关于布莱顿和离开布莱顿的话题了。如果换作别人，他们也许会再多谈论一些，但这是波比。他的未来被他自己切断了喉咙。周围没有任何人会举手抗议，甚至没有任何人会抬下眉毛记下过程。一阵微风吹过，刺痛了凯文的头皮。他只能抬起眼睛，不再盯着人行道。路面上三十英尺远的地方，有一个模糊的人影正蹲在外婆家的房屋转角处。这个人影一转头，盯着凯文的眼睛，然后快速跑开，穿过钱普尼大街，一头钻进十三个桑托罗家小孩和他们的母亲一起住着的联排住宅的后院。

　　凯文剧烈摇晃着，盯着那个黑人消失的地方。他一方面感觉自己必须去追赶他，另一方面又很困惑：既然自己注定不像周围其他人那样是个种族主义者，那么究竟是哪里来的想追赶那人的欲望。这时，他听到了一声尖叫，尖厉而清晰，令他毛骨悚然，心跳几乎停了下来。凯文拔腿就跑，穿过小巷，跑到自己家房屋后面的院子里。他看见外婆的出租车公司里灯亮着，灯光在突然间升起的一阵烟雾的笼罩下变得模糊起来。这时，灯光闪了闪，办公室门打开了，一个小小的黑色身影在门槛上晃动了一下。接着，又从外婆的公寓里传来一声尖叫，声音又长又曲折，像丝带一般穿过树林。门槛上的人影开始往院子里跑,步子急促且笨拙。凯文转身从后门楼梯跑了上去,经过楼梯的第一个转角,然后是第二个。他听到楼下有人在叫喊,窗户被"砰"的一声打开。布丽吉特正躺在第三个转角的楼梯上,双脚叉开,一只手紧抓着身体的一侧,鲜血在她的指间流淌。

"布丽吉特!"

凯文跪了下来,用一只手捂住她的伤口。布丽吉特推开他,伸手一指。在细腻的光线下,他看见楼梯上流淌着一道血迹。他听见身后传来脚步声和沉重的呼吸声。有人在默念祷词,同时也在诅咒。凯文转过身,发现母亲在旁边,正瞪大眼睛盯着她的孩子们,双眼又模糊又暗淡。

布丽吉特用力抓住凯文的手臂,把他拉近了一点儿:"快去楼上。"

凯文从未见过妹妹如此充满意味的眼神,她此刻眼睛里闪烁的光芒,凯文记得在他父亲的眼睛里看见过——深夜里,他喝足了酒,内心充满了怀疑、狂怒和后悔。

凯文的母亲在他身边跪了下来:"天哪,基督耶稣。天哪,基督耶稣。"母亲把手按在布丽吉特身体的一侧,想要阻止鲜血的流出,结果却适得其反。

"我没事。"布丽吉特低声说。她的伤势使她哥哥的眼睛无法从她身上移开,"快去。"她说。

他在通往客厅的狭窄的走廊上发现了外婆。她侧身蜷缩着,双腿贴着身体,好像要拥抱自己。她的脸沐浴在一池完美的光线里。多年后,凯文回想起当时的情景,好奇这光线来自哪里。但在此时此刻,他好奇的只是外婆的面容为什么会那么温和安详,那么光洁无瑕。一个疯狂的念头在凯文的脑海里闪过——她只是睡着了，也许她只是被击中了头部，失去了意识。他摸着她的肩膀，在他的一生中最后一次轻轻地叫了一声"外婆"。就在这个时候，外婆的身体背朝下翻了过来。他看到她已经被开膛剖腹，一团湿漉漉的浅灰蓝色的东西露了出来，落在地板上。凯文跑到后门，在坑坑洼洼的门廊上呕吐起来。他的母亲正站在楼梯上，看见死神出现在他的眼睛里，于是哀嚎了起来。母亲从他的身边跑过，跌倒在尸体旁边的地板上，尖叫着，哭喊着，呼唤着她从来不知道也不理解的神明。这时凯文又感觉到一阵恶心。母亲不停地尖叫，直到被警笛声淹没。警车拉走了外婆。凯文最后一眼看到的是他的棒球手套——有人把它从他发现布丽吉特的楼梯口捡了起来，上面沾满了血。

第十章

　　凯文在九岁那年的一天晚上，问起了关于他外公的事情，于是外婆谈论起了麦克纳马拉。外婆告诉他，布莱顿的每个人最终都会去麦克纳马拉，一个坐落在山坡上的白色的大殡仪馆。"那和我外公有什么关系？"凯文问。外婆朝桌子对面瞪了一眼，问他还想不想听故事了。凯文赶紧闭上嘴，外婆继续讲了下去。凯文的外公还是个孩子的时候，就已经开始在麦克纳马拉工作了。那时候，他们不像现在这样给尸体做防腐处理。"什么是防腐？"凯文问。由于他的捣乱，外婆的蓝色眼珠又狠狠地瞪了他一眼。他外公的工作之一是"平绑尸体"。如果人是坐在椅子上死去的，就需要做这一项工作。如果尸体在四肢放平前就已经僵硬了，麦克纳马拉的员工会在追悼仪式到来之前，把尸体平绑在桌子上。有一天，凯文的外公把一个麦克纳马拉的客户绑好之后，突然想到了一个鬼主意。他一直躲在桌子底下，等着客户家属被带进房间作最后的告别。当仪式进行到最高潮时，外公拿出一把小刀，割断了绳子。于是，这位死者坐了起来，给了那些他最爱的人们一个永生难忘的诀别。"大家开始尖叫和晕厥，"凯文的外婆一边说，一边笑出了眼泪，"那时候，你外公的年纪不比你大。他撒腿就跑，从此不敢再踏入麦克纳马拉一步，直到那天人们为他举行葬礼。要感谢他们的是,他们为他举行了一个很不错的葬礼。"

凯文记得自己当时在想,外公肯定是一个捣蛋鬼。外婆什么也没说,任他胡思乱想。可是现在,外婆就在这里,轮到她躺在麦克纳马拉的地下室了,轮到凯文哀悼她了。只是他不知道该如何哀悼,没有人可以教他。外婆曾经是他的全世界、他的开始和结束。是她让他明白了自己是谁、可能会变成什么样。没有人告诉过他一切会结束得如此之快。

凯文强迫自己看着她的脸。整张脸都不对劲——紧绷的双唇,太过红润并深深凹陷的脸颊。他等待她睁开紧闭的双眼,告诉他这只是一场噩梦。他们会为殡仪馆员工做的那些工作感到好笑,他们会取消守灵仪式,回家喝上一杯贝瑞茶,还会配上吐司。他注意到他们把她的双手放在胸口的样子。十一岁那年,凯文存钱给外婆买了一根带有贝壳制成的圣母玛利亚吊坠的项链,还配了一副耳环。凶手杀害她之后,把项链从她的脖子上扯了下来,和保险箱里的现金一起拿走了。但他们没有拿走耳环。现在,她将永远戴着它们了。凯文无法理解这一切。通往殡仪馆公共区域的楼梯上传来了脚步声。接着,凯文听见有人在说话。

"该死的,你是怎么进来的?"

凯文抬起头,看着站在门口的波比。

"我对他们说,她是我的外婆。他们让我在楼上坐了一会儿之后,就让我下来了。"

波比靠近了一些。凯文上一次跟他说话还是在那个早晨,在一群模糊的人影中——警察和邻居们成群结队地站在房屋前的人行道上;凯文的父亲坐在客厅里寂静的黑暗中,冷漠的眼睛闪烁着白光,看着凯文悄悄溜进来,又把他推回到走廊上;凯文的母亲瘫倒在床上,情不自禁地大哭,任由自己的世界坍塌得只剩下碎石、泪水和灰尘；科琳在厨房里，手指捏着他的左手，问他晚饭能不能吃一点儿麦片；布丽吉特带着身体一侧的伤病，独自待在房间里，紧关着房门……波比在尸体的另一头坐下，拿起外婆冰冷僵硬的手指。某个充满生命力的、正在呼吸着的东西从那里经过，凯文感觉他的灵魂搬进了一个太年轻、太坚硬的壳。波比放开了外婆的手，尸体又变回到尸体。波比看着凯文，眼神温柔地游移着。

"对不起，伙计。"

凯文的内心决堤了，他感觉人生中第一次如此放声大哭，这种折磨人的哭泣来自一个他从来不知道的地方，一个没有尽头也没有维度的地方，那里存在的只有痛苦、怜悯和无穷无尽的仇恨。波比把椅子拉到他身边，张开双臂，环抱着他。凯文对他讲了公寓、在可怕的上帝之光照耀下的外婆的脸、一动不动的眼睛和纤细的唇线、鲜血和呕吐、露出来的蓝灰色的内脏，以及其他的一切。波比抱着他，直到他讲完，然后把他抱得更紧。

"我不知道该怎么做。"凯文说。他把头埋在波比厚实的肩胛骨之间，语无伦次地讲述着。

"你什么都不必做，兄弟，根本什么都不必做。"波比轻轻地甚至抑扬顿挫地说，好像在教堂里默念着祷词一样。凯文后退一步，用袖子擦了擦鼻子。波比给他一些空间。他们陪着她坐在地下室里。

"大家都还好吗？"波比终于开口说话。他转向凯文，侧对着尸体。

"你觉得呢？还是和平时一样浑浑噩噩的。"

"你们家的老男人来找过你麻烦吗？"

"他还好。"

"你妈妈呢？"

凯文只是摇摇头。波比往前倾了倾身子。

"你得帮帮她们——待着别动。你明白我的意思吗？"

"我明白。"

"听着，该死的老男人永远是那副样子。你什么都做不了，而且和这件事扯上关系一点儿意义也没有。但是你妈妈和妹妹们需要你好好待着，现在需要的不是英雄气概之类的东西，你只要待着就好。"

"我知道了，波比。"

"真的？"

凯文绕过他望了一眼上方角落里的小窗户。窗户和地平线等高，通过它往外可以看到通往麦克纳马拉的走廊。有个钟正在某个地方"嘀嗒"走着，楼上传来一阵动静。麦克纳马拉的工作人员在四处移动着蜡制假花和冷冻尸体。

"凯文，你的一切她都为你考虑到了。她总在谈论你的未来和你以后要做的事情。这些都没有变，一点儿也不会变。"

凯文端详着窗子下方平坦的白墙，他感觉自己点了点头。

"好了，兄弟。你想离开这里吗？"

"我想出去走走。"

波比站了起来，发出木头刮擦的声音。他的影子笼罩着凯文和桌子上的尸体。"别在外面待太久了。"他捏了捏凯文的肩膀，弯下腰，用手背摸了摸外婆涂了粉的脸颊，凑近她轻声说了些什么，然后消失在后面的楼梯上。

凯文一直等到他的脚步声彻底消失。现在，又只剩下他一个人了。他凝视着人们系在外婆指间的一串塑料玫瑰经念珠。会出现一个空白——她曾经说过——而人们会想去填补它，这是天性使然。凯文摸着口袋里那把手枪的坚硬轮廓,回想着他看到的从三层小楼里偷偷溜出来的那张脸。是那个人杀了他的外婆。他摸着手枪的扳机,咕哝着祷文"万福玛丽亚"。祷文在他嘴里的味道好像灰烬,他的舌头变成了岩石。

第十一章

波比·斯凯尔斯花了不到二十四个小时就查到了那个从玛丽·伯克的公寓里跑出来的人的名字。柯蒂斯·乔丹是个黑人，住在费德里斯路上。波比不知道确切的地址，但是费德里斯不是一个很大的地方。他把车停在公租房区对面的街边，走进街区，直到发现一个没有人的视野宽阔的门口。

守灵仪式从下午开始。葬礼在明天早晨举行。波比不会去参加了，他已经对这个在亲密程度上最接近他母亲的人说了"再见"，现在他要做的就是保护她的外孙。波比已经与玛丽·伯克谈论过好几次，关于她死后会发生什么。他们都不希望发生这种事情，但是波比一直准备着履行他的职责。

他的一个肩膀靠着柱子，双臂交叉在胸前，考虑着他眼前的选项。如果自己听说了乔丹，那么凯文恐怕也听说了。即使他现在还没有听说，将来某天，会有某个人在他的耳边说出这个名字。到时候该怎么办呢？波比感觉胸口一阵战栗。世间自有公道，他愿意把乔丹移交给警察，但这会导致怎样的后果呢？波比在14号警署有一个警察朋友，是一个名叫奎格利的爱尔兰佬。他眼前浮现出奎格利的脸，好像一块长长的浅色大理石，上面镶着黑色的眼睛，到处都是伤疤。"你自己看着办吧，波比。"奎格利会这么说,"那就是你处理这类事情的方式。我们都懂,地区检察官也懂,每个人都懂。"奎格利说到了点子上。如果这件事波比不去处理,那么还有谁会处理呢?凯文会去处理——决不能让那种事情发生。这是一座他要过的桥,是道路上的一个转弯,是该死的悬崖上的纵身一跃。波比抬头看了看,一辆有轨电车隆隆驶过。这时,他瞥见了一些棕色的头发。波比认出了那个脑袋,以及他瘦削的面容和低头走路的姿势。他穿过联邦大道,跑上一个山坡。凯文在他前方二十码①左右的地方飞快地移动着,眼睛看着地面,右手放在夹克口袋里。波比刚要叫喊,凯文在街角拐了个弯,在公租房区消失不见了。波比跑了起来。

凯文推门进来时,柯蒂斯·乔丹正坐在一张木头长桌前。乔丹的眼珠左右转了转,然后又往凯文后面看了看。他舒了口气。

"你跑得离家太远了,白面包。"

凯文对着房间深吸了一口气。桌子上放了一摞钱,旁边有一把枪。乔丹的手指嘎巴嘎巴地数着钱,没有去拿枪。桌子上还散落着其他一些东西,其中有一件在窗口阳光的照射下闪着苍白的亮光。凯文一看到它,其他的东西立刻都褪成了看不见的颜色。凯文拿出一支锃亮的 22 小口径的手枪,举起来,看着颤抖的枪口。直到刚才,他还认为自己会跟对方说话,问他为什么要这么做,试着去理解他的动机。可是,就在他看到桌子上放着他外婆的项链的那一刻,他的世界彻底陷入了疯狂。凯文扣动扳机,柯蒂斯·乔丹举起东西阻挡。枪从凯文手里飞了出来,他听到一声枪响,接着是第二声。乔丹从椅子上抽搐着跌了下来,好像一个被看不见的大手提着的木偶,只是这木偶最后软塌塌地倒在了地

---

① 1 码约为 0.91 米。

上的一片血泊中。凯文瞥见桌子底下有一双白眼也在偷偷地看着他,接着,他被双脚悬空拽到了门口。是波比,他手上拿着一支黑色的左轮手枪,枪柄上裹着灰色的胶带,枪口对着天花板。他拖着凯文穿过几道防火门,朝楼梯井上下看了看。凯文扭着身子摆脱了他,朝走廊飞奔而去。波比对他嘘了一声,让他停下。

一摊鲜血缓缓流过公寓里铺了瓷砖的地面。凯文匆匆跑到桌子后面,差点儿滑倒。桌子上堆着几摞现金、一串钥匙和两瓶药丸。项链吊坠已经滚下了桌子,落在了墙角里。凯文一把抓起它,用大拇指擦掉纤细的项链上的血迹,然后捡起了他刚才掉下的枪。

柯蒂斯·乔丹的尸体整个儿蜷缩在桌子底下,一只手臂举过头顶,好像要去挠另一侧的耳朵。凯文把尸体翻了过来,正面朝上,仔细地看了看,立即把这个形象熟练地刻入了脑海。接着,他跪了下来,把枪口顶着乔丹的脑门,扣动了扳机。22口径的手枪几乎没有发出什么声音,只留下一个干燥的、皱巴巴的洞。凯文把枪插入口袋,跑出公寓,直面撞上一个黑人女孩,她正用惊恐的眼神凝视着他,呆呆地站在走廊中央,一个手指放在嘴里,头发上系着粉白相间的蝴蝶结。他们对视了几秒之后,凯文冲向防火门。波比拉着他走下两段楼梯,来到大楼的地下室。走廊上有一股尿味,老鼠蹿过的黄色砖墙根上流动着一层乌黑的油脂。波比指着一个看似保安室的地方说:"那里可能有水槽。"

"我必须把枪拿回来。"凯文掏出那把22口径的手枪。波比接过枪,把它藏在自己的夹克里。

"我们必须在警察到达前离开。现在,快去洗洗。"

凯文低头看着自己的手,上面沾满了血。他的鞋底边缘也沾上一些。

"现在,凯文,快去!"

凯文走进保安室,打开水龙头。水管咆哮着,流出来的水像铁锈一样。他等了几秒,水开始变得清澈。警笛正在远处呼啸。两人待在这幢大楼里的时间总共不超过七分钟,但也可以说,有一辈子那么长。

第二部

第十二章

　　至少,他没有尿裤子。凯文曾经听说麦克·罗伊科①在得知自己获得普利策奖时尿了裤子。无论真假,这是文字记者们很喜欢讲的一个段子。凯文的这一刻几乎算不上难忘,他当时只是在车辆登记所排队。排在凯文前面的女人一边啃着麦当劳鸡腿汉堡,一边在电话上对她的朋友说,自己没跟乔伊·德图奇上床,辛迪是个混蛋,如果她再不闭上那张臭嘴,自己就会对准她的屁股一脚把她踹到切尔西。排在凯文后面的男人正在翻阅《先驱者报》。他带着大蒜和胡椒味道的呼吸,直往凯文的后脖子上喷,他还时不时地推搡一下凯文的肩膀。就在那种环境下,凯文接到了《环球报》老板打来的电话。

　　"到手了,"吉米·爱德华兹一边说着,一边发出胖子特有的笑声,"到手了!"

　　爱德华兹加入了一个叫作"阴谋"的组织,里面有一群报纸编辑,他们能打听到每年普利策奖的候选人名单,并从中获利。今年,爱德华兹干得比谁都出色。官方还要等上几天才会正式公布评选结果,但他已经从一家被他称为"防弹衣"的情报机

---

①指 Michael Royko（1932—1997）,《芝加哥每日新闻》记者,1972年普利策新闻奖得主。

构获得了消息。凯文刚挂上电话,铃声又嗡嗡地响了起来。他稍微挪动了一下,站在离开队伍大约两英尺的地方。他腾出的空隙立刻就被填上了。"《先驱者报》先生"贴着"切尔西姑娘"的粗脖子和油腻的头发,把报纸用力地折了起来。队伍里的人们偷偷地瞄着凯文,期待着他的反击。毕竟,他刚才花了很长的时间排队——这个队伍在过去一小时的大部分时间里,每过几分钟才让人拖着脚移动一两步。然而,对于波士顿和它骄傲的居民们怀有的这种难以名状但又不堪忍受的愤怒,他没有一点儿感觉。相反,他又走出去十英尺,接着是二十英尺,经过队尾走到门外。就算他没有拿到联邦政府签发的有效的驾驶执照又怎样呢?他是2001年普利策"最佳调查报道奖"的获得者,这将成为他的传记的第一行、他的讣告的第一句。他的职业生涯将从此走上不同的道路,他的人生将彻底发生变化,至少人们是这样宣传的。但是,为什么他没有感到丝毫不同?对于这样一件大事,为什么他一点儿感觉也没有?

第十三章

凯文沿着兵场路往西开。查尔斯河沿岸蜿蜒曲折，午后阳光照在挡风玻璃上，反射着刺眼的光芒。凯文从市场大街离开公路，驶上通往布莱顿中心区的长长的山坡。在过去的二十多年里，他都一直回避着布莱顿中心区。他不确定自己现在为什么会特意绕道来这里。他小时候的那些店面几乎全不见了，伍尔沃思和布莱汉姆的店已经不在了，只剩下五六家酒吧，酒铺的数量也只有从前的一半。依然有地方可以买醉，只是这些地方现在看上去更干净、更安全、更中产阶级化了，但也不如以前好玩了。凯文开车经过丹尼尔面包房——他的妹妹们把自己的青春岁月耗费在了那里，通过给蛋糕撒糖霜赚取一份最微薄的薪水。隔壁是一家印度外卖店，那里曾经是一家叫作"蓝色海湾"的酒吧。当时，凯文还差一个月就要满十一岁了，一个星期天的下午，他正在蓝色海湾门口溜达，这时沙奇·卡拉汗走进酒吧，往西恩·布莱恩的两腿间开了一枪。布莱恩大笑一声，从吧椅上摔了下来，昏死过去。沙奇翻了翻西恩的口袋，留下几美元给酒吧付账单，然后吹着口哨，扬长而去。警察离开后，凯文和他的伙伴们偷偷溜进酒吧，轮流把手指伸进沙奇留在吧椅的绿色坐垫上的枪眼里。总体来说，这种事情还是挺适合发生在星期天的。印度外卖店的旁边是曼迪和乔的熟食店，接下来是肖马特银行和一间药房。凯文开车驶入银行的停车场，把一个写着"媒体"的标牌扔在仪表盘上，然后走进药房买了一盒口香糖。他听见旁边柜台前一个老头儿正在对女店员解释他如何把一块二乘四英寸的木条放在马桶圈底下，以防尿湿自己的蛋蛋。凯文离开时，老头儿正在解开裤子搭扣，想炫耀一下自己松垮垮的睾丸。外面马路上，一个半街区的交通都十分混乱。人们按着喇叭，对着任何可能在听的人大喊大叫，但是谁都无法离开这里。凯文走到引起交通堵塞的地方，原来是一个流浪汉裹着一件长长的橡胶消防员服，侧躺在马路中央。一个女人从药房里走出来，看了一眼，然后穿过十字路口。凯文帮流浪汉转过身，越来越多的人从他们身边走过。流浪汉穿了一条皮背带裤，外套里没有穿衬衫，他的眼睛一直瞪得大大的。

"你还好吗？"凯文问。

"我不知道。"流浪汉眨了一下眼睛，看着凯文，好像在说："接下来呢？"就在这时，警笛声响了起来，周围的车辆都被赶走了。

一辆警车在他们身边停下来。一个有一张肥胖的爱尔兰脸的警察走下警车，看了一眼地上的男人，破口大骂起来。凯文被推到了人群边缘，看着一辆救护车到达现场。流浪汉被担架抬上救护车走了。他对着他的"粉丝"们挥手，还试图和警察握手。大家开始热烈地讨论起来。有了他人的不幸可供谈论，大家为此十分高兴，至少，那种高兴程度一点儿都没有改变。凯文回到车上，开过帕森斯大街，前往电动大道。他已经开始感到头痛。

电动大道往上连通马萨诸塞州收费公路之后，便像安乐死似的无声无息地蜿蜒到了尽头。凯文把车停在 L&G 暖气公司的主楼前，听着车辆在头顶呼啸而过。他经过两幢封了窗户的大楼，三只猫和一只看上去能把这三只猫分别当作早餐、午餐和晚餐的老鼠，最终在一幢狭窄的三层小楼前停下脚步。小楼挤在一个制造纱门的工厂和一个高速公路的桥墩之间。一个波多黎各人从二楼窗户探出脑袋，问凯文要不要买一些朗姆酒。凯文说不要。波多黎各人对凯文说，周日酒铺关门的时候，可以来这里买酒，他会给他便宜点。凯文走上三层混凝土台阶，敲了敲一楼公寓的大门。一个女人打开拴着链子的大门，往外盯着他看。

"什么事？"

"吉米丽，我是凯文，凯文·皮尔斯。"

女人身后传来小孩叫喊妈妈的声音。吉米丽·哈珀解开链子，让大门敞开着。凯文跟着她走了进去。吉米丽个子小巧，但很结实。她需要自己够结实。她和她的四个孩子住在一个单间公寓里。孩子年纪最小的六岁，最大的十二岁。公寓的一个角落里有一个灶台兼餐桌，中间放着一张折叠床。三个孩子围坐在餐桌边，睡眼惺忪地看着凯文。年纪最小的孩子名叫娜塔莉，坐在床的另一头，正用蜡笔在墙上乱涂乱画。

"我五点要出门。"吉米丽重重地坐了下来。

"谁照顾他们？"

吉米丽冲着最年长的女孩点点头："塔莎会照顾他们。"

公寓闻上去有一股燃烧的油脂和烟的味道。床脚有一个小型取暖器，接着一段电线，电线和被子搅在一起。

"那样太危险了，吉米丽。"

"没插电。"

"但到了冬天，你会插上电用它的，对吗？"

女人看了一眼暖气设备,一个伏在角落里的冰冷的钢块。"大多数晚上那里都没有暖气出来。你情愿他们冻死吗?你想要什么,凯文?"

凯文有一段时间没来看她,她的声音已经绷得很细,几乎透明。

"我们找个地方谈谈好吗?"

"在这里就可以谈。"

凯文犹豫着。

"他们知道自己父亲的事情,知道他做了什么,也知道他没做什么。"吉米丽又对着年纪最大的孩子点点头,"跟他讲讲你父亲。"

塔莎像是在学校里被要求背课文一样站了起来,双脚移来移去,手指因紧张而用力地摩挲着手掌。"我的父亲名叫詹姆斯·哈珀,因为杀了一个名叫罗茜·塔伦特的女人被判入狱。他在监狱里待了……"塔莎用力眯着眼睛,盯着天花板,扳着手指数着,"……大概两三年。然后,他们杀了他。"

"用螺丝刀戳破了他的喉咙。"吉米丽说,然后等着塔莎继续往下说。

"我父亲是无辜的,被诬陷是因为他是个黑人。事情就是这样。"

凯文看了看吉米丽,回过头来又看了看塔莎,然后目光转向吉米丽。

"你有什么问题吗?"吉米丽问。

"你觉得呢?"

"字字句句都是真的。"

"你觉得这样能带来帮助?"

"你知道这是为什么吗？"

"因为不这样的话，詹姆斯就白活了？"

"作为一个白人，能明白到这种程度已经不错了，多少也算明白了一点儿。"

"谢谢。"

"你知道我的感受，凯文。"

"嗯。"

"那你为什么来这里？你不是来听我的女儿背诵家族史的。"

凯文在床边坐下。

"凯文。"

"什么？"

"抬起你该死的头。"

他抬起了头。

"你是我认识的最好的人之一，也是詹姆斯能在这个州获得一点儿公平的唯一的原因。这最后没能救得了他，但今后或许救得了他们。"吉米丽又看了看桌子边坐成一圈的孩子们，他们正盯着她的眼睛，"所以，无论你要说什么，你都可以在这里说，没关系。"

"谢谢，吉米丽，这还不赖。"

她等他说话。

"我今天得了一个奖。"

"你就想告诉我这个？"

"我得了普利策奖，因为对詹姆斯的报道得了这个奖。"

吉米丽微笑着，笑得扭曲、破碎，这笑总能使凯文心头一紧，即使他不知道为什么。

"你的家人会为你感到骄傲。"

"我想是的。"

"祝贺你得奖,凯文,当之无愧。"

"谢谢。听着,在他们公布这个消息之后,会引来更多公众的关注。他们或许会重新审查这个案子,有人会想采访你,"凯文压低了声音,"或许还包括孩子们。"

"我们一直都心安理得,不是吗?"桌子旁的孩子们纷纷点着头。

"那就好。"

"你还有别的什么要告诉我吗?"

"你怎么知道?"

"这不难猜。说吧,是什么?"

"我得奖之后——我想会有一张奖状,得到之后,我想让你拿着它。"

吉米丽动了动嘴唇,但没有说话。这是她有时候不经意的一个动作,凯文的母亲在他小时候也经常会这样。凯文总认为那对他造成了伤害,或许她们只是想控制自己不去伤害他。

"如果你不想惹这些麻烦,"凯文说,"那也没关系,我只是想……"

吉米丽把手平放在他手上,带着一种温暖、细腻、有力的感觉。"过来。"她领着他走到灶台边的一个小储物柜前。柜子上有一些奶酪意面的盒子、一些贴着白标签的罐头食品和一大瓶花生酱。她把手伸到那些东西的后面,拿出一个红色剪贴簿,封面上有一个已经有些剥落了的金色手写体写成的"回忆"。

"我把它藏在这里。等到塔莎长大些后,我会交给她。"吉米丽打开簿子,里面有几张她和詹姆斯的快照和一捆新闻剪报。凯文拿起一张,上面的标题是这样的:

萨福克郡是如何把一个无辜的男人判决为谋杀犯的？法庭辩论引发的疑点和解决的问题一样多。

下面是凯文写的文章。一篇把整个案件的片段编织在一起的冗长的周日报道——从詹姆斯被捕，到他被审讯、定罪，直至最后那个早晨，他在沃波尔监狱的种族隔离区被捅死。

"如果你想把你的奖给我，我会把它放在这里。我走后，孩子们会一直保存着它。"

"那样就太好了。"凯文把剪报压紧，放回原处，"我会打电话通知你那些媒体报道的。"

"开心点，凯文。你救了一个人的命。"

"我真希望是那样。"

"你救了詹姆斯，"她拿起剪报，"你还把他还给了我们。来吧，跟孩子们说再见。"

凯文走出那个令人窒息的房子，对着黄昏的太阳眨了眨眼。眼下正值四月，不知来自何处的风越吹越猛，在树顶上聚集起来，然后像张着利爪的老鹰一样俯冲而下，把这新英格兰冬天里最后的寒冷鞭打在凯文的脸上。凯文双手塞进口袋，外套裹住胸前。他们在阿尔斯顿的一个纸板箱里发现了罗茜·塔伦特的尸体，离凯文此刻站着的地方大约一千米远。她当时十八岁，但已是饱经沧桑。她的手脚被绳子捆住，嘴被堵上，一段细绳勒着她的脖子。不过，最终要了她的命的并不是细绳，而是她胸前和身侧被刺的三刀。为了确保能够杀死她，凶手还用一把38口径的手枪在她的脑袋上开了一枪，并且拿走了她的皮包，里面有不到一百美元的现金和一些小衣物。1997年的时候，警察对案件不会作太多的侦查，他们几乎从一开始就将目光集中在詹姆斯·哈珀身上。那时，他和吉米丽正处于分居状态。他认识罗茜，而且有前科——大部分是情节较轻的毒品犯罪，还有两次是因为斗殴被判了刑，都是在酒吧里打架，地方检察官根本没当回事儿。詹姆斯是一个喜欢暴力寻衅的人，是一个黑人，而且在谋杀案发的那天晚上，他没有不在场证明。所以，詹姆斯只被审讯了半天，就被判了终身监禁，直到后来他被螺丝刀刺破了喉咙。詹姆斯死前，凯文和他一共见过七次，进行了二十三小时的采访。葬礼过后不到一年，凯文发布了他的报道。对詹姆斯而言这或许太迟了，但无论如何，他们给了凯文普利策奖。

凯文开车回到山上，进入布莱顿中心区，在道尔酒铺买了些啤酒。凯文才十三岁的时候，柜台后面的老头儿就经常卖酒给他。对那时候的凯文而言，"六听装啤酒"是一场奇妙的冒险。他们在十二月的严寒里喝酒，三四个人蜷缩在一起抵御寒冷，听着齐柏林飞艇的歌，共用一副手套来防止啤酒罐在他们手里结冰，谈论着女孩和运动，吹牛、吵架、大笑、胡说八道。他们拼命地喝酒，大口灌下啤酒，痛饮刚弄到手的烈酒。他们本能地明白，这可以帮助人们逃避现实——过去是他们的祖辈父辈，现在轮到了他们。凯文把"六听装"放在旁边的座位上，开车经过麦克纳马拉殡仪馆，下坡到达橡树广场。他曾经在塔尔公园打过几场比赛，那些比赛在他小时候看来很了不起。但是现在，这里已经面目全非，他什么都认不出来了。石头和野草已经不在了，取而代之的是绿色的草坪和光滑的棕色泥地。一层干净的白色橡胶覆盖在投球区。凯文把啤酒留在长椅上，走上本垒板。击球区用粉笔划分开来，里面是柔软的红色陶土。他先用右脚挖了挖泥土，又用左脚，然后低头看着本垒。

"走，去内场。"吉米·费兹漫不经心地从击球练习场的凉棚下走了出来，一只手拿着球，肩上扛着练习打大腾空球的球棒。"塔皮，一垒。杜塞特，二垒。"他们的教练对着空荡荡的棒球内场挥挥手，"都知道自己的位置吗？各就各位！"

凯文跑向游击手的位置时，在腿上拍了拍自己的棒球手套。费兹站在本垒板上，布莱顿的接球手格里·苏利文在他的旁边。

"先来一轮。"费兹说着，把球猛击到三垒线内。乔伊·纳格尔反手接到了球，极速扔向一垒。

"漂亮！"凯文大叫，即使这时球正从二垒直冲向他。凯文往右移了三步，一边跑一边侧身往后看。他稳稳地接住了球，站定右脚，随即把球扔了出去。一垒的球员布莱恩·塔皮一跃而起，勾住了球。他用手套指着凯文，把球猛地投回给了苏利。

"双杀出局。"费兹抱怨着，把另一个球投向空中，让它滚到了一垒和二垒之间。凯文知道他的教练在内场的惯例，所以已经开始行动了。汤米·杜塞特在应该被看作外场的草地上抓住了球（如果塔尔公园有草地的话），转过身来。二垒的球员知道不必等凯文动身，直接把球扔向了垒垫。一瞬间，球看似飞向了左区。凯文一路滑行过去，一个反手把球扫入手套里，极速扔向一垒。球"砰"的一声回到了苏利手里。苏利又立即把球投向二垒的凯文。凯文转身把球射向三垒，再到一垒，回到本垒。吉米·费兹手上还有一个球，他轻轻打出一个地滚球，球到达了一垒。比赛就这样结束了——棒球中的芭蕾舞。凯文用手、用脚、用心跟随着——他的世界只剩耳边的呼吸、球被击中时的模糊形状和五个孩子在内场里共同的心跳。

凯文走出击球区，凝视着空荡荡的内场上守着阵地的鬼魂们。在布莱顿长大意味着被往事拴住。一些拴绳又快又紧地摆动着，形成一个残酷的自我毁灭的弧线，摸清所有碍事者的底细。另一些又远又大幅地盘旋着，清扫着新的朋友和家庭、钱财、权力，甚至臭名昭著。但它们都把这个地方作为中心，一个混乱的、贪婪的地方，一个光明与黑暗交织的地方。凯文回到一垒线附近，在长椅上坐下，打开一罐啤酒。也许他以为自己已经挣脱了拴绳，也许他是个该死的蠢货。

一对夫妻用皮带牵着两只斗牛犬，闲逛着走进了公园。他们让狗恣意奔跑，自己在外场的草地上坐了下来。他们靠得很近，身体几乎混合在了一起。凯文的视线穿过大街，落到舅公老公寓的深色窗户上。那天下午，沙克斯开车把凯文送到了纽约，此后一直密切监视着他的成长，包括他上大学期间和他搬回波士顿之后。那些年里，他们在各种地方见面，一起喝啤酒、喝咖啡、看报纸——就好像凯文小时候他们在出租车公司里度过的那些早晨。唯一不同的是，他们的每一次谈话里的每一个词都被凯文外婆的阴影笼罩着，他们在一起时再也没笑过，一次也没有。凯文注意到沙克斯变得越来越消瘦，头发变得越来越灰白。一开始只是眼眶凹陷，后来双颊也没有了神采。最后，这个拳击手在喝咖啡时手会发抖，填写赛马表格的字迹会歪歪扭扭。凯文一直陪在他的身边，做他的助手。凯文的父母去世一年后，凯文接到了那个电话。沙克斯早晨去医生那里做了X光检查。那是一个炎热的夏天，波士顿红袜队罕见地与印第安队连赛两场。看完球赛后，沙克斯带上一块火腿芝士三明治和一本塞林格的《麦田里的守望者》，坐在查尔斯河畔，抽了一支烟，然后脱下鞋袜，在口袋里装满石头，往河里走去。在为他举行葬礼的那天，凯文独自坐在位于牛顿的教堂的背面，看着麦克纳马拉的小伙子们推着棺材经过。外婆死后的这些年里，他第一次大哭。哭是因为他爱这个老人，用一种简单的、不经意的方式，这种爱无法用人们惯用的标准来衡量。他为一代人的离世而哭泣，也为自己已经记不清沙克斯的长相而哭泣——以前他总认为自己会永远记得他的样子。

身后的停车场上传来关车门的声音，凯文瞄了一眼，看见一个黑人拿着一根球棒和一袋球，从卡车上走了下来。他的孩子大约十岁，穿着一件红袜队的热身夹克，已经开始迈着轻松的大步往棒球内场跑去。父亲让孩子站在投球手的小土丘上。两人说了几句话之后，父亲给孩子示范标准动作——如何握球、投球和手臂的角度。父亲小跑回本垒板，蹲下身子。孩子拉了拉帽子，把球在手套里弹了两下，想象着自己收到了裁判的指令，然后前倾身体。凯文和他一起前倾身体，静静地观察着他。孩子终于投出了球，球在地上弹了两下，父亲单脚跳起，干净利落地抓住了它。凯文轻轻地笑了，自己几乎都没意识到。

"我这是在做梦吗？"

凯文身体一颤，转过头去。凯文最后一次见到费恩就是周六早晨在"杰福"后面的那一次。男人之间往往这样，几十年不见也似乎没有什么影响。

"费恩，你好吗？"

"凯文·皮尔斯，我还活着，还呼吸着。你想拔出手套了？"

"红袜队也许用得着。"

"那当然。"费恩在长椅上坐下,"什么风把你吹来了?"这个曾经为了腰间赘肉烦恼的孩子现在已经有了一个大肚腩,因为喝了太多的生啤以及太多满是胡椒和奶油的杂烩汤,抽了太多的廉价香烟,太多次在沙发上过夜,吃了太多的该死的甜甜圈。

"我刚才在这附近办事,路过公园时想停下来看看。"

"回忆,是吧?"费恩跷起二郎腿,向后仰着,双手交叠在他肿胀的肚子上,好像里面有个宝宝,"有人说你在《环球报》工作?"

凯文对于费恩居然知道他靠什么谋生感到惊讶。见鬼,凯文对于费恩居然还活着更感到惊讶。

"是的。"

"你写体育报道吗?"

"不,我写的大部分是调查报道之类的东西。"

"不错,有什么我听说过的吗?"

"我在布莱顿作过一个调查,因此得了普利策奖。这就是我回来的原因。"提到普利策奖的时候,凯文感到一阵脸红。费恩没有注意到。

"我在芬威体育场门口做票贩子和卖T恤,不得不花很多时间在上面。不过,我在酒桶酒吧门口弄到了一个摊位,就在卖香肠和胡椒粉的家伙的右边。"

"很不错。"

费恩放下腿,马上又跷起来:"嗯,是很不错。"

凯文拿着塑料杯,提起"六听装":"啤酒?"

费恩朝他摆摆手,但又拿起一罐,一口气喝掉一半,最后打了个湿湿的嗝:"你见过波比了吗?"

"他在附近?"

"波比一直在附近。"费恩噘起下唇,眯着眼睛看看自己的两层脂肪,"你为什么问这个?"

"问什么?"

"问关于波比的事。"

"我不知道,我觉得我想见他。"

"波比和我的关系很铁,你知道的。"

"当然。"

"他为芬格斯坐庄,我给他打下手。"

庄家波比——凯文听说过这些,但对他而言,这依然是件很难接受的事情。在他们的孩提时代,波比是一个能把整个世界掌握在手心里的人,凯文从没想过还有别的可能。黑人小孩结束了投球,现在他站在击球区,肩上架着一根球棒。父亲把球扔向空中,孩子把球猛击向本垒后的挡网。

费恩摇摇头:"过去从没见过这些人,至少在塔尔公园没见过。"他等待凯文的一声赞同,然而并没有。于是他喝完啤酒,扔掉罐子,站了起来,"好了,我得走了,去看一下我的摊子。如果你要买运动衫,我可以便宜点给你。"

"酒桶酒吧那里?"

"对。"

"告诉波比,我向他问好。"

"你知道吗,今天遇到你,其实说来有趣。"

"为什么?"

"昨天晚上,我在整理旧东西的时候,正巧看到这个。"费恩拿出一张皱巴巴的照片,是费恩、波比和凯文在芬威体育场的低价露台座位上拍的。

"是洋基队的比赛。"凯文说,"我们坐在候补队员区后面第三排的位子上。"

"波比差点儿拿到一个球。"

"嗯。"凯文把照片还给费恩。费恩不要。

"你拿着,我有一大堆这样的旧玩意儿。"

"真的?"

"当然,你又不常回来。"费恩往前靠了靠,轻轻地碰着凯文的肩膀,"嘿,关于你外婆的事,我感到很难过。"

"那是很久以前的事了,费恩。"

"但是,那之后我就再没见过你。"他从另一个口袋里拿出一张名片,在手里翻转了几下,然后递了过去,"波比这几天在工地上班。打电话给工地,他们一般会告诉你他在做什么。还有,祝贺你得了那个奖。"

"谢谢,我会再联系你的。"

费恩点点头。两个人表现得好像他们每天都见面,而不是十年才重逢一次。凯文看着他蹒跚着走过公园,然后喝了一口啤酒,研究着老照片,好奇他们当时在那里干什么,以及为什么布莱顿到现在依然紧抓着他不放。

第十四章

　　波比·斯凯尔斯把车停在街对面,凝视着教堂。灰色的石头在斑驳交错、渐渐淡去的阳光的照耀下显得苍白。教堂里面空气凝重,好像有人正在屏息祈福。波比走过一排冰冷的许愿蜡烛,跪在最后一排长椅上。他为三个人祈祷——为每个人念了十遍玫瑰经——然后画了一个十字,坐了下来。波比的口袋里放着一本小小的《圣经》。他打开《圣经》,翻到任意一页。他相信未知的力量——命运、本能、基督、佛陀、因果报应——他全都相信。他认为它们会编织成一件严丝合缝的衣服,把他从头到脚裹住,轻轻地放入坟墓。有些人知道自己穿着什么,以及他们是谁;而有些人则毫无头绪。

　　波比听到了脚底刮擦石头的声音,是脚步声。他看着勒尼汉神父走出圣器室,开始逐一点燃神坛后面的蜡烛。每天下午的四点三刻,老神父都会重复这套仪式。他从来不认识这位坐在阴影里表情肃穆的观众。波比一直等待着,直到神父完成仪式。神坛上空无一人。在这个到处都有天主教徒的城市里,人们已经不再去做弥撒。甚至有传言说,教堂即将关门出售——出售教堂的钱已经被指定用来赔偿那些被毁掉的人了。波比在《环球报》上读到了整个事件的来龙去脉,有五十、六十、七十个神父。不同于住在布莱顿的其他人，波比并不感到惊讶，一点儿都不。他奇怪的是那些从没碰过小孩的人却同样被指控为恋童癖。他们是否感到难以启齿？是否只是表演的一部分？是否只是需要背负的十字架？他合上《圣经》，走到教堂的后部，点燃一支蜡烛，往箱子里扔了二十美元，然后离开了。

在勒尼汉神父欢迎四个前来参加五点弥撒的人之前，波比已经回到了他的吉普车上。他把车停在布莱顿五金商店门口。五金商店的前窗上贴着以前的小联盟队褪了色的照片，其中包括一张波比十一岁时参加球队的照片。他是这支布莱顿洋基队的一垒和投球手。波比从没见过这张照片，但别人告诉他照片被贴在这里，他也就不加怀疑了。五金商店旁边是宫殿浴场。一个男人舒展着身子走出浴场，一只老狗拖着腿走在后面。男人有一簇浓密的黑发，里面夹杂着一缕与分发线平行的染白的头发。波比认识这张脸，一张以搬砖为生和在考瑞博喝酒的爱尔兰人特有的悲惨的脸。他叫谢默斯，喜欢喝爱尔兰威士忌，直喝到身体僵硬。他喜欢讲美国有那么多的女人，以及回到戈尔韦①是一件多美好的事情。当然，他曾经是他老家的"金拳套"冠军——他一直引以为豪——直到有一天，一个来自奥尔斯通的小孩打落了他的三颗牙齿，并且用靴尖挤烂他的左眼。谢默斯故意不把脸对着波比，低头冲进停车场。波比对着他的眼罩微笑。金拳套，狗屁！这个蠢货在一场曼联的球赛上输给了波比一千五百美元。而在上星期，他至少又输了三千。

爱尔兰人驾驶着一辆小卡车，车的保险杠上涂了三种颜色。他打开车门爬进车里时，只为寻个乐子，踢了一脚狗的肋骨。波

---

①爱尔兰地名。

比在街对面看着卡车开出停车场，然后"砰"的一声拉动了排挡杆，跟了上去。

他们开出布莱顿中心区，往山上驶去。路上经过一条被叫作"维农山"的陡峭的大街。爱尔兰人驶入一条狭窄的车道，进入后方设有围栏和一片空地的单层棚户聚集区。波比飞速冲了上去，在小卡车里拳打脚踢了起来。爱尔兰人骂骂咧咧地从车里爬了出来。波比用密集的左拳和沉重的右拳轮换着揍他。爱尔兰人也举起了拳头，挥向波比的侧脸。波比的太阳穴上被打出一个楔形的小伤口，那是一个与波比手指上戴着的大戒指一模一样的复制品所带来的。爱尔兰人又猛挥了一两下拳头，但都落空了。波比又一次用左拳猛击他，把他的头按在驾驶座一侧的窗户上。爱尔兰人突然抓住反光镜，把它掰了下来。接着，车道上安静了下来。

"烂货。"爱尔兰人喘着粗气骂道。

"你欠我钱。"

"我上星期还了你们三千块。"

波比依然抓着他的黑发，把爱尔兰人的脸拉近些："你觉得我有空掺和这些破事儿？"

波比的右边，有一个脑袋在房子的窗帘后面偷偷看了一眼。爱尔兰人笑了，两颗灰色的牙齿之间连接着一缕掺着血的唾液。他的眼罩滑落下来。波比看见了下面烂糟糟的血肉，他把大拇指按进爱尔兰人那只好眼的眦角，瞳孔从眼眶里突了出来。

"我把你的另一只好眼也弄掉吧，谢默斯·欧图尔？还是叫别的什么该死的名字？"

爱尔兰人的喉咙呜咽着，但他还是忍住了没叫出来——对那个种族的人来说，这可真不容易。不过当你只剩下一只眼睛的时候就另当别论了……波比在小卡车后面找到一把射钉枪，把它拿了出来，用膝盖压着爱尔兰人的手臂，强迫他把手平放在水泥地上。

"你搞不到子弹的。"爱尔兰人用一半骄傲一半吓得半死的语气说道。这语气爱尔兰人已经不断完善了几个世纪。

波比用手背敲了两个钉子进去，看着爱尔兰人尖叫着滚下了车道。波比跟着他走到排水沟，从他的后口袋里拿出一个厚厚的绿色钱包，从里面拿走了五百块，留下五十块给他。

爱尔兰人挣扎着跪在地上，双手紧紧贴在胸前，红润的手指弯曲成奇怪的角度，不断地颤抖着。"全拿去……"下面的半句话消失了，只剩下唾沫横飞的咒骂。波比走回到斜坡上，打开小卡车的门。老狗跳了出来，磨蹭着波比的腿，祈求食物。波比轻轻推开它，看着它穿过车道，经过它的主人身边，跑到大街上去了。它往前跑了大约十码，在一根电线杆旁撒了尿，然后原路返回，又跳进了小卡车。

"你该学聪明点。"

老狗只是看着他。波比想起了他之前已经明白了的事情——有些人天生就是一块脑袋挨揍的料。他"砰"的一声关上车门，旋下车窗——万一狗突然醒悟过来。然后，他走回爱尔兰人身边。

"以后别在我这里赌了。另外，如果再让我看到你碰那条狗，下一个钉子就会穿过你那只该死的眼睛。滚！"

波比回到他的吉普车上，把车倒出车道。他在后视镜里看到的最后一幕，是爱尔兰人用一只受了重伤的手对他做了一个辱骂的手势，而另一只手则擦着脸上的血。波比笑了。他脉搏跳动的速度从未超过每分钟六十下。

波比开车下山，回到华盛顿大街，把车停在浴场的对面。浴场老板——一个名叫马克斯的犹太人——正坐在柜台后面，把刮奖券卖给一个穿着红色外套、长着雪貂脸、有着很深的眼袋的老年女士。

"波比，怎么样？"

"一份《先驱者报》和一盒万宝路，"女士说，"软包装的。"

马克斯已经从头顶上方的自动贩卖机里拿出了一盒烟。老年女士随手扔过来几张钞票和一堆硬币。马克斯数也没数，就把钱扔进了收银机。老年女士从一摞报纸上抓起一份，"砰"的一声关上门，走了出去。

"每周三次，来买同样的东西——两张刮奖券、一份《先驱者报》和香烟。十三美元二十七美分，分毫不差，不用找零。"马克斯身体前倾，肚子顶着收银机，对着关上的门尖叫道，"去你的！"

"天哪，马克斯。"

"不好意思，波比。这就是工作，有压力，你懂吗？"

波比朝四周看了看。三排货架上挤满了咖啡、茶、面包和谷物之类的日常食品。另一个货架上放着个人卫生用品——牙刷、剃须膏、洗发水、肥皂和一架子的避孕套。还有一个冰柜，里面有牛奶、鸡蛋、黄油和芝士。两只一脸寂寞的土豆，放在一串棕色的香蕉和三个干瘪的番茄旁边，还有一台咖啡机。当然，还有各种各样的彩票。其他地方的人都不像马萨诸塞州的人那么爱玩彩票。通过刮奖券输掉钱的方法有十万种。如果这还不够，每隔十二分钟还可以玩上一次基诺[①]。那些蠢货或许还会在州政府里放上自动彩票贩卖机。

[①]一种在 M 个数字里挑选 N 个数字作为下注号码的短周期彩票游戏。

"来一杯咖啡？"马克斯手上拿着一把壶，一缕蒸汽从壶盖上飘出。波比点点头。马克斯给他倒了一杯咖啡，加上奶油和半勺糖，然后给自己也倒了一杯咖啡，加上奶油和五块糖。

"生意怎么样？"

"有人在街边又开了一家。"

"抢走了你的客人？"

"这倒没有。你从没去过那里？"

"我都不知道有这么一家。"

"那地方闻上去就像骆驼屎。"马克斯喝了一小口咖啡，又加了两块糖，"他们还得在那里放一只羊，当作空气净化器。你想吃个甜甜圈什么的吗？"

"不了。他到了吗？"

马克斯微笑着，露出一排渍迹斑斑的牙齿，牙渍的颜色从代表"一天一包"的黄色逐渐加深到预示着"肺癌"的棕色。

"你觉得呢？他已经等了十分钟了。"

波比向商店的后部走去。费恩正在一台从天花板上垂挂下来的基诺彩票屏幕前来回走动。一些黄色的球不断翻滚着，中奖数字落入槽里。

"给我个80！给我个该死的80！"

一个64落了下来，接着是一个7、一个12和一个43。费恩用他独特的咒骂欢迎每一个数字的到来。接着，开奖结束了。

"该死的！"他撕碎彩票，和其他基诺彩票的纸屑一起扔在地上。

"你在玩什么？"

费恩抬头朝四周看了看："嘿，阿波，我没看见你在那儿。整整一周里面，我都买了同样的数字。前三个数字都中过了，就差那个该死的 80。"

"换一个数字看看。"

"呵,然后就会看到 80 整天不停地出现!该死的开奖机!"费恩挪到一个吧椅上。波比坐在一张靠墙的长桌上,晃荡着他的腿。

"你有没有读过《体育周刊》上的一篇关于迈克尔·乔丹的报道?"费恩问道,"你知不知道他还有个弟弟?"

波比摇摇头。

"那家伙才五英尺八。想象一下,你是迈克尔·乔丹的弟弟,但你只有该死的五英尺八高。"

"你觉得他为此烦恼?"

"当然了,换作我肯定很烦恼。"费恩面前有一份折叠着的《先驱者报》和一个白色纸袋。波比没有理会报纸,打开了纸袋,从里面拿出一个蓝莓麦芬,掰下一块。

"谢谢。"

费恩对《先驱者报》点了点头。波比叹了口气,把它拿了过来。报纸里面夹着一摞二十美元的钞票。

"三百四十块,全部还清了。"

"我们不必搞成这样的,费恩。"

"这样很明智。"

"这样很蠢。谁会监视我们?马克斯?"

"你想去卫生间数一数吗?"

"闭上你的嘴。"波比拿出钱,塞进口袋。这是他俩过去五年来一直在执行的一套程序,每周一次,在宫殿浴场见面。他俩其实每天都见面,但这个程序只在宫殿浴场进行。费恩会带着一块蓝莓麦芬和一份《先驱者报》。如果他欠波比钱(大部分时候是这样），他会把钱放在报纸里。如果波比欠他钱（小部分时候是这样），费恩会等着波比把他赢的钱放进报纸里。精神病？没错，但这就是费恩。

"你今天上班吗？"费恩问。

大部分日子里，从早晨六点到下午两点，波比都在给墙刷涂料。他并不缺钱，不缺钱做庄家或者做其他任何事情，只是他喜欢干体力活。实际上，这是他生活中最好的事情之一。

"嗯，"波比把剩下的麦芬扔进垃圾桶，"我只是在外面看见了爱尔兰人，高个子、有一缕白发、戴着眼罩的那个。"

"斯拉特利？"

"他叫那个名字？他欠了我们什么？"

"我不知道，四千块，或者五千块。"

"他说他上周还了三千块。"

"他是个骗子。你问问布丽吉特，她会告诉你的。"

"我该让韦恩·卡施曼[1]揍他的屁股。"

"那他现在还欠我们什么？"

"把他所有的东西都拿过来，然后告诉他去别的地方做他的生意。如果他给你找任何麻烦……"

"我能对付这个蠢货。"

波比考虑着费恩这个人——下巴和肚子在一双祖父才会有的弯曲细长的腿上保持着平衡。他能搞定那些周末从牛顿和布鲁克林赶来的赌徒，也能把大部分的大学生吓得屁滚尿流，但也就这些本事了。波比依然付钱给他，好像他是一个很厉害的家伙，因为他做了很厉害的事。几次红袜队输得一败涂地的晚上，费恩和他的几个朋友想溜到正面看台的几个预留座位上，近距离地看清

---

[1] 指 Wayne Cashman（1945—），加拿大职业冰球选手。

比赛。他们坐在体育场外面，费恩就会有话题可聊。

"我知道你能对付他，费恩。但如果他给你找麻烦，你要让我知道。好吗？"

"好吧。"

"什么？"

"没什么。"

"去你的没什么。到底什么事？"

费恩勾住波比的肩膀。波比知道人们怕他，他是一个能让柯蒂斯·乔丹吃子弹的家伙，这为他在当地赢得了一辈子的尊重。更不用说那些有分寸的恐吓了，波比把它们用在了恰当的时候。"你还是在克里布喝酒？"波比问道。

"一个烂地方。"

"怎么了？"

"他们开始把黄油和韭黄放在烤好的土豆上，还和牛排指南一起递给你。我喜欢自己弄。"

"你还在那里喝酒？"

"偶尔，怎么了？"

"只是要你当心点，要是他们找你麻烦，记得告诉我。好吗？"

"好的。"

"喝杯啤酒吗？"

"我今晚要开赌局。"

"好的。"波比突然站了起来。

费恩像一只紧张的猎狗一样舔了舔嘴唇，说："该死，我已经迟到了。你想不想先吸一根大麻？"

"你上次见我吸大麻是什么时候？"

"你想等我一起走吗？"

波比上下打量着他的朋友："你还吸大麻？"

"你知道我已经戒掉那玩意儿了。"

"真的？"

"真的。"费恩的双眼望向酒杯，他的下唇开始颤抖。

"怎么了？"

"没什么。你今天为什么一直问我？"

波比朝四周看了一眼，然后靠近他说："因为你又开始吸大麻了。我除了伤害你，没有别的选择，在你伤害我之前。你懂我在说什么吗？"

"当然。"

"那别愣在那儿。"

他们走向商店的大门。马克斯正在一边喝咖啡，一边看报纸。

"你从哪儿搞来的？"波比问道。他的头朝柜台后面黄色灯下的一排烤鸡点了点。

"人们已经厌倦了那些营养品。垃圾食品真是美味。"

"哦？"

"昨天的全卖完了。今天你想要一个？"

波比看着费恩，问："你饿吗？"

"我很渴。"

"给我包一个。"波比拿出一卷钞票。

十分钟后，他俩坐在位于市场大街被当地人称为"乔伊"的酒吧里。酒保放下两瓶百威啤酒，然后回到冰箱旁边休息，眼睛盯着一台挂在男卫生间门口调成静音的电视机。电视上正在播放"家庭智力对抗赛"。波比拿起啤酒，与费恩碰了个杯。然后，他俩静静地坐着，唯一能听到的是费恩弄碎鸡骨和撕下鸡肉的声音。

"你妈妈怎么样?"波比问道。

费恩的母亲独自居住在位于法纳尔街边的贫民区的政府补助公寓里。费恩每天都去看望这位老妇人,而她每天在厨房的饼干盒里留一张二十美元的钞票给她唯一的儿子。波比知道这二十美元的事情,但从没和费恩争论过。波比也很肯定老妇人付得起房租,她还在私底下多付了一点儿给大楼经理,这样他们就不会像骚扰那一带的"老住户"那样骚扰她了。费恩不知道这些。

"医生说她大概还能活个一两年。"费恩说。

"医生五年前就这么说了。"

"是的,好吧……"

"别担心,费恩。"

"我不担心。"

波比已经听出了他喉咙里的哽咽。波比知道,如果费恩的母亲最终离世,费恩会变成行尸走肉。

"谢谢你的关心,阿波。"

"没什么。"

"有什么呢,从没别的什么人关心过我们,你知道吗?"

酒保晃悠过来看看他们是否需要再叫一杯啤酒。费恩已经喝完了,酒保又给了他一杯,然后拖着脚走开了。

"这周末,我打算押一些给波士顿凯尔特人队,他们有纽约尼克斯队的主场比赛。"费恩开始做关于如何输掉他的钱的各种排列组合。波比听着他持续的喃喃自语,看着自己在吧台后面模糊不清的镜子里的映像,注意到自己下垂的下巴,眼睛周围还有一些肿。

"你怎么看,波比?"

"什么？"

"你怎么看，关于佛罗里达的球队？"

波比的眼睛从镜子上移开，他不知道他们如何赢走费恩押在阳光之州①的钱，但是他们做得到。

"你明年冬天打算去那儿？"

"我知道，我每年都这么说。"

"是的，你每年都这么说。就在这里，在这个酒吧里，坐在那张吧椅上。"

"这次我会赚到钱的，我要把钱好好藏起来，不会拿任何一分钱去赌博，绝对不会。"

"那很好，费恩。"

"我知道我年纪大了，不适合打巡回赛了。"

"你还是可以去那里看比赛的。"

"我在想，我也许可以当教练。"

"教练？"

"当然。你从没见过那些从纽约来的坐在美国网球公开赛看台上的金发妞儿吗？我要做的是走下看台，找出一个有潜力的。我想有这么一个女孩，十五六岁，我教她打球，教她怎样真正地打球，不会跟她有上床之类的事情。我只是个教练。"

"听上去像个计划。"

"你觉得可行？"

"为什么不呢？"

费恩用一张酒吧的纸巾抹去手指上的炸鸡油脂，深深地、贪婪地喝了半杯啤酒。

"是啊，为什么不呢？"这个想法似乎温暖了他，"你会过来

---

①指佛罗里达。

看吗?"

"尽量离我远点。"

"我在想,我可以弄一个小港口边的公寓。我们可以有一艘船,开船到港湾钓金枪鱼。"

"你钓过鱼吗,费恩?"

"有次在钱德勒的池塘里钓到过一条鲶鱼。"

"已经很不错了,兄弟。"

他们笑了,为费恩虚幻的未来干杯。

"我有没有告诉你我今天看到了谁?"费恩问道。

"谁?"

"凯文·皮尔斯。"

波比正在把杯子送到唇边的手在半空中停了下来。他把杯子放在吧台上:"你在哪里看到他的?"

"今天下午,在塔尔公园。他问我关于你的事情。"

"你怎么说的?"

"没说什么。他告诉我他得了普利策奖之类的东西。"

"真的吗?"波比吹了一声口哨。

"那是个大奖吗?"

"天哪,耶稣基督。"

"我只读报纸的体育版,大部分为了看看比赛几点开始。"

波比的眼神移出了窗外,落在街市上。

"阿波?"

"嗯?"

"你有二三十年没见过他了吧?"

"他像兄弟一样,费恩。"

"像我俩一样?"

"对，就像我俩一样。"

费恩咕哝着，一口干了啤酒："我得走了。"

"晚上玩得开心。"波比用手指摸了摸鼻子，"记住我跟你说的关于那些混账的话。"

费恩把吃剩下的烤鸡扔进垃圾桶。波比看着他离开，然后走到酒吧后面。

"你看，某个黑人女人在布莱顿被杀了。"酒保说着，眼睛没离开电视机。波比抬头看了看新闻滚动条。一个记者正站在街角说话。

"我为什么要在乎这种事情？"

酒保耸耸肩："我知道，反正是个该死的黑鬼，对吗？"他笑了笑，不是因为他说了什么，而是因为他能这么说，"你在这儿约了人？"酒保的眼睛转向大冰箱旁边的一扇门。

"她会带着庄家账簿过来。"

"有没有其他人？"

"没有。她来之后十五分钟，往下面叫一声，叫我去接个电话什么的。"波比又从冰柜里拿出一罐啤酒，走下凹凸不平的木头台阶，来到一间阴冷的地下室。他打开了头顶的一盏灯，在一张金属桌子前坐下。桌子的左边有一个沙发、一个冰箱和一对旧式的文件柜。文件柜旁边有三个电视机，墙上钉着一块干擦白板、一个篮球筐和一个独立式的小型保险箱。波比打开一台电脑，开始研究棒球比赛。桌上的一台电话响了三次。波比没理它。他感到手机在口袋里震动，也没理它。这将是一个繁忙的夜晚。十四场棒球比赛，四场在西海岸进行，再加上篮球赛和曲棍球赛。波比需要集中精力，但他一直想着凯文。楼梯上发出了嘎吱声。波比抬头一看，她走进灯光圈里，手臂下夹着一个蓝色文件夹。

"嘿。"波比说。

"我听说他回来了。"她用明亮的水汪汪的眼睛打量着他。

"那是费恩说的。"

"我没觉得意外。你想不想先核对一下数字?"

波比踢过去一把椅子。布丽吉特·皮尔斯坐了下来。

第十五章

公牛和麻雀酒吧建造在波士顿公共花园私密专享的树荫下。它曾经是一个非常传统经典的酒吧，甚至吸引人们在那儿拍了一个名叫《干杯》的电视节目。结果，当然是节目毁了酒吧。不过，转过角落，你会找到最接近此地古老风貌的场所——七人酒吧。它位于查尔斯大街边，建造在来自碧空山的神圣鹅卵石之上。酒吧里面没什么可看的，长长的吧台、简单的几张桌子、飞镖圆靶以及自动点唱机，好在啤酒是冰冻的，柜台后面还有刚切好的牛肉三明治。酒吧里的一些人依然在谈论着那天路易斯·阿帕里西奥在三垒上被绊倒，导致红袜队失去了赛区冠军的头衔。他们到现在都怨恨着他。

凯文找了一个空着的吧椅坐下，要了一杯喜力啤酒。啤酒刚流到他的喉咙里，酒吧的大门突然打开了。丽萨·米格诺站在那里，一只手放在腰上，阳光里的粉状尘埃抢着去填满她周围的空间。凯文笑了。丽萨从门口轻快地走了过来，双唇拂过他的脸颊，指甲划过他的后颈。

"嘿，小凯。"

丽萨是萨福克郡地区检察官办公室的公诉人。她在罗克斯伯里长大，以荣誉学生的身份毕业于哈佛大学法学院。她决定先花几年的时间把坏人送进监狱,然后一路晋升为检察总长、政府长官、议员,直至美国总统。差不多就是这样。大部分人都很好奇,她为什么会和凯文讲话,还和他约会。当然,并不是说像她那样超级聪明、绝对性感的加勒比和法国混血女性绝不会喜欢上一个来自波士顿的苍白瘦弱的爱尔兰天主教徒——凯文确信这种事情经常发生,只是他从来没有听说过。

"你喝什么?"他问。

一个肤色像湿水泥一样的男人从酒桶后面探出脑袋。他穿着黑色高腰衫、黑色短裤和松松垮垮的凯尔特人T恤,唇间叼着一支没有点燃的烟卷,手里拿着一支笔和一本便签。丽萨朝他微微一笑,这个酒保便兴奋起来,穿着匡威鞋舞了几步。

"就要一杯橙汁吧,加一根吸管。"

凯文觉得,酒吧老板大概会亲自去榨橙汁,不过他先得在后面种一棵橘子树。三分钟后,橙汁端了过来。凯文第一次看到橙汁被装在磨砂玻璃杯里。

"今天过得怎么样?"他问。

"非常好。"丽萨喝了一小口橙汁,在她的吧椅上坐了下来。他们在一起快一年了。一些日子里,他们几乎不需要说话——他们之间的联系如此紧密,语言只会碍事。另一些日子里,凯文只能无关痛痒地聊上几句。也许,这就是女人。在他看来,她们始终像俄罗斯套娃一样,一个秘密套着另一个秘密,既是容器,也被容纳,谜一样的无法抗拒的生命。

丽萨拿出一个柔软的黑色公文包,把它放在吧台上,准备打开它:"实际上,我有些工作上的事情要和你讨论。"

"我们的约定呢?"

"这次我们可以先不用管它……"她从正在打开的公文包上

抬起眼睛，僵住了，"怎么了，凯文？"

"没什么。"

"一定发生了什么。"

他摇摇头，把鼻子浸在啤酒里。丽萨把文件塞回公文包，拉上拉链，然后往后一坐，叠着双手，抬起下巴。金色的光芒从窗户外流入，照亮她雕塑似的面颊。

"你怎么知道？"

"我爱你，傻瓜，所以我会知道的。现在告诉我，到底发生了什么事？"

"你还记得罗茜·塔伦特吗？"

她的眼睛里闪过一丝焦虑，但立刻消失了："我当然记得。本来永远不应该被提起的指控。你因此写了一篇《环球报》一整年最好的报道。"

"是的，但是今天发生了一件事情。"

"我们办公室里什么消息也没有。"

"不是关于案件本身，尽管我依然很想查出真凶。"

"我也是。"丽萨从特醇万宝路烟盒里抽出一支烟，点燃了它。凯文用鼻子浅浅地呼吸着，凝视着七人酒吧里粉刷成红色的墙。

"凯文？"

丽萨等着他开口，亲切的脸部线条密谋着清除他所有的自我保护。他深吸一口气，慢慢敞开心扉，卸下防卫，让自己的胸膛赤裸裸地面对厄运的打击。丽萨轻轻地笑了。

"我得了普利策奖，不过还没宣布。"

两三个建筑工人坐在酒吧的另一头，眼睛盯着自动点唱机上方的电视机里正在播放的红袜队参加的预赛。靠墙的一个小隔间里，一个戴着软帽的艺术家模样的人正一边喝着黑啤，一边用一块斑斑点点的破布清洁着笔刷。艺术家的对面坐着一个女大学生，穿着棉布裤子和粉色的埃佐德上衣，渴望着在定居韦尔斯利和生下三个孩子之前能够遇到一些特别的事情。艺术家看上去并没有什么特别，不过在将来的几年里，随着女大学生一次次在午餐时向她的朋友们重复这个故事，他会变得越来越特别。然后就是丽萨，有着弯弯的睫毛，她那修剪得很完美的指甲让她手上的烟有了生命。凯文不知道这段关系能维持多久，但他与她分享了这个消息。无论将来发生什么，任何事情或者任何人都无法改变这一点。那一定意味着什么。

"真的？"丽萨问。

"千真万确。"

"因为塔伦特？"

"最佳调查报道奖。"

"天哪！"她掐灭了烟，用她强有力的、漂亮的双手捧着凯文的脸，一边笑一边亲吻他，拥抱他，拉近他，和他脸贴脸。凯文感觉心里有一个他之前不知道的厚厚的结被打开了。

"你觉得这很重要？"

"你在想什么呢？当然！"她用手指抚摸着他的袖口，然后握住他的手腕。凯文突然担心她会哭起来。

"别的也没什么可说的了。委员会里的某个人把这个消息泄露给了我的编辑。我问他是不是确定，他说百分之百。"

"天哪，凯文，我真为你感到骄傲。"然后，她就真的哭了。她用一根可爱的手指拭去一滴可爱的泪水。这意味着一切。

"谢谢，丽萨。"

"我爱你。"

"我也是。要庆祝吗？"

"当然！我们去吃个晚餐，开一瓶香槟。"

"要不我们就在这里喝几瓶啤酒吧？"

"你希望这样？"

"嗯，我希望这样。"

丽萨又亲了亲他："你想醉倒在七人酒吧里吗？那就来吧！"她朝酒保做了个手势，凯文拦下了她："你刚才想说什么？"

她的目光移向依然在吧台上的公文包，里面塞满了文件。"这个不急。普利策奖，小凯，天哪！"她扔下一些现金，"请所有人喝一杯，算在我的账上！"

凯文看着她走向女洗手间，长腿、高跟鞋、丝绸和智慧，她就像一辆行驶中的毕加索车。当她走过时，两个建筑工人谨慎地看了看她，然后又回过头来看了看凯文。他倒转了他几乎空了的酒杯。他们笑了，回请了他一杯。凯文觉得今晚真是尽善尽美，他要好好享受它，趁黎明来临一切都坠入地狱之前。

第十六章

丽萨用臀部撞了一下凯文。当时,他俩正走在查尔斯大街上,然后开始沿着狭窄的拼可尼大街上坡,再下坡回到欢乐大街。凯文摸索着钥匙,丽萨的双臂围绕着他的腰,嘴唇在他的脖子上游走,轻擦着他脸颊上的胡碴儿。他们在黑暗的客厅里接吻,楼下车水马龙,大门依然虚掩着。丽萨一脚关上门,领着凯文走向沙发。他开始解开衬衫,她却一把扯开。衬衫纽扣落下,弹跳着疯狂地滚落得到处都是。他俩一开始在沙发上亲热,最后在火炉前完事。他俩在那里有过一次,过程中差点儿把整栋公寓烧掉。凯文闭上眼睛,让自己迷失在她身上。丽萨一直看着他,直到最后一刻,她往后仰着头,张着嘴,任激情冲涌而来。完事后,她侧身蜷缩在地上,凝视着洒在他胸口上的一寸宽的银色月光。她想他可能快要睡着了,于是从他的手臂下钻出来,蹑手蹑脚地走进卧室,穿上一件睡袍。她回来时,凯文已经套上了一条蓝色拳击短裤,在冰箱里找了一些冷鸡肉和半瓶酒。他俩吃着东西,懒散地坐在木地板上,拿枕头当作靠垫。

"我的男朋友,普利策奖获得者。我喜欢这样。"

"你喝醉了。"

"才两杯。"

"是两个特大杯，有二十盎司①，而且你喝的是吉尼斯啤酒②。"

丽萨没有醉，但是她无所谓他这么想。她用一根手指在自己平坦的腹部上慵懒地移动着："你有没有意识到，我们在一起快一年了。"

"到下个月就满一年了。"

"很好，皮尔斯先生。你还记得我们是怎么相遇的吗？"

"我记得是在一个派对上。"

"什么派对？"

凯文吃了一小片鸡肉："对于那件事情，我或许应该保持沉默，律师。"

"傻瓜！"

他们是在由丽萨的同事——一个名叫罗尼·考尔曼的公诉人——举办的一场派对上认识的。罗尼喜欢给人做红娘，出于某种原因，他认为丽萨是个最大的挑战。丽萨告诉他，他不必操心，因为她能够在任何时候给自己弄来一次约会或者其他任何她想要的东西。但罗尼就喜欢挑战。在一个柔美的春天的夜晚，在往下能够看到马尔堡大街的敞开着的窗户旁，在艾丽西亚·凯斯的音乐背景下，他把她介绍给了凯文。一切都很完美。接着，凯文开口说话了。大部分来自波士顿的小伙子都有一个很严重的问题——他们很不自信，无论是对自己的职业、着装，还是对想象中的床笫间的英勇，他们每隔五分钟会对着镜子确认一下头发，他们都比较像男孩，而不是男人。凯文当然也是那样，但是他更单纯，有点儿像休·格兰特那种，对着啤酒喃喃自语，很少与对

---

① 1 盎司约为 29.27 毫升。
② 或称健力士，著名的黑啤酒品牌。

方有眼神的交流，一旦逮到机会，就会挤回自己的朋友圈子。在他俩见面几分钟后，凯文没有道别就离开了派对。不过，他走到门口时，用目光搜寻到了丽萨，而她举起了酒杯。他点点头，便离开了。

没有比"好笑"更恰当的词语来形容凯文——又一个穿着大人衣服的小孩，不过，某些东西逗留在了丽萨的心里。她喜欢他凌乱的笑容，喜欢他走路的姿势，尤其喜欢他不是一个会大发雷霆的、该死的极端利己主义者。凯文离开后，派对变得很无趣，似乎提前结束了。丽萨发现自己希望他留下。第二天，她找到罗尼，让罗尼讲讲凯文的基本情况。《环球报》记者，他没提过；负责凶杀案的报道，他没提过；他一定知道她是谁，他没提过。丽萨确定自己很想再次见到他。幸运的是，波士顿是一个小地方。两周后，她在比肯山和查尔斯大街岔路口的星巴克咖啡馆里遇到了他。离开了派对，小口喝着咖啡，凯文感觉很放松，而丽萨也在那里发现了一件能够安慰她、带给她安全感的东西——被关心的感觉。她记得在凯文第一次亲吻她以及她把他带到自己的床上时，还在想着这种感觉。其他时候，这种感觉也一直在悄悄靠近她，令她头晕目眩。于是，她开始沦陷，像每一个活着的、为了活下去而呼吸着的人一样沦陷。一分钟前，他还是那个她约会了一整个夏天的可爱小伙儿。接着，她发现自己正看着他走进一家餐厅，一切都变得截然不同，变得惊悚，变得电光火石。她知道他们的恋情终将结束，所有事情都会以这样或者那样的方式结束，不是吗？但是，她已经沦陷了，在那一刻，在那一个空间里。这也太难了！

"你的朋友，叫罗比之类的。"她不得不表扬了他一下。

凯文依然在思考，把他们初次见面的记忆碎片拼凑在一起：

"那是在他家举行的一场派对。"

"罗尼·考尔曼。"

"罗尼·考尔曼，没错，是叫这个名字，他住在联邦大道上。"

"马尔堡大街。"

"马尔堡大街，没错。我领先的时候，是不是应该主动放弃才对？"

"你没有领先，但是，没错，你是该放弃了。"丽萨用脚趾在凯文的小腿上移动着，"顺便问一句，你打算刮脸吗？"

他摩挲着自己的胡碴儿，一只手伸进长至半个脖子的棕色的头发里："我打算学科特·柯本①，大约1991年时的样子。"

"那样子很好，凯文，但这是普利策奖。接下来，会有采访、拍照、宣传。"

"我是在竞选政府官员之类的吗？"

"考虑一下吧，亲爱的。"

"你从不叫我'亲爱的'。"

"我也从不叫你剪头发。告诉我，你今天得到这个消息后做了什么？你去看望你的家人了吗？"

"是的，我回去了一趟。"

"他们一定很激动。"

"他们很兴奋。还想要点酒吗？"

丽萨递上杯子，看着他把杯子倒满。凯文从没说起过布莱顿，也从来不过问她在伯里（即罗克斯伯里的简称）的成长经历。这是他们之间心照不宣的约定之一。不谈论过去，不谈论家庭、朋友和旧情人，自始至终。不谈论和谁上过床，不谈论伤害

---

① 指 Kurt Cobain（1967—1994），美国著名摇滚乐歌手，著名乐队涅槃的主唱，1994年自杀。

过谁，不谈论童年的事，一丁点儿也不谈论。只有过一次例外。在一个阴沉的周日早晨，他们做爱后躺在床上，一座波士顿古教堂的钟声响起，敲过钟点之后又恢复了平静。丽萨想起自己曾经屏住呼吸，感觉着一切虚无缥缈之物的分量。街上没有汽车驶过，没有微风拂过的沙沙声，没有鸟拍打翅膀和鸣叫的声音。她懒洋洋地想着：整个波士顿，甚至整个世界，会不会只剩下他们两个人住在比肯山上，她会不会听到马蹄踏上鹅卵石路的声音，一直潜伏着的城市的过往在他们睡着的时候再次苏醒了过来。接着，凯文摸了摸她发际线上的那条疤痕，奶油咖啡色皮肤上的白色疤痕。凯文问它是怎么来的，丽萨于是告诉了他。

"黑鬼，回到巴士里！"

警察透过树脂玻璃防护罩怒视着丽萨，并用警棍球形的一头戳她。丽萨的本能反应是退回去，但她听到了潘德尔森太太的声音。这位太太声音低沉，光滑黝黑的皮肤闪着光芒。她的穿着简朴但很职业，脸上覆盖着妆容和虚伪——残忍、聪明的一位领袖。她告诉她的一年级新生班的学生们，他们将自告奋勇坐第一辆巴士前往南波士顿。学生们一致点头，然后上了车。一开始，情况没有那么糟——只是在驶过每个街区时，会有里三层外三层的残酷无情的白人面孔盯着他们的黄色大篷车看。转弯开到G街之后，从窗户外扔进了第一块石头。潘德尔森太太站在巴士走道里，讲解着被石头击中时该怎么办。她没有一点儿犹豫，微笑着感谢当地人带给他们的"热烈"欢迎。孩子们也紧张地轻声笑了。又有一块石头扔了进来，接着是一个牛奶板条箱、一个瓶子以及更多的石头，东西多到数不清。巴士在马路中央慢慢停了下来，由于一群人往窗户上扑，巴士开始倾斜摇晃起来。好像用烤牛肉雕刻出来的中年男人们，把缩短的冰球棍当作战争武器的发着丘疹和剃光了头的孩子们，带着幼儿、卷着发卷的母亲们，还有她们举着写有"欢迎蠢货"和"白人也有权利！"的标语牌的幼儿们……一千种不同的丑陋，一波接一波地出现在窗户上。丽萨一直盯着潘德尔森太太——战争愈发疯狂，她却愈发沉着。她闲步走向前车门。在走去与司机低语的途中，她碰了碰这个孩子，又碰了碰那个。司机起初摇摇头，开车慢慢向前移动。当他加快车速时，那些面孔开始渐渐后退消失。骑着摩托车的警察在一边慢慢跟着，护送他们行过到达街区前剩余的路程。巴士"嘎吱"一声停了下来，人群变得安静了。司机回头看了看潘德尔森太太，她走在过道上，蹲在丽萨身边。潘德尔森太太总让丽萨感觉自己很特别，好像她命中注定会成为一个"了不起"的人。也许，"了不起"始于今天。也许，"了不起"其实并没那么好。丽萨无法确定。但是，当潘德尔森太太问她是否愿意第一个下车时，丽萨发觉自己点了点头。然后，她站了起来，走向前门。司机扭动曲柄，打开车门。她就站在了那里，站在了一群警察、树脂防护面罩、黑色警棍和耳边燃烧着的"黑鬼"的叫骂声之间。潘德尔森太太就在她身后。

"他们对你说什么，亲爱的？"

"没有什么，太太。"

"好的，那么走吧。"

潘德尔森太太等待着。他们——巴士上的每一个人、配备防暴装备的警察、他们身后骑在马背上的警察、警察身后一排排的父母（他们不希望把自己的孩子送往半个城市那么远的陌生街区）都等待着。还有一百多万人安全地坐在沙发里，自鸣得意地在他们的郊区房子里看着电视直播。他们都想知道，丽萨·米格诺最后是走到了南波士顿高等中学的大门口，还是被装进松木盒子①送回罗克斯伯里。

丽萨推开警察的警棍，走下巴士，她的视线随着一只鸽子移动。鸽子拍一下翅膀，乘着一阵灰色的风飞过了中学教学大楼的正面，像一尊沉默的小雕像似的，栖息在了大楼的角落里。丽萨又迈了一步。一个年轻的白人警察站在她的左边，他把头盔往脸的上方推了推，微笑了一下。丽萨也还以微笑。一根绿色的高尔夫球杆击中了他的眼睛下方，他倒在了地上，一动不动。紧随着高尔夫球杆的是一个棒球，球在丽萨面前的路面上弹了一两下，滚向人群。接着，人群彻底爆发了。一连串的石子和砖头、电池和瓶子击中防护面罩，在丽萨身边发出"砰砰"的响声。某些东西告诉丽萨不能逃跑，逃跑意味着恐惧，而恐惧是她周围的仇恨燃烧的氧气。所以，她埋头冲向前方，只管一直走。另一个警察走到了她的右边。有人抓住她的两只手臂，几乎将她提离地面，推着她走在通往学校大门的小路上。在她离大门还有二十英尺的距离时，另一个高尔夫球落到了路面上。球反弹击中了丽萨的太阳穴。她双膝跪地，跌了下来。

---

①指骨灰盒。

路沿上有一串血迹，她手上还有更多的血。有人在她的上方呼唤她的名字，用手帕擦拭她的脸。

"你能走完剩下的路吗？"

"我能的，太太。"

"好样的。如果你不能走完，他们就会失去希望。"潘德尔森太太指了指身后的巴士，一排眼睛正在车窗后面盯着她看。丽萨点点头。这位年长的妇女握住她的手。

"抬头挺胸，丽萨，永远不要害怕。"

她们就这样走着，手拉着手，走完最后的五大步。然后，从正式的意义上讲，南波士顿高级中学终于完整了。

凯文不是一个种族主义者，一点儿也不是。然而，当丽萨在那个周日的早晨告诉他这件事时，他的脸上乌云密布。有那么一瞬间，丽萨是"他们"中的一个——一个黑人小女孩，整个波士顿都在那天看着她走出巴士。丽萨喝了一小口酒，躺了下来，凝视着客厅里绕墙而行的未经装饰的木头墙线。

"你在想什么？"凯文问。

"没什么，想你，想普利策奖。"她撒了个谎，因为这样比较容易，即使只是容易一点点。同时，她的心转向了她隔开的一部分自己。那部分自己好像一块石头，安静地、冰冷地、沉重地压在她的胃上，吸收了所有的光和热，独自思量着。

"对我讲些什么。"丽萨说。她现在对他们之间的谈话十分敏感，小心翼翼地把话题从禁忌的地方引开，"讲任何你想讲的。"

她用手肘支撑着自己，从街上射入的光线勾勒着她臀部的轮廓。"对一个记者的职业生涯而言，普利策奖意味着什么？"

他轻轻地笑了，说："问得好。也许什么意义都没有，不过，如果我想离开波士顿,或许我可以去《时代周刊》。"

"但是你不想离开波士顿。"她知道他永远不会离开。对凯文而言,波士顿就是波士顿,不是其他的任何东西。丽萨不这么想,但是,又来了,为什么要涉及这种话题呢?尤其在现在。手机不知道在哪里响了起来,沙发附近传出一阵震动。

"是我的电话。"丽萨把手伸到靠垫里面摸索,找到了她的电话,"我得去接一下。"她退到了公寓的小走廊上,放低声音说话。一分钟后,她回到客厅,开始收拾她落在地上的衣服。

"怎么了?"凯文一边问,一边站了起来,舒展一下身体。

"记不记得我当时在七人酒吧有话对你说?"

"你的一个案子。"

"昨晚,一个女孩被杀了。我不能透露细节,但是这是个很棘手的案子。"

"你需要我帮忙吗?"

她停下收拾衣服的手,把脸转向凯文:"如果我需要呢?"

"就像我说的,这是违反规定的。"

"但是你愿意例外一次吗?"

"我愿意做一次交易。"

她把他拉近,贪婪地亲吻着他,一片指甲在他的脸颊上移动着。接着,她逃进了浴室,把他独自留在客厅,半裸着身子,沐浴在苍白的光线下。

通常,他会跟着她一起去沐浴,但凯文知道她此刻正沉迷于工作。这是丽萨第一次寻求他的帮助。所以,他套上一件T恤,走进厨房煮咖啡。他们在一起三个月后,制订了一些规则。她待他就像这座城市里其他记者一样,不会让他接触任何从地区检察官办公室里传出的消息。这是一个双边协定。如果他挖出了什么内幕,她也不能指望在消息见报前知道。是丽萨主动要求设立这道隔离的。现在,出于某种原因,她要捅破这层纸。

"嘿……"她的声音模糊不清。凯文走回浴室,打开门。浴室很热,充满了一层薄薄的雾气。

"怎么?"

丽萨把头伸出浴帘:"你在准备咖啡?"

"正煮着一壶。到底有什么事不能等到明天再讲的?"

"他们刚得到一些初步的法医鉴定结果。"

"就不能等到明天?"

丽萨耸耸肩,缩回到浴帘后面:"是德马提奥,他需要我,我得过去。"

弗兰克·德马提奥是萨福克郡的地区检察官,也是丽萨的老板。

"需要我开车送你去吗?"

"我坐出租车去就行,不过你可以帮我一个忙。"

"什么忙?"

"我的公文包在客厅里,包外面有个拉链口袋。你能不能看看里面有没有我的工作证,要是我把它落在了办公室,想进办公楼可就相当麻烦了。"

凯文在靠近大门的地板上找到了她的公文包。他坐在沙发上,查看公文包外侧的口袋,但是里面没有工作证。他打开公文包,拿出几个文件夹,在里面寻找。她的工作证被塞在了最底下,在一块士力架和一个小化妆包的下面。凯文凝视着他女朋友的照片,洋溢着聪明、美丽。这就是她的工作证。凯文摇了摇头,低声咒骂了几句。他自己的工作证好像从一本该死的《启示录》里拿来的,而且还不是一本好的《启示录》。他开始把文件夹放回公文包。最后一个文件夹已经用了很久,页脚都卷了起来,有一张撕坏了的绿色封面和一张打字机打的标签,上面写着:谋杀罪 –1975。下面是遇害者的名字:柯蒂斯·乔丹。凯文感觉自己的心脏在胸腔里一连跳了两下,他听着丽萨洗澡的水流声,好像一条黑暗的遥远的河流。他循着声音走回浴室,再一次打开门。浴室充满了水蒸气,她的声音从某处断断续续地传来。

"找到了吗?"

"找到了。你还要洗多久?"

"五分钟,或十分钟,怎么了?"

"没什么,咖啡已经准备好了。"

"谢谢。"

他正要离开。

"凯文?"

"怎么?"

一阵停顿。"你没事吧?"

"没事,只是很生气你半夜还要出门。"

"我很抱歉,宝贝。这是一个很棘手的案子,我之后会跟你解释的。"

凯文关上门,走进客厅。书桌旁有一个小型打印复印一体机。他启动机器,同时快速翻动着旧文件夹的前几页。一些字句在他眼前跳了出来——"死者,二十六岁男性,被发现时躺在地板上""死因:胸口上有 38 口径枪伤""死后伤口:头部有 22 口径枪伤""凶手:不明"。

公寓外面,城市被涂上了一层破碎的光线。公寓里面,一台取暖机开始啪啪作响,四周的墙壁似乎正在震动和膨胀。爱伦·坡的小说《泄密的心》像一个冰冷的梦在他的脑海里蔓延。凯文怀疑，这也许就是自己的命运。他擦了擦手，把旧文件夹放在书桌上。丽萨的笔记本电脑还开着，正在运行中，一张他俩在红袜队比赛现场拍的照片被用作屏保。他敲了一个键，两张微笑着的脸消失了，屏幕上显示着丽萨的电子邮件收件箱。最后一封邮件来自她的办公室，标题是"柯蒂斯·乔丹"。凯文打开了邮件。正文十分简洁：

　　　　附件是我们讨论过的枪支检验报告。给我电话。
　　　　　　　　　　　　　　　　　　　　弗·德马提奥

　　凯文打开报告，没读就把它打印了出来。客厅的另一边继续传来水流声。打印完邮件，他拿出乔丹案的文件夹，在水流声停止前，复印了大约十五页，接着关闭打印机，把文件夹放回丽萨的公文包。当他拿着咖啡走回卧室时，丽萨正在用毛巾擦拭。凯文坐在床上，看着她穿衣服——牛仔裤和松垮的哈佛大学运动衫。

　　"有咖啡喝，太好了。"丽萨一边说，一边拿起她的马克杯。
　　"你会去多久？"
　　"不知道，希望别是整个晚上。"丽萨上床跨坐在他身上，把他的脸捧在手心里，"我真为你骄傲，小凯。"
　　"谢谢。"
　　"我是说真的。这感觉就像我们在一个很美妙的地方……"
　　"然后呢？"
　　"然后，我不想有任何事情把它毁了。"
　　"什么事情能把它毁了呢？"

"没什么，说说而已。"她弯下身子亲吻他，她的头发和皮肤上散发着柠檬的香味，"我得走了。"

"你会跟我讲你的案子吗？"

"等我回来。"

凯文送丽萨走到大门口，从窗口看着她上了一辆出租车，消失在山脚下。凯文拿着咖啡在沙发上躺下时已将近午夜，他开始阅读关于一个男人的材料，二十六年前凯文曾用枪击中了那个男人的脑袋。

凌晨四点刚过，电话铃声突然大作。凯文正躺在沙发上，数着天花板上的裂缝。他等铃声响了两次才去接电话。

"是谁？"

"我吵醒你了吗？"丽萨憔悴的声音在电话线里回响着。

"没有。"凯文的双脚在地上来回挪动，"事情进展如何？"

"他们是一群蠢货。"

"他们是谁？"

"无所谓了，这不重要。我需要你帮忙。"

"什么忙？"

"我需要你过来，今天晚上，马上。"

"去你的办公室？"

"去布莱顿，凯文。不要告诉任何人。"

他知道自己会去的，也知道自己会对丽萨说谎。他并不想这样，不会有好结果的。但是，无论如何，他会对她说谎，就和她之前对他说谎一样。有时候，只有这样才能解决问题。所以，凯文写下了她给他的地址，挂断电话，然后走进他俩的卧室，穿上衣服。

第十七章

霓虹灯的每个字母一码半高,在比肯山和市场大街交叉路口的黎明前的黑暗中,闪烁着橙色和粉色的光芒。如果每个字母都是正常亮着的,显示的应该是"唐恩都乐甜甜圈"①。不过,即使现在少了两个 D 和一个 N,当地人依然能够辨认出来。凯文把车停在空地时看见了丽萨,她正坐在靠窗的位子上。凯文走到柜台前,跟一个有着细长迷人的眼睛的女招待点了咖啡和蜂蜜甜甜圈,然后走了过去。他的夹克口袋里藏着他从丽萨的公文包和电脑里偷来的报告。他一只手触摸着它们,同时轻轻地在丽萨的对面坐了下来。

"你还好吗?"丽萨问。她喝了一小口咖啡,杯子上留下了唇印。

"我可没有研究一晚上的谋杀案。"

"我有种感觉,你不喜欢回到这里。"

"布莱顿曾是这座城市的屠宰场。"

"真的?"

"嗯。"凯文指着窗户外延伸着的空荡荡的街道,"把牛运到市场大街,在河边宰杀它们。距离我们现在坐着的地方不到五百

---

①原文为 DUNKIN DONUTS。

米。"

"哎哟。"

"我身体里的诗人会说,你依然能够闻到血的味道……尤其当你在这里长大。"

"但是……"

"布莱顿和其他地方一样,破烂不堪。就像这城市里的每个人,他们觉得自己像坨大便,而其他人都生活在贫困饥饿中。"凯文咬了一口蜂蜜甜甜圈,然后把它扔回蜡纸上,"去他的天堂!你想咬一口吗?"

丽萨摇摇头。

"随便你。你知不知道这是本国生意最好的一家唐恩都乐?"

"你开玩笑吧?"

"韦茅斯的那群蠢货说他们的生意才是最好的。那可是韦茅斯,看在老天的分上。还有,这里二十四小时营业,全年无休。"凯文又咬了一口甜甜圈,然后用餐巾擦了擦嘴,"现在,你能告诉我为什么我们会在这儿了吗?"

丽萨手里转动着咖啡杯,开口说道:"我想告诉你一件事情,一件没几个人知道、你不能报道的事情。"

"如果是案情的话,还是别告诉我比较好。万一我自己调查出来了……"

"你可以这样做,继续当个英雄,但这件事不合适,凯文,现在不是逞英雄的时候。"

柜台后面的女招待停下手中的工作,抬起头瞥了他们一眼。凯文挥手示意她没事,她于是继续在一排糖霜甜甜圈上撒巧克力粉。丽萨用两个手指揉按着太阳穴,压低了声音说:"对不起,一个漫长的夜晚。"

市中心的每个人都知道她是明星人物。不，或许应该说是个巨星。丽萨的问题在于，她认为世界应该实行精英体制：如果你比她聪明，那就带路；如果你没她聪明，那就别挡道。地区检察官办公室里的人没一个比丽萨聪明。毫无疑问，那些与她一起工作的白人在她的巨大影响力下瑟瑟发抖。因此，他们抓住每一次机会欺负她。

"你需要休息。"凯文说。

"嗯。"

他抚摸着她的背，看着她的眼睛："看，如果你不想公开，那我们就不公开。"

"谢谢你，宝贝。"

"没关系。现在，给我讲讲那个凶杀案。我猜它发生在布莱顿。"

"一个黑人女性被勒死在拉德纳路上的一幢房子里，身上还被捅了几刀。你知道那地方吗？"

"当然。"

"我们昨天下午把案情通知了媒体。一般来说，第二天就能见报。"

"这次却没有？"

"我们没有透露受害人的身份和确切的案发地点。"

"为什么？"

她摇了摇头："我不清楚。那些办案人员希望在把遇害者的名字通报给媒体之前，能有多一点儿时间搜集证据。"

"谁在处理现场？"

"问得好。波士顿警察局正在对现场进行初步调查，州警也加入进来。这是一场典型的调查竞赛，直到州长办公室打来电话。"

"州长？"

"他们要求地区检察官办公室进行独立调查，至少在目前。"

"谁被杀了，丽萨？"

她朝凯文面前剩下的甜甜圈点了点头："你还吃吗？"

凯文把最后一口扔进嘴里，喝掉咖啡。丽萨已经站了起来："我们开车出去兜一圈。"

他们离开了唐恩都乐甜甜圈店，朝着市场大街的方向前进。天蒙蒙亮，街灯柔和的光线照亮了路面。

"我们去哪儿？"丽萨问。

"我想去拉德纳晃一圈，就看一眼。"

"这可不是什么好主意。他们开着几辆杂牌汽车四处转悠，记下所有对那儿感兴趣的人的车牌。"

"当我没说，那你想去哪儿？"

"只管开车。"

凯文的车沿着有轨电车的轨道，轰鸣着缓慢地行驶在栗山大道上，然后在联邦大道突然左转。

"停车。"丽萨说道。

凯文把车停在一条地势略高的街道上。街道两边建满了公寓，租给学生的公寓已经是令人作呕，而留给布莱顿的非法移民的公寓就更加不堪了。丽萨从公文包底下掏出一个文件夹，递了一张照片给凯文。照片里有一个年轻的黑人女子侧身躺在一摊冰冷的血泊中。

"她叫桑德拉·帕特森，今年二十七岁。她被捅了两刀，在地板上失血而死。"

"桑德拉在拉德纳路上做什么?"

"你有没有听说过'仁人家园'?"

凯文放下照片,看着车窗外。三个肩上背着书包的亚洲男孩向街区走来。他们坐早班巴士去学校,或许是租给拉丁学校的巴士。

"你在听我说话吗,凯文?"

"我听到了。她为'仁人家园'工作?"

"十个星期前,家园在拉德纳路上破土动工,开始建造房子。桑德拉是建筑队的一员。"

凯文茫然地对着亚洲男孩们微笑。当他们走过时,其中一个朝凯文挥挥手,另一个则朝他竖起中指。在某个地方,有只鸟在啄他的灵魂,啄下一片后,衔着飞走了。凯文把死去女孩的照片还给丽萨。

"州长在意这件事是因为……"

"桑德拉是一名州警,她暗中为缉毒队工作。"

"在布莱顿?"

"在过去的几年里,你老家的街区一直都在参与毒品交易。大部分都是当地人,一手交钱,一手交货。交易地点在法纳尔贫民区和费德里斯路,以及一些位于西方大道的低层公寓,还有奥斯顿几乎到处都是。"

"那么,帕特森为什么会死在一幢'仁人家园'建造的房子里?"

"两三年前,我们发现一些新的毒品交易方式正在形成,近郊的毒品交易活动越来越频繁。白人小孩在栗山大道购物中心的太阳眼镜商店旁边贩卖袋装海洛因之类的东西。他们还逐渐转向校园,波士顿学院、波士顿大学、塔夫茨大学和哈佛大学,几乎覆盖了所有的地方。"

"毒品是从波士顿流出去的?"

"波士顿是一个接壤地区,毗邻布鲁克林、牛顿、剑桥,再加上周围有很多大学。"

"供货商是谁?"

"不知道。无论是谁,他们不在贫民区里活动。我们只知道,他们和犯罪团伙无关。他们选择交易地点,很擅长掩埋踪迹。你可以想象,为了阻止交易,我们面临多大的压力。"

"他们在白人街区运送毒品。"

"富人街区,凯文,还有那些富人聚集的近郊。"

"为什么我从没听说过这些?"

"因为像桑德拉这些人一直在暗中工作。波士顿学院录取她为在职学生。一个月前,她对她的老板说她要去'仁人家园'做志愿者。她说'仁人家园'本身不是目标,只是作为她调查另一个项目的掩护。桑德拉似乎还没有顺藤摸瓜找到什么,所以她的老板也没能得到什么具体的信息。我们无法确定那之后发生了什么,只有眼下的一团糟。"

"你认识她吗?"

"我见过她,一个可爱的孩子,极其聪明。"

"我很难过。"

"谢谢。还有一些东西你需要看一下。"

凯文看着丽萨又去翻文件夹,一摞资料从她的腿上滑了下来,桑德拉的遗物在车里散落了一地。凯文弯腰去捡那些照片,丽萨快他一步拿起了一张,举在他面前。这是一张拍摄了桑德拉上半身的照片,照片中的她平躺在地板上,要不是她额头上的红点以及脖子上的一圈金属线,看上去好像是睡着了。

"桑德拉被一根我们认为是十二英尺长的钢琴线勒死了，"丽萨说，"枪是她死后开的，38口径的手枪。"

凯文研究着照片。丽萨继续说："法医报告说，凶手先用钢琴线把她勒到失去知觉，但没有杀死她，然后用刀捅她。"

"凶手拿走了什么东西吗？"

"拿走了她的驾驶证、一些钱，还有她身上穿的运动衫。"

"不是典型的毒贩的做法。"

"这和罗茜·塔伦特的案子很相似，凯文。同样先用绳子勒，再用刀捅，同样对着尸体开了一枪。是黑人女性受害者，而且都发生在布莱顿。"

凯文把照片还给她："罗茜是在阿尔斯顿被发现的。而且，这已经是五年前的事情了。"

"所以，你认为两件凶杀案没有关联？"

"你觉得呢？"

"我觉得无论如何，这次是在当地发生的凶杀案。"

"你觉得我能把你带到当地人的圈子里？"

"你在这里长大，而且你了解罗茜案的凶手。"

"我写的报道只是说有人在罗茜案中被冤枉了，以及这背后的司法程序有问题，但我从来不知道真凶是谁。事实上，这些年以来，我对布莱顿的了解并不比你对罗克斯伯里的了解多。"

"确实如此。如果桑德拉·帕特森在一幢蓝山大道上的无电梯大楼里被杀，我可以召集我所有的眼线了。"

"好吧，我也没有什么眼线。"

"一个也没有？"

"我已经离开很久了，丽萨。你需要我开车送你回公寓吗？"

"你不打算帮我？"

"我没那么说。你需要我开车送你吗?"

丽萨把文件塞回公文包。凯文发动汽车引擎,向市中心开去。他们一路飙过肯莫尔广场和后湾,到达比肯山。

"你今天打算做什么?"她问。

"把你放下,然后开车回到布莱顿,把我的头往墙上撞。"

"我爱你,小凯。"

"我想写一篇独家报道,如果写得出来的话——不过对此我高度怀疑。"

凯文把车停在他们的公寓大楼前,看着丽萨走进大楼,消失在视野里,然后拿出费恩给他的名片,上面写着:

波比·斯凯尔斯

木工工头／监工助理

仁人家园

凯文把名片夹在他从丽萨的电子邮箱里偷来的枪支检验报告中——一份简短而又美妙的报告。一个自动计算机系统把用来杀了柯蒂斯·乔丹的38口径的手枪与罗茜·塔伦特和帕特森凶杀案中射击尸体的手枪联系在了一起。一位国家枪支调查员之后会确认这是一把38口径的史密斯-威森左轮手枪。凯文对自己轻轻地骂了一句,然后给车挂上挡,一路滑下山。雷声在他的头顶轰鸣,雨水如坚硬的子弹一样落了下来。

第十八章

波比坐在他的房间里,看着巴尼·法夫①照镜子。巴尼正在教欧皮如何打弹弓。最终,欧皮打碎书架上的一排玻璃,巴尼不得不收拾残局。巴尼感到非常焦虑不安,直到安迪走了进来,情况才略有好转。安迪给欧皮讲了讲弹弓的危险,然后就把他打发走了。波比知道这只是一个电视节目,但梅伯里镇②给他带来了安慰。很多日子里,尤其在夜里,波比需要安慰,所以,他沉浸在屏幕上颤抖的黑白影像里。电话铃响时,他几乎动也没动。最后,他的目光移到了他放在床头的闹钟上。早上七点,该死的,时间都去哪儿了?波比拿起遥控器,正要关掉电视,但他停了下来。欧皮不小心用弹弓杀死了一只小鸟,把小鸟捧在手心里。六岁的欧皮颤抖着,哭泣着。他想让小鸟再次飞起来,于是把小鸟抛向空中,好像这样能抹去他刚才的所作所为。没有这种好事,欧皮。

波比"啪"的一声关掉了电视,回到床上躺下。他住在乔伊酒吧楼上的一个单间公寓里。这是一个跟垃圾场似的公寓,连逃

---

① 美国20世纪五六十年代播出的电视综艺节目《安迪·格里菲斯秀》里的主要人物。
② 指北卡罗拉纳州的梅伯里镇,《安迪·格里菲斯秀》反映的是那里的居民的日常生活。

生通道也没有,但住着很方便。这间公寓已经成为他如同坐牢一样的日常生活的一部分。他从床上爬起来,拉了一把椅子放在窗口,坐着吸烟,一边吸一边看着他以前贴在墙上的前些年的红袜队比赛日程。然后,他往窗外望去。大雨冰冷而急促,把街道刷洗得干干净净,看上去光滑明亮。市场大街上来往车辆很少,波比很容易就看到了一辆破旧的沃尔沃车驶上了大街。他把椅子往后退了一步,躲在阴影里看着凯文·皮尔斯下了车,朝四周张望。他的个子比波比照片里的高,已经是个男人了。但是,通过他上下打量街区时用手抱着头的样子和他走向约翰尼杂货店的货架时犹豫的步伐,波比仍然能够看见他身体里的那个孩子。凯文和约翰尼站在香蕉陈列架前谈话。波比知道约翰尼正在打探凯文的身份,以便弄清楚应该对他开个什么价格。最后,杂货店老板指了指后方的乔伊酒吧。凯文握了握他的手,朝酒吧走来。第一缕阳光斜照在房屋之间,轻舔着凯文正在行走中的双脚。波比把烟弹出窗外,又花了十秒钟的时间,研究了一下他的童年伙伴。凯文就好像他几年前寄出的一封信,这些年一直在路上辗转,终有一天,这封信会出现在波比的信箱里,而这一天就是今天。

"喝咖啡吗?"波比指了指墙上插着电源的"咖啡先生"[①]。凯文摇了摇头。他依然站在门口,不确定自己应该进来还是走开。

"坐吧。"波比从桌子边拿了把椅子,放在凯文的脚边。凯文坐了下来,四下张望。

"我知道,四十四岁了,还生活在垃圾场里。"

"我可没这么说。"

[①]指 Mr. Coffee,美国咖啡机第一品牌。

"你不必掩饰的。这里租金很便宜，而且我也没什么需求。我只需要一个能够让我洗澡、睡觉和挂衣服的地方。"波比穿着一条缝有白色裤线的黑色耐克运动裤和一件纯灰色的T恤。他对着衣柜点点头，那里有半打有领子的衬衫，被熨烫得整整齐齐，挂成一排，"我的生活很简单，也很平静。"

"你做什么工作？"

"你了解赌博这个行当吗？"

凯文点点头。

"芬格斯死了，没有人能接替他，除了我。"波比摊开双手，"所以，我接下了这份差事，让大伙儿继续高兴。"

"你喜欢干这行？"

"这可不是一个能够轻易脱身的行当。"

"我在公园里碰到了费恩，他说你也在建筑公司干活。"

"把六寸的石膏纤维板固定在墙上，每天干八小时，然后回家吃晚饭，上床睡觉。每周在楼下喝两次啤酒，几乎每天都会去做弥撒。"

"弥撒？"

"我喜欢耶稣，我喜欢他的人生，所以我去做弥撒。"

凯文望向房间另一头的一个书架："你看了很多书吗？"

"要看怎么才算多了。"

凯文走了过去，手指轻抚《圣经》。架子末端靠着一张约翰·塞巴斯蒂安·巴赫的黑胶唱片。凯文拿起唱片。

"唱机在哪儿？"

"那是巴赫的《B小调弥撒曲》，是他写过的最好的曲子。"

凯文把唱片放了回去，又抽出一本平装版的《丧钟为谁而鸣》。

"他还不错,"波比说,"但如果没有共鸣、怜悯和苦难,单凭男子气概是没用的。你的外婆教过你那些道理。"

凯文走回桌子旁边,坐了下来,说:"我回来是不是让你很生气?"

"我告诉过你,离这儿远点。"

"我照你说的做了,我离开了二十五年。"他平静而又坚定地说。但是波比拆穿了他。

"你曾经进进出出布莱顿好几次。"

"只有在不得已的时候,而且也没有停留很久。"

"这里发生了很多变化——每个人都会先跟你说上这么一句。"

"听你的口气,你好像不太相信。"

"我又相信又不相信。我看见的这些人,在这里长大的这些人,留在这里的这些人,他们自欺欺人,无法想象这里其实从未发生过任何变化。他们依旧沾沾自喜地四处走动,像坨大便一样。对于任何试图说出事实的人,他们都想在人家的屁股上踢上一脚。顺便告诉你一声,他们会恨你的。我想你回来就是为了揭开这里的伤疤。你真的不要咖啡?"

"不用了,谢谢。"

波比给自己倒了一杯,拌入一些牛奶和砂糖,然后拿着咖啡走回桌子边。

"其他人呢?"凯文问,"没有在这里长大的那些人。"

"你想问什么呢?"

"他们过得怎么样?"

"谁会关心他们呢?你和你的妹妹们有联系吗?"

"科琳一直到处跑,布丽吉特没有什么消息。"

"你没有回过钱普尼大街?"

"你知道我没有。"

波比小心翼翼地呷了一口咖啡,抿着嘴唇。"费恩说了你得了普利策奖的事情。太难以置信了,祝贺你!"

"谢谢!实际上,我得奖是因为我写的一篇关于一个在布莱顿的家伙的报道——詹姆斯·哈珀。他被指控谋杀了一个名叫罗茜·塔伦特的女人。"

波比又站了起来,从床下拖出一个箱子。他在箱子里翻了一会儿,最后找到一个牛皮纸信封。他把信封扔在桌子上,那里面塞满了《环球报》的剪报。

"我在这两天里两次看到有人收集我写的东西。"凯文说。

"我读了所有你写的关于塔伦特的报道。我为你感到骄傲,小凯。你外婆要是知道了,一定会想办法对所有人说,'我早就告诉过你,他会有出息的'。但是,这并不意味着你应该回来,你不应该回来的。"

"为什么?"

"和你当初离开这里的理由一样。你只有在别的地方才能拥有未来,才能得到一些特别的东西。"

"回到这里,只会得到过去?"

"这里会吃了你,兄弟,吃得连骨头也不剩。"

波比放下那把枪柄上裹着灰色胶带的 38 口径手枪,那把银色的 22 口径手枪就在旁边。凯文在床边坐了下来,凝视着手枪,这时波比开始把衣服往一个垃圾袋里塞。他们正在出租车公司楼上的波比的房间里。在距离这儿不到一英里的地方,柯蒂斯·乔丹的尸体正在公寓的地板上慢慢变得冰冷。波比把一条破牛仔裤扔进袋子里。刚剪过的草地和翻过的泥土的味道从打开着的窗户外飘了进来。

"我可以去拿我自己的衣服。"凯文说。

波比摇摇头:"就穿我的。反正大部分我也穿不下了。你的鞋子上沾了血吗?"

凯文抬起脚,他穿着一双黑色的匡威鞋。

"把鞋脱下来。"波比从衣橱里找出一双没有品牌的破旧的运动鞋,扔给凯文。外面,一辆汽车的引擎正在咔咔作响,接着变成了低沉嘶哑的轰隆声。

"我要去哪儿?"

"纽约,和你的阿姨住上一阵子。"

"怎么去?"

"沙克斯正在楼下,他会开车送你去。"

"为什么?"

"因为事情就是这样。你得走了,现在就走。"

"守灵仪式怎么办?"

波比坐在床边,凯文的瞳孔睁得很大。静默的恐惧像音叉一般在他俩之间震颤。

"你不能去守灵了,兄弟,我很抱歉。"

"至少让我去地下室再看她一眼。"

"你永远都不该和这件事扯上关系,小凯。"

"我也拿了一把枪。"

"但你并没打算扣动扳机。"

"这个你不知道。"

"但你知道,而且那很重要。有人在大楼里看到你了吗?"

"没有。"

"你确定?"

凯文点点头。

"让我看看那件衬衫。"

凯文拿出衬衫。波比看了看上面的血迹,然后把它扔进衣橱里:"穿我的。"

凯文套上一件长袖保罗衫,袖子有点儿长,他卷了起来。波比的两只手分别拿起 38 口径和 22 口径的两把手枪,把它们藏在橱柜抽屉里,然后在装着衣服的袋子口上打了个结。

"我什么时候能回来?"凯文问。

"两个星期,最多一个月。"

这孩子再也没能回来。幸好他当时丝毫没有察觉到这个简单的真相,否则他永远都不会离开。波比把装着衣服的袋子胡乱地抱在胸前:"走吧,沙克斯在等我们。"

"我会想你的,波比。"

"只是离开一个月,没问题吧?"

"没问题。"

"那就好,现在我们走吧。"

"我像个胆小鬼一样逃走了。"凯文用手指敲击着新闻剪报的夹子。

"那时你只是个孩子。"

"我像个胆小鬼一样逃走,让你承担一切后果。"

"你太自以为是了。"

"我很清楚我自己的感受。"

"那你想怎么样呢?你想走去警察局投案自首?"

凯文摇摇头。

"那又是什么呢?"

"我想我只是应该回来,回来见你,把刚才那些话说一遍。"

"我觉得这件事情已经结束了。你走吧。"

他们默不作声地坐着。波比喝了一小口咖啡,凝视着洒在墙上的阳光。

"我在想要不要顺路去一趟钱普尼大街。"凯文说。

"科琳有没有告诉你布丽吉特和我在约会?"

"我听说这很正常。"

"是很正常。布丽吉特帮芬格斯做事,管理所有的账簿。"

"她就靠这个生活?"

"这是她凭本事赚来的钱,凯文。这女孩井井有条得跟什么似的,而且她喜欢管钱。"波比把剪报放回箱子,合上盖子,放在一边。

"我能问你点事儿吗?"凯文问。

"说吧。"

"我为《环球报》写了几百篇报道,你为什么只收集关于塔伦特的报道?"

"你怎么知道我没有收集其他你写的报道?"

"那你收集了吗?"

"没有。塔伦特的报道你写得最好,而且她是布莱顿人。天哪,它是一篇获得了普利策奖的报道,所以我肯定了解一些。"波比把箱子推回床底,在桌子旁坐下,肩膀和胸膛前倾,指尖相对，声音平静，好像全世界会变成什么样子都取决于接下来会发生的事情。"世事总不尽如人意，再过一百万年也是这样。你想要修补过去犯下的错误，你想要多管闲事，哪怕只是一点儿，你就会听到'砰'的一声，"波比做了一个地球爆炸的手势，"一切都会被炸得粉碎。人们会因此受到伤害。你懂我的意思吗？"

"我懂。"

"很高兴见到你，小凯，我为你感到万分骄傲。永远别忘了这一点。"

"我不会的。"

"好的，那现在走吧，去享受你的人生，离布莱顿远一点儿。"

波比把他送到门口，站在窗户边看着他走到街对面。这个孩子已经长大成人，养成了成年人的习惯，例如说谎。但那没什么，他回来了，波比知道他会回来，也知道他必须回来。接下来会发生什么，波比并不知道。一切向来如此，如今仍在继续。无论他们做了什么，都不会带来丝毫改变。这让波比感到些许平静。他又倒了些咖啡，在房间角落里的小书桌旁坐下，从一边的抽屉里拿出一张因年代久远而卷角褪色的照片。十六个孩子站在一辆校车前，后方有一架木制过山车像捕食的鸟一样俯冲下来。照片的背面用钢笔潦草地写着"帕拉贡公园，劳动节，1972年"。那年波比十四岁，站在前排从左边数第三个位置。他喝了一小口咖啡，用大拇指揉了揉照片，把它放回抽屉里，又在水槽里冲了冲咖啡杯，然后打开淋浴器。在他做了两百个俯卧撑后，水开始热了起来。

第十九章

丽萨按下暂停键,等着她的老板开口说话。

"他们在谈论柯蒂斯·乔丹。"弗兰克·德马提奥说。

"我们不知道那件事。"

"再放一次。"

丽萨按下重播键。她坐在一辆与波比·斯凯尔斯的公寓相隔一个街区的送货卡车上,她的老板潜伏在萨福克郡的地区检察官办公室大楼的地下室里。他们昨天下午接到了安装窃听器的命令,就在丽萨与凯文见面喝酒之前。法官一开始表示抗议,说他们为这个案子动用窃听器的提议超出了法律允许的范围。但在他们告诉他被害的女孩是一名警察之后,法官签了所有他们想要他签的文件。昨天下午,趁着波比出门做弥撒,一个名叫丹尼·孟德斯的黑人男孩在他的房间里安装了窃听器。现在,丹尼正坐在驾驶座上监听着线路,而丽萨和弗兰克正在重听斯凯尔斯和凯文之间的对话。录音快放完时,丽萨插嘴说:"法庭的指示很明确,我们只需要听可能与桑德拉·帕特森的死有关的内容。"

"但如果我们碰巧听到点儿别的,也可以跟踪下去。说不定它能从别的角度为帕特森的案子提供线索。实际上,这才是办案的重点。"

电话里一阵沉默。丽萨需要一支烟和一些空间，但弗兰克·德马提奥两样都不给她。

"凯文不是凶手，弗兰克，他绝对不是杀人犯。"

"我觉得你说的对。"

"但我们还是得调查下去？"

"我们需要调查的是斯凯尔斯，但凯文是个切入口。你知道存在这种可能性。"

"该死！"

"你想要退出吗？"

"我想要你相信我。"

"什么意思？"

"如果斯凯尔斯就是我们要抓的人，他会露出马脚的。"

"那你的男朋友呢？"

"他刚得了普利策奖，因为那篇对罗茜·塔伦特谋杀案的报道。"

"他和乔丹的案子有关。丽萨，他可能没有犯罪，但是他确实和那案子有关。"

万事皆有可能。她一直在尽力回避这一点，即使在她同意利用凯文的时候。但是，可能性依然存在，不会因为她的回避而消失不见。他也许会带她去见斯凯尔斯，是的，但最后凯文也可能被牵扯进来，而她几乎保护不了他。

"那就让我们做到最后，看看结果如何。"

萨福克郡的地区检察官咕哝了一声。丽萨不知道这一声咕哝是善是恶，她决定当它是前者。

"你打算什么时候公开桑德拉的警察身份？"

"我会召开新闻发布会，也许今天晚些时候，不迟于明天。

我想同时宣布逮捕嫌犯。"

"如果斯凯尔斯就是凶手，对他客气点，弗兰克。州警那边怎么样了？"

"你觉得呢？正沿着该死的墙匍匐前进。"

"他们知道我们安装窃听器的事情吗？"

"我对他们讲过，最重要的是时机。我们已经部署了人员。他们正在和市里负责凶杀案的人员一起进行法医鉴定。"

"有人知道我们正盯着谁吗？"

"还没人知道。不过，我们打算在新闻发布会后碰个面，到时候就没有任何顾忌了。"

"那是什么意思？"

"你只需要给我调查斯凯尔斯，其他事情我会解决的。"

德马提奥挂断了电话。丽萨按掉了手机。丹尼拿下耳机，朝丽萨靠了过来："他一直一句话都没讲，我估计他还在洗澡。"

"一旦他出门，我也离开一会儿。你继续监听线路，万一他白天回家。我四点左右回来，然后你就可以走了。"

"老板说了什么？"

"和平时一样，全是废话。听上去好像一旦他们公之于众，我们就麻烦了。"

"他们可以这么做吗？"

"一般情况下不可以，但是，这次不是一般情况，所以，也许可以。你不必担心。至少今天白天和晚上，我们肯定还能继续窃听。让我们看看能获得什么信息。"

"你觉得斯凯尔斯是凶手吗？"

"他和帕特森一起在'仁人家园'工作，并且一直在搜集有关罗茜·塔伦特案的报道，还把它们剪下来存放在床底下。"

"就这些？"

"你听上去像个法官。我想说的就是这些。"

"我能问你个问题吗？"

"最后一个。"

"录音里的另一个男人，他是你的男朋友吗？"

"谁告诉你的？"

"当我没问，反正这不关我的事。"

"我们住在一起。"

丹尼抬起一边的眉毛："他知道自己被窃听了吗？"

丽萨对着他腿上的耳机点点头说："继续监听线路吧。"

丹尼戴上耳机。丽萨知道他在想什么。她把自己的男朋友当作靶心。如今，它将在众目睽睽之下带领事件继续往下发展。

第二十章

凯文在布莱顿市中心的镜子咖啡馆里遇见了阿茉·史丹利。阿茉在柜台上点了一份煎饼加咖啡。整个过程中,三个混迹于酒吧的男人一直盯着她看。接着,她决定走到咖啡馆后方,在凯文的桌子旁坐下,这时三个男人又开始激烈地低声讨论起来。

"你就不能打个电话给我?"她一边说,一边把背包塞到桌子底下,放在脚边。

"对不起。"

"天哪,我一直在给你留言。"

"我很抱歉。"

"没关系。"

"听上去不像是没关系。"

"你得了普利策奖哎,小凯!"

"我知道。"

"说真的,该死的普利策奖啊!我整个人都蒙了,我的意思是,从昨天到现在,我都还没缓过神来!"

"吉米告诉所有人了吗?"

"他告诉了我,我说我会守口如瓶。等你准备好了,再让大家知道,应该很快。"

"我欠你一个人情。"

"当然，你确实欠我个人情。门口那些怪胎是干吗的？"

"是一些在布莱顿管事儿的。你知道是怎么一回事儿，一个他们从未见过的漂亮女人走了进来……"

"省省吧。你想尝一块我的煎饼吗？"

凯文笑了笑，桌子对面也报以笑容。阿茉是一个来自昆西的女孩，是《环球报》的资深记者，负责报道多彻斯特和罗克斯伯里地区的凶杀案——用她的话来说，那些真正的该死的案子！只要她愿意，她可以打扮成一个绝代佳人，可她剪着短发，也不化妆，从不穿连衣裙，除非迫不得已。她也不让别人知道太多关于她的事情。基于上述理由，新闻部的人下结论说她是个女同性恋。凯文知道事实并非如此。因为首先，她对他亲口否认过；其次，有一天晚上，在布劳德大街上的杜利先生酒吧里喝了酒之后，他俩在他的汽车前排座位上亲热了一下。第二天，他们谈论起这件事情，都认为最好的做法是把它忘掉——虽然他们从来没有真正做到，但无论如何，他们都决定这样。他很珍惜与她的友谊。事实上，他珍惜关于阿茉的一切。当然，他从未告诉过她，也把这一切视作理所当然。

"那么，得奖是什么感觉？"阿茉问。她撕开一包善品糖[①]，往咖啡里撒了一些，然后把杯子放到一边。

"很快你也会开始得奖。"

"嗯，好吧，直到普利策评奖委员设法找到我的档案的那一天。给我讲讲得奖的感觉，让我也感同身受一下。"

"和以前没什么不同。"

"绝对有很大的不同。"

[①] 英文名为 Splenda，是一种人工甜味剂。

"你怎么知道?"

"至少有一件事情是肯定的,你再也不用来上班了。他们只需要每两周寄张支票给你,还会把你赶出圣诞聚会。"

"我还在工作。"

"我知道,你在调查帕特森的案子。"

在去见波比之前,凯文应该先给阿茉打个电话。他知道她一定会调查帕特森谋杀案。即使她不调查,关于这件事,她也会知道得比新闻部的其他人都多。这就是阿茉。所以,他对她粗略地讲了讲帕特森案和罗茜·塔伦特案之间的联系。她立刻认为,这很可能是个连环凶杀案。凯文决定不去干扰她的想法。

"你有机会看到一些资料吗?"她把手伸往下方,从背包里拿出一个拍纸本。阿茉有一双强壮有力、棱角分明的手。她飞快地翻阅着自己的笔记本,一边翻,一边咕哝着。

"阿茉?"

女记者停了下来,抬头看他,面露愠色:"我到底想从里面找什么,凯文?"

"让我来告诉你。塔伦特案和帕特森案之间有联系。"

"哪种联系?"

"法医鉴定上的联系。"

"你从调查组的某个内部人员那里得到的信息?"

"这个我不能告诉你。"

"是你的女朋友?"

他一直十分谨慎地不把丽萨扯入他们的谈话,但阿茉太聪明,凯文早该料到了。

"你不会想听这些来龙去脉的。阿茉,如果你想听,你只管告诉我。"

"我想听。"

"你确定?"

"我确定,但要我瞒着不公开这个案子与塔伦特案之间的联系,我只能坚持一天,或者最多两天。"

"已经足够了。在那之后,我会把一切都告诉你,包括我从线人那里得到的所有信息。"

"我会把你作为报道的联合作者。"

凯文摇摇头:"整篇报道都算你一个人的,够公平吗?"

"嗯。"

"好,现在,我们需要确定还有没有牵扯到其他案子。"

阿茉露出她标志性的笑容,那个笑容代表的意思是:我是这个城市里最好的记者,其他人都给我滚远点。

"你已经找到一个了。"

"你怎么知道?"

"因为你露出了那个表情。"

"什么表情?"

"算了,没什么。你怎么发现的?"

"一个在悬案调查组的线人告诉我的。"

"你需要提供多少细节给他作为交换?"

"放心,这个人明年就退休了,他没有孙辈,一直如同对待亲孙女般地对待我。他会保守秘密的。实际上,他甚至愿意为我说谎、欺骗和偷窃,只要我们需要。"

"跟我讲讲这个案子。"

阿茉凑近了一些。凯文能感觉到从她的皮肤上传来的热气,一个记者将要全身心投入自己的故事时散发出的一种热情和激动,就跟该死的致幻剂似的。凯文喝了一口咖啡,等着她开口。

"她名叫克里斯汀·弗兰纳里。"

"从没听说过她。"

"你怎么可能听说过她?她相当于一个白人罗茜·塔伦特,住在波士顿南部。我知道,不是在布莱顿,但是听我把话说完。两年前,他们发现她的尸体被抛在距离政府中心一个街区的楼梯井里,胸部被刺了两刀。"阿茉把手伸进她的背包,拿出一个文件夹。

"那是什么?"

"一份验尸报告总结和一些凶案现场的照片。我告诉过你,我能得到任何我想要的东西。"阿茉把报告推了过来,终于喝了一口她的咖啡,"天哪,太好了。法医说他们在她的脖子上发现了勒痕,在第三页上。"她让凯文看页面的下方,把标记出来的段落大声念给他听,"勒她的脖子是为了控制住她并让她失去知觉,而不是为了杀害她……"

凯文快速浏览着总结报告。"报告说勒痕有滑动的迹象,说明勒住她的可能是尼龙绳或者长袜。"他合上报告,把它推到桌子对面,"阿茉,我想在报告里找的是一根钢琴线和被害者死后尸体脑袋被射上的一个枪眼。"

"我知道你想找什么,但是谋杀手段不会总是完全一致。这个女人的尸体被抛在市中心的楼梯井里,谋杀地点可能就在那里,或者离那里不远的地方。我的线人说凶手很可能没有太多时间。"

"所以他没有完成他的杀人仪式?"

"或许根本没有什么仪式。他一般是先勒住被害人的脖子,再捅上两刀,这样做或许只是因为比较方便。"

"那么枪眼该如何解释呢?这可没什么方便的。"

"所以，这个案子里没有枪眼，你觉得这两件案子之间没有联系吗？"

"我可没这么说。"

阿茉压低声音，恶狠狠地咕哝道："那你到底想说什么？"

"我不知道。"

"这是不是一桩连环凶杀案，凯文？"

"我想不是。"

"关于仪式的那一套说法完全不重要？"

"重要，但不是关键。"

"'重要，但不是关键。'去你的！你到底还知道些什么？"她站了起来，开始收拾她的文件。

"我知道的不比你多，阿茉。"

她停了下来："你以前从不对我说谎，小凯，这次是为什么？"

"坐下。"他拉着她的袖子。

她甩开他的手，但还是坐了下来："帕特森是在暗中设圈套调查毒品交易时被杀的。"

"这是我告诉你的。"

"是的，但你没告诉我这些案子之间的联系，也没告诉我你女朋友是怎么解释这些联系的。"

又是丽萨。阿茉在拐弯抹角。凯文需要空间。

"让我看看那些照片。"他把那一摞照片拿了过来，快速翻过一些在停尸房拍的照片。当看到那些在抛尸地点拍的照片时，他停了下来。这是几张克里斯汀·弗兰纳里的身体部位的特写照片，她躺在三级楼梯上，楼梯通往一个看上去像是地下室的地方。凯文估计她接近六英尺高，因吸食可卡因而显得很瘦弱。她的裙角被掀开，可以看到左大腿苍白的皮肤上爬着一只乌龟文身。她张着嘴——前排牙齿跟一些小黑石块差不多——洋娃娃般的眼睛半闭着，呆滞的目光表明她只是一具空壳，而这具空壳的主人已经搬去了一片更绿的牧场。

"她几岁了？"凯文问。

"三十六岁，有一长串被逮捕的记录——藏毒、卖淫，所有街边的勾当。你很熟悉这一套。"

"她住在南部？"

"旧殖民区。她有三个孩子，没有丈夫。"

"孩子？"

"估计他们被慈善救助系统寄养在某个家庭里，或者被人收养。"

凯文又很快地翻过了一些照片，在看到一张特写照片时停了下来。这是一张俯拍身体的照片。

"这是什么？"

"什么？"阿茉凑近看了看。

凯文一边研究着照片，一边焦躁地移动着手指："有没有别的类似的照片，头部和肩部的特写？"

阿茉在照片堆里又翻出了几张。凯文一边反反复复地看着这几张照片，一边默默点头。

"那是什么？"阿茉问道。她在凯文扔下的照片堆里拼命地搜寻，想知道自己错过了什么。

凯文拿起照片，整整齐齐地叠好，然后推到桌子对面："你的车停在哪里？"

"在街角。"

"把你的车开到路口，我在那里等你。"

"我们要去哪儿？"

"只要跟着我走就行。"

学校操场上，十几个孩子组成人链，沿着墙壁来回奔跑着。一个十岁或者十一岁的黑发小男孩独自潜伏在操场的另一头。在他与人链末端之间，还有十二个同学。男孩来回小步奔跑着，寻找着突破口。三个孩子试图把他堵在沟渠里，但男孩冲了出去，又开始跑了起来——蜿蜒前行、转弯、躲闪、突破。他已经相当靠近人链的末端了，人链里的孩子们伸手想要触碰他。另一组队员紧密配合，其中一个孩子抓住了男孩的肩膀，但维持的时间不够久。男孩又开始绕着圈子跑，但这次放慢了速度。追赶他的孩子们感觉到他的体力正在下降，于是冲了过来。男孩做了一个再次起跑的假动作，然后找到一个缺口，冲了出去。追赶他的孩子们在人链的一端散开了，他趁着速度的惯性，做了最后一次绝望的猛冲。他碰到了人链末端的女孩的手，解放了几个被关押在操场四个角落的他的队员们。男孩跑完剩下的路程，又一次沿着边界巡行，坦然地接受庆祝。此时这个游戏又开始了新的一轮。

"这里有你的回忆，凯文？"阿茉眯着眼睛，用手挡住斜射在操场上的晨光，"我猜，你在这里上过学？"

凯文就是那个男孩。整个暑假，从开始到结束，他都在冲刺。课前、课后、课中，他都在冲刺。他一直在奔跑，从来不会被抓住。他记得一个秋天的下午，有一场游戏成为一次死亡行军，成为他个人签名式的辉煌时刻。另一支队伍由六个孩子组成，他们都跑得很快，很强壮，很聪明。他们在柏油马路上追赶了他两个小时。那天他穿了一双廉价的皮鞋，两只脚磨出了血，脚趾头都露了出来。最后，就在他跑过去解放了自己队伍的那一刻，自己队伍里的人都叫他别再玩了。

"我在那里上学，一直上到六年级。"凯文说。

"受够了？"

"其实还不算太糟。你呢？"

"我在昆西的圣心学校做了八年的修女，另外读了四年高中。"阿茉冲着学校正面的红砖墙点了点头，"这些怎么可能和克里斯汀·弗兰纳里扯上关系呢？"

"这里曾经是一所女子高中——圣安德鲁学院，几年前关门了。我记得在我小时候，他们在毕业典礼上颁发'奇迹奖牌'，那是一块挂在蓝色绳子上的刻有圣母玛利亚肖像的银制奖牌。"凯文拿出一张抛尸点的现场照片，"这个女人戴着一枚这种奖牌，至少我这么认为。来吧。"

他们穿过院子，低头快步走进学校大门。粉笔灰和黑板擦，地板光亮剂和清洁液，斑驳的窗户和模糊的阳光……眼前的景象和气味让凯文的血流加速涌动，沸腾着充满了他的眼睛、耳朵、鼻子和喉咙。

"这里变样了吗？"

"变小了。"

学校一般都会在大门口设有保安装置，但这里什么也没有。于是，他们闲步走入了第一个大厅，然后是第二个。一些教室里坐满了学生，他们正在听一个修女吹奏定音管，再由修女带着全班同学从低到高再从高到低地唱音阶。

"A 和 B 是什么意思？"阿茉指着刻在两个毗邻的班级门上的白色字母 2A 和 2B。

"那是他们分班的方式。你会在一年级的时候被分到 A 班或者 B 班，接下来的整整八年，你都会待在那个班级里。"

"他们如何决定你该去哪个班呢？"

凯文耸耸肩："这是修女们决定的，所以别人都不知道。我在 B 班。走吧。"

他们快步走进教室，里面只有一位老修女像一大块花岗岩似的坐在教室前部的书桌后面。

"需要我帮忙吗？"老修女说了一句，眼睛始终没从她的工作资料上移开。

"我们正在寻找一些信息。"凯文说。他注意到自己的声音在密闭的教室里回荡。

"也许你是想知道我们是怎么分 A、B 班的？"修女拿下老花眼镜，抬头看着他们。她有一张长脸，眼睛苍白得好像透明的一样，脸颊上有几道深深的疤痕。

"你听见我们说话了？"凯文问。

"确实如此。"

"这位是阿茉·史丹利，我是凯文·皮尔斯。"

"你为《环球报》写文章？"

"是的。"

"你在这里上过学？"

"是的。"

"我上的也是天主教学校。"阿茉说。

"但不是在圣安德鲁学校？"

"不是的。"阿茉缩回去舔舔自己的伤口。

"你从来没有回来过，皮尔斯先生？"

"是的，直到今天，之前从来没有回来过。"

"我们为自己的学生取得的成就感到骄傲。我们希望人们能知道，他们之所以能取得这些成就，是因为他们在这里受到的教育。"

凯文一直认为，无论自己取得了怎样的成就，都更应该归功于自己在波士顿拉丁学校的求学经历。但是，这位修女那么严厉，那么暴躁，那么直指人心。

"是的，修女。我经常跟人们讲起圣安德鲁学院。"

"我确定你会的。"老修女从书桌后面走出来，伸出了手。她的手指细长，力气惊人，"我是洛林修女。"

凯文对于她年轻时的样子有点儿模糊的印象——她站在男厕所门口，监视着想要去小便的男孩们。

"我一直在教 A 班，"她说，"所以我从没教过你。"

"那太可惜了。"阿茉说。她已经缓过神来了，忍不住想找点乐子。

"是的，他非常活泼好动，所以我记得他。但我猜这不是你们来这里的原因。"

"我们来是为了另一个以前在这里上过学的学生。"凯文说。

洛林修女从墙边拉来了几张椅子，伸手示意他们坐下，然后关上了教室的门，重新坐回到她在书桌后的椅子上。她双手紧握着，放在身体前面，像把锤子似的低着下巴——这是修女特有的方式。

"皮尔斯先生，我记得你报道的通常都是谋杀案，所以请原谅我对于你想要搜集信息的请求并没有感到非常兴奋。"

"我理解您的意思，修女。"

"我估计是我们的一个学生出了事。"

"是的，修女。"凯文闻到了修女皮肤上的肥皂味，他突然很希望自己正在别的任何地方，除了这里。

"他叫什么名字？"

"实际上，应该是她。"阿茉说道。

"我不知道她是否来过这里，"凯文说，"但是我很确定她在圣安德鲁学院上过学。"

"克里希[①]……"修女脱口而出。

"您知道这件事情？"阿茉问道。

"克里希·麦克纳布。"

"可我们要找的人姓弗兰纳里。"

洛林修女摇摇头："那是她结婚后跟着丈夫改的姓。她家有三个孩子，都是女孩。她们在文法学校和圣安德鲁学院上学，和她们的姑妈一起住在毕格罗大街。"她举起手，指着凯文，"我记得克里希和你的一个妹妹同年。"

记忆的堤坝崩溃了，一切都涌了进来。无法控制的记忆沐浴在斑驳的阳光里：一个年轻的女孩，比凯文更年轻，头发上戴着飘逸的白色蝴蝶结，奔跑在铺着柏油的操场上，追逐着布丽吉特。她咯咯地笑着，一边跑一边用手捂着嘴，为一个五年前的秘密压抑着情感。凯文拿出凶杀案现场的照片，把它正面朝下放在书桌上。

"照片上是她？"修女抬起下巴对着照片，眼睛却紧盯着凯文。

"如果您能确认一下就最好了。"

洛林修女伸手碰到了照片，把它拿起来看了一眼，然后又把它推了回去："过去，我一直和她保持着联系，但那一点儿用也没有。"

"我相信您已经尽全力了。"阿茉说着，轻抚了一下修女的手，然后又退了回去。

[①] 克里希是克里斯汀的昵称。

"她总是在各种怪异的时间段出现。我给过她一些钱、一些衣服,还有用来过冬的外套和靴子。我最后一次见到她时,试图带她去见她的阿姨——依然住在毕格罗大街——但是她不肯。无论如何……"

铃声响了。不一会儿,走廊上就挤满了孩子,他们跑上跑下,欢笑,大叫,在教室进进出出。

"你知不知道他们打算关了这所学校?"

"我不知道。"凯文说。

"今年或者明年,没人能说个确切,但这件事情已经定下来了。有传言说,他们打算把它改造成一个日间托儿所。也有一个朋友告诉我,她看到了改造成回收厂的计划。这样能赚很多钱吧?稍等一下。"

洛林修女慢慢地站了起来。生活中的各种打击压弯了她的身躯,她的意志对此无能为力。几分钟后,她走了回来,手上拿着一个长长的卡片箱子,在书桌上打开了它。她那血管突起形成蜘蛛网般纹路的手指沿着一系列索引卡片移动着,直到找到她想要的卡片。那是一张1969年的入学登记卡,上面贴着克里希·麦克纳布在幼儿园里拍的照片。

"在布莱顿还有谁跟她有联系吗?"凯文问。他迅速地看了一眼卡片,把它放在凶杀案现场的照片旁边,"她有没有说起过其他任何人?"

修女摇了摇头:"她只谈论毒品,包括她将从哪里弄到钱,然后去买所有她想要的东西,以及这将是她最后一次干这种勾当。她总说这将是最后一次。"

"她提到过她的供货商吗?"阿莱问,"有没有任何可能帮助她弄到毒品和钱的人?"

"我给她钱。如果你们想要责怪一个人，那就责怪我吧。"

"我们不是这个意思。"

"我知道你们是什么意思。她从来没有告诉过我任何人的名字。好吧，她说起过一个：费德里斯路。她就是在那里'购物'的——这是她的说法，不是我的。"

"很抱歉我们给您带来了这种消息。"凯文说。

"我想我还是知道一下比较好。"

凯文起身，准备离开。阿茉也跟着他一起站起来，紧挨着他的后背。窗外的光线在修女布满雀斑的脸上刻上新的伤口。她用大拇指摩挲着那张克里希在幼儿园里拍的照片，开口说道："你知道她被埋在哪里吗？"

"我们可以去调查一下，"凯文说，"不过您最好别抱太大希望。"

洛林修女耸耸肩，表示这也无所谓——那只是来自一个畸形世界的无足轻重的挂念。他们把她留在了光影斑驳的教室里。窗户打开着，暗绿色的影子在微风中摇晃着。剩下的只有一摞登记卡片以及一段无声的记忆——关于一个很久以前在操场上玩耍的头戴白色蝴蝶结的女孩。其实，还根本算不上很久以前。

第二十一章

波比走下卸货码头,闻到各种气味——强烈的柴油味,混合着从塞得满满的洋葱大蒜袋子、装着柔软草莓的运货托盘和熟过头的香蕉堆里飘来的气味。他在一个"塔维利亚番茄"的展示架前停下脚步,出神地望着眼前的景象——魁梧的男人、瘦削的男人、深色肌肤的男人、毛发浓密的男人、嘴上叼着还没点燃的雪茄腆着肚子在订货本上拼命涂写着的男人、沉默不语的男人、忍不住吠叫的男人,还有一些男人一会儿虔诚地低语,一会儿又因为来自加利福尼亚的橘子和不知怎么在该死的新泽西失踪了的一批生菜,用外人难以理解的农贸市场简略的行话尖声叫嚷着。这就是新英格兰农贸市场在早晨十点多时的景象。又一个充满交易、争吵、阴谋和偷窃的一天即将走向光辉的终点。大部分的采购商会前往酒吧、赌马场或者脱衣舞娘俱乐部——最好三个都能去,只要手里有足够的钱。波比钻出人群,走向位于码头另一端的一栋房屋。十二个手脚利索、眼神平静的非法移民正在一个四处漏风、灯光昏暗的仓库里工作。他们把芹菜芯塞进塑料袋,再把袋子装进运货托盘上的箱子里。波比穿过房间时,一个意大利人盯着他看。这个人头发雪白,身材魁梧,眉毛如甲虫般漆黑,鼻子跟茄子差不多。波比朝他点点头。这个意大利人名叫萨尔·里加。他用大拇指深深地掏着自己的一个鼻孔,他的大拇指似乎天生就是用来干这个活儿的。他看看自己掏出来的东西,然后把它抹在自己的蓝色保罗衫上。一个越南人向意大利人跑去,疯狂地打着手势。萨尔跟着越南人穿过挂着塑料条帘子的门。

波比轻轻地走出包装间,路过一排空着的手推平板车。一个名叫奥比·利斯顿、来自切尔西的鼠头鼠脑的家伙从一堆包装箱后面探出鼻子,对着走过的波比嗅了嗅。奥比是个瘦小的家伙,红色的头发剃成板寸,脖子后面有着一些绿色黄色三叶草交缠图案的文身。他喜欢飙车,在他母亲的车库里贩卖从偷来的汽车上拆下来的零部件。另外,他还在农贸市场里开设赌局,大部分人都会在他那里押注。奥比极有可能不喜欢波比出现在他的地盘上。

波比在最后一个平板车那里左转,悄悄走进一个小房间,里面还设有与其他房间相连的门。他站在房间门口,可以看到一片延伸出去的仓库空地。在房间的正中央,有一个卷心菜瀑布——红色、白色和绿色小碎块——从房顶上的一个洞里缓缓地落下来,消失在一个深蓝色的滑道里。从他头顶上方的某处,传来大机器有节奏地运转的声音。

"你喜欢吃酱菜吗?"

波比吓了一跳。萨尔·里加是个大个子,走起路来却像只猫一样。

"你觉得呢?"

"每天早上,我们把地板上的这些垃圾扫起来,扔到楼上的碾碎机里。"萨尔朝着卷心菜瀑布点点头,"我们把落入滑道的东西加工一下,然后在地下室里包装起来。"

"所以,我最好不要吃这些酱菜?"

"也许并不比他们喂我们的那些该死的热狗和香肠来得更糟。但是,是的,我不吃这些垃圾。"萨尔"砰"的一声甩上金属门,门上一个套着金属笼子的电灯泡成了房间里唯一的光源,"我叫你走另一条路过来。"

"抱歉,我转错方向了。这要紧吗?"

意大利人剧烈地耸了耸他的肥肩。

"到底什么事,萨尔?上周你赢了钱。"

五年前,他们在波士顿大学旁边一个名叫"T 酒吧"的地方相识。当时,他们都在喝布什米尔斯威士忌①。他们谈起了运动,然后是赌博。那个周末,新英格兰爱国者足球队打了胜仗,波比因此在迈阿密赢了一个半球的钱。通常情况下,像萨尔这样的人只会在像奥比那样的人那里下注。但是那一周,他下了两个赌注。萨尔在波比那儿押了五百美元现金,最后赢了钱。第二周,他又下了赌注,又赢了钱。很快,萨尔成了波比那里最大的玩家之一。此外,他还把农贸市场里的其他人也带去波比那儿下注。他们都很有钱。波比抽取的佣金比例不高,但依然赚了不少,就因为他们押注的金额很大。萨尔通常押个五千到一万美元,他的几个朋友押得更多。

"明天晚上凯尔特人队的赔率是多少?"

"我记得是 6。"

萨尔点点头:"我也许会想下个注。"

"把金额告诉我。"波比等着他回答。这时,机器的声音变小了一些,但萨尔依然没有回答他的问题。为什么他想让波比到农贸市场来?为什么他们站在这个狭小的、脏兮兮的房间里,肚子贴着肚子,谈论着用一个电话就可以解决的下注的问题?

---

①一种爱尔兰威士忌。

"有一些事情,"萨尔慢慢地说着,好像他拥有全世界的时间,"一些我想和你当面谈谈的事情。"意大利人在两只脚上移动着重心。他穿着懒汉鞋和菱格纹袜子,鞋底边缘都已经磨破了,还掉了一个流苏装饰,"我有一个生意要介绍给你。"

"哦?"

"这个地方的老板们,"萨尔环视着房间,"那些拥有这个该死的农贸市场绝大部分股份的家伙们,他们想买进你的生意,做你的合伙人。"

"不,萨尔,谢谢。"

"我还没说完呢。"

波比不用听下去了。萨尔为一个来自普罗维登斯、绰号叫"糕点"的人做事,这人名叫弗兰克·格里桑迪。格里桑迪家族是新英格兰地区大部分巨额赌局的庄家,还干着卖淫、高利贷、诈骗以及其他一切他们认为能够赚到钱的勾当。

"你的老板抖一抖生殖器掉下来的钱都比我坐庄一年赚得多。"

"谁说要拿走你的赌局生意了?"萨尔的眼睛眯成一条黑色的细缝。此时此刻,他凑得很近,波比能够看到沿着他的鼻梁上长出来的一片细毛,一直延伸到他的眉毛。波比感觉自己离富兰克林动物园仅一步之遥,他知道接下去得小心行事。

"我被你搞糊涂了。"

"别跟我兜圈子,波比。"

"我没有……"

"其他的随便什么垃圾玩意儿——兴奋剂、大麻、可卡因——你继续搞就是了。我们知道你的生意正在往近郊发展。牛顿、布鲁克林、韦尔斯利,看在上帝的分上,我们知道你还在一些校园里搞这些。听着,'糕点'是个守旧派,他讨厌黑鬼,从不和他们做生意。所以,我们让他们在这个城市里做他们的垃圾生意,让他们互相残杀。但这次有所不同,你和他们不一样。我们想帮助你扩张生意,先扩张到南岸,再一直往下扩张到海峡。我们提供资金,安排人员,而你只需要坐着分钱。"萨尔在嘴里塞了一根牙签,用手指将牙签在他香蕉似的湿润光滑的嘴唇间转动着,"我甚至还打算给你一笔奖金,就因为我喜欢你,我希望我们能出师顺利。"

"哦?"

"你一定想知道我们是怎么了解到你那些生意的。"

"我有很多事情想知道。"

"你有没有听说过,在布莱顿有个叫'科里布'的酒吧?"

"那里的一品脱健力氏啤酒量很足。"

"有一个爱尔兰佬在那里喝酒,一直喋喋不休。他说他要么拿到他的钱,要么就让你做不成生意。你知道我说的爱尔兰佬是谁吧?"

"我知道。"

"我都告诉你了,那么我们成交了?"

"我不做合伙生意,萨尔。如果我想做的话,你和你的老板会第一个出现在我的候选人名单上的。但我现在还不想做。"

萨尔拿出牙签,用它指着波比,说:"你确定?"

波比耸耸肩:"非常确定。"

萨尔点点头,几乎与此同时,一个酱菜塑料袋套在了波比的头上。透过印在塑料袋上的字母,波比依然能够看见萨尔。他呆呆地瞪着萨尔,这时塑料袋紧紧地封住了他的鼻子,他的肺里开始缺氧。波比的两条手臂胡乱地扑腾着,这大概是此时他能做的最傻的事情了。但在此之前，他从来没有被酱菜塑料袋闷死过，所以他怎么会知道该怎么做呢？相反，站在他身后的男人却有过闷死别人的经验！他熟练地走到波比的一侧，双手像该死的老虎钳子似的系住塑料袋。波比什么都听不见了。他有没有尖叫、扭打，或者进行任何形式的挣扎？他再次看见了萨尔，在逐渐缩小的光圈里，萨尔看上去只是个黑影——很快，他就会被永远地埋在里维尔市①垃圾填埋场的最底下了。波比拼命咽下喉咙里向上蔓延的疼痛，让自己头脑冷静下来。如果他还有三十秒可以活，他应该理智地利用这段时间。首先，他应该放弃对呼吸的挣扎，这种挣扎有什么用呢？他放松了肩颈，让自己跪了下来，手臂和手腕无力地耷拉着，手指在空气中胡乱地刻画着自己的墓志铭。他身后的那个人凑近了一些，最后狠狠地拧了一下塑料袋。他渴望尽快把事情办完，好去酒吧喝上一杯。波比弯腰向前方倒下。就在额头即将碰到地板的时候，他的头突然向后一转，用尽全力，一个野蛮的拳头幸运地击中了攻击者的鼻头，把他打得晕头转向，跟跄着跌入黑暗的角落里。塑料袋滑落了下来，波比的肺里吸入了甜蜜的氧气。他向前猛冲，肩膀撞向萨尔柔软的肚子。萨尔呕吐了起来，吐得满地都是香肠和青椒。波比拔出他塞在膝盖里的刀，在他最好的客户身上一刀割了下去，从肚脐一直到胸骨。萨尔看了一眼自己的肠子，一卷卷冒着热气，露在水泥地上。他哀嚎着，试图把这些内脏胡乱地塞回原处。他像个婴儿般蜷缩在地上，喃喃自语。想要闷死波比的那个男人瘫坐在墙边，直到波比一把抓住他的头发，他才回过神来。

"确保刀子够锋利，动物才不会太痛苦。"

---

① Revere，美国马萨诸塞州萨福克县的一个城市，位于波士顿以北，东临大西洋。

男人睁大了眼睛，眉毛弯成两个问号的形状："啊？"

波比手一挥，割断了他的喉咙。然后，波比走向萨尔。萨尔不知怎么还有一口气，想求波比饶命。波比也割断了他的喉咙，在他的保罗衫上擦干净刀口，然后悄悄地穿过酱菜工厂，在之前停车的地方找到了自己的汽车。在距离自己公寓还有一千米的地方，波比把车开到了河岸边一个狭长的空地上。他刚推开车门，就吐了起来。一辆汽车呼啸而过，一个家伙从后窗探出脑袋，大叫着："垃——圾！"波比对他竖了个中指，然后下了车，走到河边。早晨清冷的空气让他的头脑清醒了过来。他希望自己感到恶心是因为刚掏出了两个男人的内脏。但事实上，对于萨尔和他同伙的死，他一点儿感觉也没有。他们想要杀了他，是他们先耍花招的。所以，去他们的。他恶心只是因为他感到恶心而已，没有别的原因。再说了，这根本无关紧要吧？在"糕点"派人查出在萨尔身上发生了什么之前，他还有一天的时间——也许不到一天。那之后，波比·斯凯尔斯就会是个死人了。

第二十二章

开发商来了。开发商离开了。他们拆毁了毗邻的几个街区里的大部分木头房屋，把月租房改造成了过去几年美国梦里描绘的样子——联排别墅和产权公寓大楼，一栋连着一栋的红砖房屋，镶在上面的一排排刷了油漆的窗户冷冷地回望着大街。世俗的品位在房子里面也继续展现着：花岗岩台面、不锈钢管道、小巧的假火炉。如果你想搞得更华丽点，可以再加一个带有水疗设备的专业浴缸。凯文凝视着这一片在郊区的潮湿梦想中生长出来的野草。费德里斯路，在20世纪70年代，没人会认错这里。喧闹、黑人、贫穷、汗臭，到处都是毒品和绝望。黑人老乡在街角来回走动，售卖强效可卡因，一包十美分；十几岁的妈妈们，天刚黑就坐在门廊上，看着自己的孩子，等着子弹降落；老年黑人玩着快速象棋，一口口地喝着从纸袋里拿出来的麦芽威士忌；拉皮条的兄弟们以每小时十千米的速度在街上开车招徕生意，他们一只手放在方向盘上，往旁边倾斜着身子，摇头晃脑，一副标准的流氓腔调。那就是费德里斯，是生活，是女妖塞壬的歌，它用看似很多实则很少的一点儿钱引诱着年轻人，让他们惹祸上身，并借此把他们的生命早早地送入坟墓。80年代，市政府投了一大笔钱来解决这里的问题。他们为费德里斯取了一个新的名字，并把它和多彻斯特的哥伦比亚角以及南部的D大街贫民区一起改造成"混合收入"住宅。然而，在新刷了油漆的表面之下，费德里斯依然是费德里斯。年轻的专业人士花五十万美元在隔开一个街区的地方定居下来。他们开车经过费德里斯时，总会摇上车窗，锁上车门，把一切都封死在车外，不想接触任何现实的东西。当然，周五晚上是个例外。他们会来到费德里斯，找地方打上一局八球比赛或者吸上一包大麻。凯文对这里持有不同的看法。他上一次来费德里斯的时候是十五岁，从那时起，无论他走到哪里，都感觉那个死人的一对白眼珠子跟着自己。

阿茉把克里希·麦克纳布的文件留在了凯文那里。他再次快速地翻阅了一遍，然后把它整理好，放在他从丽萨的电脑里获取的资料旁边。一如既往，阿茉是对的。看上去麦克纳布是图案的一部分，与桑德拉·帕特森和罗茜·塔伦特被同一个凶手杀害。麦克纳布也与费德里斯路有关联，这带着凯文兜了一圈又回到了柯蒂斯·乔丹的案子上。还有波比。他应该直截了当地问波比关于那把38口径手枪的事情。它在哪里？谁拿着它？它是怎么被卷入这些案子里的？他一直没有问波比，是因为他依然希望能找到别的解释——为他自己和他的朋友。所以，他来到了费德里斯。正要下车时，他的手机响了，他最小的妹妹的名字在屏幕上闪烁着。

"科琳？"

"那是真的吗？"

"什么？"

"普利策奖。"

凯文后仰，靠在头枕上："你是怎么知道的？"

"这无关紧要。你真的得奖了吗？"

"嗯。"

"太惊人啦！你会见到一些有名的人吗？"

"我不知道，小科。"

"你有点石成金的能力，我跟每个人都这么说，你有点石成金的能力。"妹妹的声音在他的周围旋转，越转越快。

"暂时别告诉别人。"

"哦，好的。"

"我就是想低调一些，你懂吗？"

"我懂。"旋转木马开始下降，放慢速度，然后呼哧呼哧地停了下来。

"谢谢你，小科。"

"没关系，你了解我的，一有风吹草动就会很兴奋。"

"那没什么不好的。"

"我们都为你感到骄傲，小凯。妈妈和爸爸也会的。"

凯文的父母比沙克斯早一年离开人世——父亲因严重的心脏病先走一步，六个月后，母亲开着车滑下了牙买加路，撞上了一棵树。当人们往父亲的棺材上洒圣水时，凯文呆若木鸡地望着教堂的背面。科琳走上布道坛，看见凯文站在教堂前廊。她微笑了一下，然后帮了他一个忙——没有在悼文里提起他。他的母亲过世时被放在麦克纳马拉的地下室里，在关上棺材盖子前，他有十五分钟的时间与她独处。他记得自己坐在她的脚边，看着她支离破碎的身体，回想着二十年前的那一天，她精疲力竭的眼睛和他手上的鲜血。母子俩随后跑上楼梯，来到外婆的公寓里。他知道自己应该摸摸她的脸，亲吻她的手指，或者和她一起蜷缩在棺材里，但是他能想到的只是《异乡人》开头的一句话：

今天，妈妈死了。

"你在哪里？"科琳的声音打断了他的思绪。

"实际上，我正坐在费德里斯路的前方。"

"你在那里干吗？"

凯文瞥了一眼街道对面低矮的贫民区的轮廓："没什么，真的，只是在写一篇报道。我在考虑过会儿要不要顺路来趟钱普尼。"

"你是说真的？"

"我考虑一下。"

"你能回来太好了，小凯。"

他不明白为什么她会说"太好了"，他也不明白自己为什么会考虑一下。但是，他确实考虑了。

"我估计布丽吉特还住在那儿吧？"

"她还住那儿，但我不确定她目前在不在家。"

"钥匙还在老地方？"

"在老地方，你能相信吗？"

"我能相信。"

"布丽吉特干得还不错，小凯，真的还不错。"

"你呢？"

"我什么？"

"你过得怎么样？"

科琳嫁给了一个名叫斯科特·卡森的小伙子。他们有一个孩子，今年十三岁，名叫康纳。他们住在牛顿。凯文见过康纳一次，但还没去过他们的家。

"我很好。"她说。

"斯科特和康纳呢？"

"他们都很好,确实都很好。"

凯文听出了异样。她的声音正在变得紧绷,僵硬得反射出细腻的光泽。

"我得走了。"她说。

"也许我会在去过钱普尼之后到你那儿看看,跟你们打声招呼。"

"也许今天不太合适。听着,我正在银行里排队,柜员现在正盯着我看……"

"没关系。"

"我下周打电话给你。我们可以在市中心一起吃个午餐。"

"听上去不错。"

"太好了,再次祝贺你,小凯。我真为你感到高兴。小心一点儿,贫民区还是那副老样子,你知道的。"

科琳挂断了电话。凯文想着他的小妹妹,他能为她做的一直都太少。而他也隐约意识到,在这场游戏里,他已经来不及作出补偿。凯文把手机随手放进口袋里,下了车,走上通往费德里斯的斜坡。他路过市政府建造的全新的社区中心,从两栋大楼之间走入贫民区的中心地带。藏在街道后面的是"老费德里斯",70年代的费德里斯,当地人称之为"FWP"①。在他左边的窗户上,出现了两个女孩,或许是姐妹。当凯文与她们的眼睛相对时,她们低着头跑开,消失不见了。一个戴着洋基队棒球帽的男孩从旁边的大门里走了出来。

"警察?"

凯文摇摇头。

"你想买点什么?"

---

① Feidelis Way Projects 的缩写,即为"费德里斯路贫民区"。

"我不买什么。"作为一名记者,凯文需要探访城市里最恶心的那些地区,那些人们隔着很远的距离谈论着他们实际上并不了解的地方。在大部分地方,他都感觉没什么危险。记者在这场游戏里不扮演任何角色,不会成为匪徒们的目标。但是这一次,或许有所不同。他不是为了写报道而来的,无论他嘴上怎么说,匪徒们总能看穿一切。

"如果你不是来买点什么的,那你在这里干吗?"戴着洋基队棒球帽的孩子十三岁左右,体重还不到一百磅,动作如同快速痉挛。凯文唯一想到的是米奇·里弗斯①年轻时的模样。

"我只是想打听一些消息。"

"去你的消息。"

"你还不知道我想打听什么消息。"凯文说。他说的是实话,因为他也不知道自己想打听的究竟是什么消息。"快手米奇"撩起衬衫的下摆,露出他皮带上插着的一把重型手枪。

"你要开枪打我吗?"

米奇似乎感到很吃惊——大部分白人看到这家伙之后都会逃跑的。

"我会付你钱的,"凯文说,"只要找个人跟我谈谈。"

米奇往他身后看了看。凯文看到有更多的脑袋正躲在窗户后面偷看。一些人影如流水般聚集在过道里。

"想清楚你要的到底是什么,卡斯伯②,跟我走。"

他带着凯文走上一条弯曲的小路,小路通往柯蒂斯·乔丹被杀害的那栋大楼。当他们走到门口时,那些人影已经回到了平坦

---

① 指 Mickey Rivers(1948—),著名的美国职业棒球运动员,1976—1979 年任纽约洋基队的中外野手。
② 美国在 20 世纪 90 年代出品的动画片《卡斯伯》(又名《鬼马小精灵》)中的主角小精灵,通常用来形容瘦弱的白人男孩。

的砖墙后面。米奇走了进去，凯文跟在他后面。一个有着可可色肌肤和齐肩辫子、年纪稍长一些的孩子拿着一把手枪，顶着凯文的脸颊。他说话带着一丝牙买加口音。

"你想挨揍，兄弟？"

凯文舔了舔嘴唇："我只是想打听一些消息。"

"干掉他。"米奇说。他也拔出了枪，似乎很喜欢挥舞它。

"闭嘴。"牙买加人把凯文逼到一排信箱前。墙上到处都是一道道的涂鸦。有一双燃烧着的眼睛正在楼梯井下往上看，然后一闪即逝。

"你想打听哪方面的消息？"牙买加人的声音里透露着机灵。

凯文拿出一张麦克纳布在停尸台上的照片。

"她看上去不太健康。"

"她是你的一个客户，他们在市中心找到了她的尸体。"

牙买加人耸耸肩。凯文把照片放进口袋："那么关于一个柯蒂斯·乔丹的男人呢？他在这栋大楼里被人开枪打死了。"

"很多人在这栋大楼里被人开枪打死了。"

"我是《波士顿环球报》的记者，也许我可以帮忙查出是谁杀了他。"

"你为什么在乎是谁杀了柯蒂斯？"

问对人了！一个不到二十岁的匪徒居然听说过二十六年前的一场凶杀悬案。那意味着什么？一定意味着什么。"我就是做这行的，"凯文说，"这可以写成一篇报道。"

"让我来把这个混账揍一顿。"米奇说，他迫不及待地想找些乐子。牙买加人用两个手指做了一个安静的手势，然后举起了他的枪。他先用枪托像鞭子一样猛抽了一下凯文的脑袋侧面。凯文双膝跪地，倒了下来。几双穿着球鞋的脚疾步走上前来，把他围住。年轻模样的"米奇"发起了第一轮攻势,想要弄出一个本垒打。第二拳把凯文打倒在大堂的地板上。

"看着我。"

凯文抬头看着一丛长发辫子,一个镶满钻石的牙箍在脸的正中央闪耀。

"你叫什么名字?"

"凯文。"

"我感觉你想伤害某个人,凯文。也许是杀了某个人。"

"我只是在写一篇报道。"

"你的眼睛说出了一些别的事情。你以前来过这里吗?"

"没有。"

听到这个谎言,牙买加人的脸收缩了起来。他迅速地翻了翻凯文的口袋,拿出那张麦克纳布在停尸台上的照片,然后跑上楼,消失不见了。年轻模样的"米奇"用力掐着自己的膝盖。凯文挣扎着站了起来,他的后脑勺已经开始肿胀,手机在口袋里响了一下。他打开手机,看到一条消息:

去看看布丽吉特,她干得不错……快点离开贫民区!!爱你,科琳。

这次,凯文把他妹妹的忠告放在了心上。他"啪"的一声关上电话,拼命地跑出了费德里斯。

那个牙买加人名叫德龙。他往上走了两段楼梯,进入一个位于走廊尽头的公寓。一个女人站在那里,眼睛盯着窗外,看着凯文离开。

177

"他想要什么?"她直截了当地问。德龙很多次想要开枪打死她,但只有在深夜里剩下他独自一人的时候,他才敢这样想。

"他是一个记者,问我们关于一个女孩的事情。"德龙拿出那张停尸台照片,女人看了一眼。

"我们认识她吗?"她问。

"一个吸毒女,很久没人见过她了。"

"我猜我们知道原因。还有别的吗?"

"他问了关于柯蒂斯的事情。他说他要写一个报道。"

"他在说谎。"

"他知道这个地方。"

"每个人都知道费德里斯。"

"他知道这栋大楼。我觉得他认识柯蒂斯。"

"这有什么问题吗,德龙?"

"你知道有什么问题。警察和我的人在玩猫捉老鼠的游戏。"

"你的工作是搞定大街上的那些事情。如果你做不了,下面还有一大堆小狗崽子等着吃你的这碗饭。"

德龙感觉胸口升起一股热气,但是他的表情依然镇定。这不是一个合适的时间,也不是一个合适的地点。他垂下眼睛,朝门口走去。

"德龙。"

他转过身。女人右手拿着一把小手枪,他意识到自己为这份犹豫不决付出了生命的代价。事实上,老板从不会犹豫不决。所以,德龙天生只能是个二把手。他现在明白了。这是一种比较好的死法。牙买加人的牙齿闪闪发亮,与此同时,他的胸口中了两枪。还没倒地,他就已经死了。女人蹲在尸体前,掰开他的嘴,用两个手指猛地拉出钻石牙箍,然后便离开了。

第二十三章

　　现在是下午两点半。布丽吉特·皮尔斯正怒气冲冲地想找人吵架。她推着购物车"砰"的一声撞开霍里根商店的摇摆门，颠簸着穿过布满辙痕的停车场。一个商店售货员主动帮她提购物袋，但她挥挥手，让他走开。她在友好冰激凌店门口停下脚步。在把购物袋都吃力地拖上车之前，她想先买一杯香草奶昔。熟食柜台后面的那些臭婆娘们儿根本不会对她产生任何影响，那是确定无疑的。当她们问起她哥哥获得普利策奖的事情时，她感觉自己一下子脸红了。她应该感到惊喜，但是当时她只觉得胃里恶心，她想知道她们在她身上看出了什么，她们到底知道多少以及她为什么会如此介意。但她确实介意，一直都很介意。她双手提着购物袋，无法从皮包里拿出钥匙，于是把一个袋子放在汽车的引擎罩上，另一个放在脚边。然后，她打开了车锁，把东西搬到了后排座位上。刚坐上驾驶座，副驾驶座边的车门便"咔嗒"一声打开了，奥比·利斯顿溜了进来，坐在她的身边。

　　"嘿，布丽吉特。"

　　她已经至少五年没有见过奥比了。过去，他喜欢在林恩①的鱼库酒吧喝可可利口酒加奶油。有一天晚上，他在酒吧里抓了

---

①指 Lynn，位于马萨诸塞州的一个城市。

一下布丽吉特的屁股，布丽吉特用膝盖对准他的睾丸狠狠地撞了一下，让他的睾丸差点弹到了嗓子眼儿。她弯下腰，把他从可笑的迪斯科舞厅地板上扶起来，告诉他如果下次再这样，她会割下他两腿间的任何东西（如果那里还剩下什么的话），并把它们当作装饰骰子挂在汽车后视镜上。然后，不知道出于什么该死的原因，布丽吉特走到外面，在走廊里哭了起来，从酒吧传来的音乐声和欢笑声在她的周围飘浮。不过，那已经是很久以前的事情了。这不代表她依然痛恨这个家伙，只不过那是一件很久以前的事情。

"你想干吗？"

奥比拿出一块半磅重的奶酪，放在腿上，打开外面包着的熟食包装纸："蓝多湖①牌白奶酪，这可是好东西，你想要一些吗？"

"我不要，谢谢。你快告诉我你想干吗，否则马上从我的车子里滚出去！"

奥比掰下一块奶酪，扔进嘴里："有意思。我正开着车在城里到处转悠，想着去买一个肉丸三明治当午餐。然后我就接到了这个电话，是一个来自罗德岛的电话号码，一个勾搭上了'糕点'的家伙。你认识'糕点'吗？"

"我不认识他本人。"

"然后，这个家伙对我说，'糕点'的一个手下正在来这里的路上。他要见见你的老板。"

"我没有老板，奥比。"

"你知道我说的是谁。"

"为什么'糕点'会在意波比？"

奥比咧嘴笑了笑。

---

①一家美国公司，是世界著名的乳业巨头之一。

"你的牙齿怎么了?"

"什么?"他把身子探到后视镜前,照了照,"该死,我一紧张,牙龈就会出血。你有纸巾什么的吗?"

布丽吉特摇摇头。蠢货奥比从熟食包装纸上撕下一片,卖力地擦了起来。他觉得擦干净了,便转身回到布丽吉特面前,笑了笑:"现在看起来怎么样?"

"它们好像正在腐蚀你的脑袋。天哪,你嘴里的气味真难闻。"

"但血没有了对吗?"

"嗯,没有了。坐回你的座位,然后打开窗。"

她打开驾驶座旁的车窗,奥比继续他的话题:"我朋友问我能不能找到波比·斯凯尔斯,就现在。"

"为什么?"

"为什么?你觉得为什么?这家伙从普罗维登斯赶来拜访他。"奥比用手指做成手枪的形状,弯下大拇指好像扳下扳机。

"你是《黑道家族》①看多了吧,普罗维登斯在乎波比干吗?"

"那家伙就是这么告诉我的。他说今天早上发生了一点儿事情。"奥比歪着脑袋,审视着布丽吉特。布丽吉特感到一阵寒意。如果你跟他开门见山,他就会用他下三滥的方式狡猾地对待你,还恶狠狠的。

"你觉得我知道些什么,奥比?"

"你说呢?"

"你想要什么?"

---

①指 The Sopranos,美国拍摄的一部黑手党题材的电视连续剧,多次获得金球奖和艾美奖。

"天哪，我长大后就再也没见过那种东西了。"奥比指着窗外的一台电动摇摇马，它被夹在一排霍里根商店的购物车和一台制冰机之间。马身侧面漆着大大的蓝色字母——"微笑野马"，"我们以前也有一台，名叫'扳机'，灰色马身，红色鬃毛，十分钱骑一次。天哪，我可真喜欢那玩意儿。"奥比又大口吞下了一些蓝多湖牌奶酪，然后开始在椅子上弹来弹去。

"抱歉，奥比，我没有零钱。"

他停了下来："我没打算去骑那玩意儿。我只是说，它带着我回到了过去。你知道吗？算了，该死的，忘了这些吧。"奥比的牙龈又开始流血了，染红了他的牙齿，他拿在手上的吃了一半的奶酪被血液勾勒出了一条鲜红的边。

"让我们回到波比。"布丽吉特说，"你要是想让我帮你，就告诉我到底发生了什么事。"

"我说过了，我不知道。"

"那么，下车。"

"好吧。我听说今天早上，他们发现两个'糕点'的手下死在农贸市场里。"

"农贸市场？"布丽吉特知道那里有波比的客户，但这并不能说明什么。

"有人割断了他们的喉咙。"

"然后你觉得那个人是波比？"

"我什么想法也没有，是普罗维登斯认为那人是波比。"

"你怎么找到我的？"

"全靠运气。一开始我想我可以在布莱顿兜上一圈，或许可以顺路去波比家看看。但在那之前，我需要吃点东西。于是我来这里买奶酪，结果就遇到了你。"

她不相信他说的话，但这又有什么关系呢？他要找波比，而且很乐意做笔交易。

"关于普罗维登斯，你了解多少？"

"那是个暴力集团，贩卖婴儿，放高利贷。最近，他们通过一些合法生意洗了不少黑钱，毒品买卖赚来的钱。"

"波比不做姑娘们的生意，也不卖毒品。那是费德里斯干的。"

"在这附近，确实如此。但是普罗维登斯包揽了新英格兰地区的所有生意，一直扩张到东海岸。他们做的是大生意。"

"那和波比有什么关系？"

"我只是在说他们做些什么。"

"他们什么时候会到？"

"谁知道，也许今晚，也许明天，也许已经到了。"

"你想让我出卖波比？"

"别搞得那么戏剧性，你只需要告诉我他在哪里。也许他们只是想跟他谈一谈。"

布丽吉特凝视着窗外的"微笑野马"。它露着白色的牙齿，做出一个愚蠢的微笑，身上很多地方的油漆都已经剥落了，弹簧也几乎失去了作用。布丽吉特打赌这玩意儿绝对运转不起来了。

"那我能得到什么好处呢？"

"如果我处理得好，普罗维登斯会把波比的生意交给我来做。给我一些前期资金，让我把它真正做大。"

"可你住在切尔西。"

"所以才需要你啊。你来管理在布莱顿的所有生意的日常运作。我会先付你一笔佣金，然后你能赚到的钱会是波比赚到的两三倍之多。"奥比把更多的奶酪紧紧地卷成鱼雷状，扔进嘴里。

"如果我不干呢？"

他耸耸肩："反正我自己也能找到他，然后你就失业了。"

"要是我去提醒波比呢？他会逃跑，普罗维登斯会认为是你串通了他。"

奥比摇摇头："你不是那种人，布丽吉特。首先，你极其贪婪。其次，你甚至比波比都更有野心，也更聪明。否则，你觉得我为什么选择跟你合作？"

"所以，你跟踪我来到这里？"

"我在那该死的超市里跟着你四处转悠了一个半小时。"

"我打赌你就是那个给普罗维登斯打电话的人。也许今天早晨，你在超市看到了波比，然后就想为什么不呢？"

"是他们打电话给我的。"

"普罗维登斯干吗打电话给你？"

"这重要吗？你站不站出来都无关紧要，那些家伙就是这么办事的。好了，接下来你打算怎么办？"

"给我下车。"

"你说真的？"

"你一开始说的对，我不会对波比透露任何一个字。如果是他自己蹚了这个浑水，那就应该由他自己想办法脱身。但接下来的部分，你说错了。是的，我喜欢钱，但我不是一个卑鄙小人。你知道我为什么这么说吗？因为卑鄙小人最后总会和像你这样的人渣一起干活。而将来有一天，你会坐在汽车里和别人一起谈论我，接着我就会在某个意大利佬来访之后走上不归路。所以，滚出我的车子，拿走你该死的奶酪，还有你嘴里狗屎一样的气味。"

奥比对她竖了个中指，爬下了车。布丽吉特摇下车窗。

"还有，奥比……"奥比停下脚步，转过身。布丽吉特继续说，"如果你觉得那些意大利佬不会想从你这样的人身上弄下几两肉的话，你会比我想象的还要蠢。帮你自己一个忙，告诉他们你找不到波比，然后回家，锁上门，关上灯，庆幸你自己半途知返，终于作了一个聪明的决定。"

布丽吉特看着奥比走到他的汽车旁，然后在手机上找到波比的电话号码。她的手指在"发送"键上晃了晃，但最终还是没有按下去。她丢开手机，把汽车从停车位里倒出来。蠢货奥比的汽车差点儿就碰擦到了她。开出停车场时，他按着喇叭，像个疯子似的大笑着。布丽吉特踩了一下刹车，一个购物袋从座位上翻了下来，奶昔的盖子也掉了，洒得满地都是。四五个鸡蛋摔碎了，蛋黄整个儿流了出来，和奶昔混成一摊黏糊糊的东西，向四周蔓延。

"该死。"布丽吉特的额头碰着方向盘，她的身体颤抖着，好像又要无缘无故地哭了。在该死的鱼库酒吧里发生的一幕又要重演了。一对看上去好像从剑桥或者韦斯利或者康涅狄格州大学或其他什么该死的地方毕业的夫妇在停车场上停下脚步盯着她看。

"管好你们自己的破事儿！"布丽吉特朝着窗外大喊，望着年轻夫妇挤进他们的斯巴鲁车，冲出停车场，看也不看就开上了马路。这令她感觉舒服一些了。布丽吉特从一个购物袋里拿出一些纸巾，擦干净后排座位，然后跑到友好冰激凌店，又买了一杯奶昔。三点十五分，她回到了车上。如果没遇上交通堵塞，她能够在一个半小时之内穿越城市。她快要迟到了。

第二十四章

阿吉住在位于牙买加平原①的一幢老旧的褐砂石房子的一楼,她已经八十八岁了。根据医生的记录,她至少有过两次严重的中风,可能还更多。医生希望她能够住在配有急救设备的地方,被一些态度忽冷忽热的护士们照顾着。但是她的外甥孙女不同意。费用是布丽吉特·皮尔斯付的,所以她说了算。

布丽吉特在位于沃特敦②的一个叫作"拉索"的农产品商店里找到了在那里工作的艾曼妞。艾曼妞是个非法移民,每天的时间都用来把香蕉搬到柜台上和在后屋用软管冲洗托盘上的樱桃番茄。布丽吉特提出给这个目光敏锐的危地马拉人相当于"拉索"给的两倍的工钱,让她整日整夜照顾阿吉。艾曼妞欣然接受了这份工作。那是四年前的事情了。

布丽吉特走上通往公寓的凹陷的阶梯,用力敲了敲大门。艾曼妞瞬间就来开门了,她嘴上沾着砂糖,请她的老板进屋。布丽吉特坐在整洁的小沙发上,艾曼妞在厨房里忙碌着。插花的香味弥漫在房间里,家具表面刚擦过一层光亮剂,泛着微光。一台竹

---

① 指 Jamaica Plain,位于波士顿的一个街区。
② 这里指的是一个位于美国东北部马萨诸塞州的住宅和工业城市,是波士顿的卫星城。

制的电扇在头顶轻轻地转着,还有古典音乐——这两种声音合并起来,掩盖了从卧室传到客厅里的经久耐用的人工呼吸器发出的嘶嘶声。艾曼妞走了进来,拿着茶和一盘薄脆姜饼。布丽吉特笑了笑,尽老板之宜,给两人倒了茶。

"她身体不错。"艾曼妞说。布丽吉特对着这个令人舒服的谎言点了点头。在过去的四年里,阿吉的神经系统功能并没有明显好转。喂她,她就吃;催她,她就排便。艾曼妞每周三次让她坐在轮椅上,推她在街区里转转。她不能说话,但似乎知道自己在哪儿。每次有人来家里看望她,她会张着嘴,用呆滞的眼神盯着人家。这并不是说有很多人来看她。早些时候,科琳曾经想来看她,但是布丽吉特一直给她妹妹泼冷水,直到妹妹放弃这个念头。现在,除了艾曼妞和医生,只有布丽吉特会来看她,一周两次,像钟表一样规律。布丽吉特掰下一块饼干,在茶水里浸了浸,然后在饼干边缘咬了一小口。

"你还好吗?"布丽吉特问,并抬手示意艾曼妞坐近一些。女孩在沙发上移动了大约一英寸的距离。

"我很好,夫人,都还不错。您想看看她吗?"

"等一会儿吧。跟我讲讲,你家里人都还好吗?"

"都很好。我的外甥女,哈辛塔,她上中学了。"

"她这么大啦?"

"是啊,是啊①,十三岁了。"

这是她们每次见面时的例行公事——茶水,还有几分钟的闲聊。之后,布丽吉特会进房间去看望阿吉。不过在此之前,会先解决钱的事情。布丽吉特拿出一卷纸币,剥下几张二十元钞票。"这是你这周的薪水。多出来的给你的外甥女。"

---

①原文为西班牙语。

艾曼妞试着退回多出来的钱，她每次都这么做；而布丽吉特不肯收回，她每次也都这么做。这个女孩养着一大家子人——据布丽吉特所知，至少十二个人。所以，她需要钱。这些钱可以牢牢地拴住她的心。艾曼妞小心地拿着钱，飞快地穿上了外套。布丽吉特看着她出了门，在前窗边望着她走上街。她会离开两个小时。时间绰绰有余。布丽吉特往卧室走去，打开了门。

她外婆的鬼魂坐在床脚，手上拿着一支烟，咧着嘴巴，形成一个永恒的微笑。她舅公沙克斯的鬼魂在靠近天花板的地方飘浮着。当布丽吉特靠近床边时，他一头冲向她，然后伴随着一声蜿蜒的长叹，消失不见了。布丽吉特也毫不示弱，用一个干巴巴的笑容回敬了她的外婆。然后，她拉过来一把椅子，坐在能和她的病人说悄悄话的地方。

"他们不会帮你的。"

阿吉摩擦着她牙齿已经掉光了的牙龈。布丽吉特的姨婆越接近死亡，看上去就越像刚出生一样。她的身体只剩被子下的一块凸起，在药物、疾病和不可避免的衰老的侵害之下不断地萎缩。她只剩一两缕头发，头皮上布满了深深的皱纹，看上去好像刻在岩洞壁上的古老的北欧文字。布丽吉特突然很想摸摸那些皱纹，看看那些文字究竟有何含义。然而，她没有这么做。她站了起来，绕着床走来走去，查看着那些让她的姨婆维持生命的机器——她花钱买的那些机器。布丽吉特拽了拽一根管子，管子里滴着清澈的液体。她又拉了拉几根电线，电线沿着地板，一直延伸到冰冷的床单底下看不见的地方。她坐回椅子上，拿起友好冰激凌店的袋子。这是每周一次用来款待阿吉的奶昔，用吸管喂给她喝。布丽吉特第一次让艾曼妞给阿吉喂奶昔时，艾曼妞叫喊着亲吻了布丽吉特的手背。从那以后，这成为她们的例行公事之一。布丽吉特拿出奶昔,往杯盖上的小洞里插了一根吸管。阿吉专注地看着,长了白苔的舌头舔着因发烧而干裂起泡的嘴唇。布丽吉特找到一些艾曼妞放在旁边托盘上的药膏,在姨婆的唇疮上涂了一点儿。姨婆像只老野猫似的,喉咙里发着咕噜声,在被子底下挪动着双腿。布丽吉特做了个让她安静下来的手势,拿起奶昔,把吸管放进阿吉的嘴里。阿吉睁大了眼睛,蜡黄的面颊长时间地起伏着,吮吸着香草味的佳饮。布丽吉特让她享受了一会儿美味,然后拿走她嘴里的吸管,看着她的嘴唇像离开水的鱼一样对着空气继续吮吸着。布丽吉特揭掉奶昔盖子,自己喝了一小口,让厚厚的奶油泡沫在她的嘴唇上形成了胡须的样子,又舔掉了它。

"今天就喝这么多了。"她说着,把奶昔杯扔进了垃圾桶。阿吉呻吟着,噘起了嘴。

"好了,别这样。"布丽吉特用毛巾把姨婆的脸和手擦干净,然后拍松枕头。当她亲吻姨婆的额头时,老妇人用望着上帝的眼神回望着她。布丽吉特走出房间,轻轻地关上身后的门,走上通往厨房的走廊。

公寓的后门外有一段楼梯,通往大楼的地下室。布丽吉特在租下一楼公寓时,也一并租下了底下的那几层。她希望自己——而且只有她自己——能够进入那几层,她愿意为此多付点钱。贪婪的房东见钱眼开,立即表示同意。布丽吉特告诉他,她会换一把锁,并自己去配钥匙。她拽开了地下室里的第二道门,打开手电筒,寻找另一段楼梯。地下二层闻起来有一股老鼠、死亡和墙壁腐烂的味道。布丽吉特听见那些活老鼠在她前方奔跑时爪子磨着水泥地的声音。她来到楼梯底部,借着手电筒的亮光,找到第一个储物箱,然后看了看手表。如果进展顺利,她能在一个小时内完成。她按下了防盗密码,打开箱子抓出一个帆布袋子,然后坐在冰冷的地板上,拿出几捆现金,堆放在自己的周围。布丽吉特刚开始数钱,手机就响了。她看了一眼手机上的来电信息,拿起了手机。

"怎么了,费恩?"

费恩用鼻子呼吸着,没有说话。

"费恩,你在吗?"

"我听不清你说话。"

"你想干吗?"

"你见过你哥哥了吗?"

"还没有,怎么了?"

"我昨天在塔尔公园里见到了他,他问我关于波比的事情。"

"那又怎么样?"

"我不喜欢他到处打听。"

"他没有到处打听。"

一年前,布丽吉特开始从波比的生意里捞油水。波比不需要那么多钱,而她什么都没有。费恩不怎么关心钱,他关心的是和布丽吉特上床。对布丽吉特而言,他就像个廉价保险。如果他认为他们只是炮友,那也无所谓。

"我今天去看了一下我们的钱。"布丽吉特一边说着,一边拿起一摞二十元钞票,默默地数着。

"你把钱藏在哪儿了?"

"这不关你的事。"

"或许还是让我知道一下比较好。"

"我们当时是怎么约定的?"

"反正你小心点。波比不是个傻瓜,你知道的。"

"没事的。今晚你还想见面吗？"

"我应该八点能下班，也许八点半。"

"我得十点才能到。"

"发生了什么事？"

"没什么，你还想不想见面？"

"布丽吉……"

"我去酒桶酒吧找你。如果我十点半还没来，那就不来了。"

她挂了电话，数完了那一摞二十元钞票。在她头顶上方的某个地方，大楼管道里发出"嘎吱"的声音。布丽吉特拿出一本记账簿，里面填满了她最好的朋友们——用小巧整洁的字体写成的一列列黑色数字，它们用一种"账面上看起来完美无缺"的秩序行进着。

第二十五章

凯文下了车,慢慢走上钱普尼大街。树叶在微风中相互摩擦,探听着他身边的窃窃私语。凯文在人行道上徘徊,凝视着那些白天也拉上帘子的窗户。这幢老房子已经没有了慈悲,没有了往昔之情,甚至没有了不祥之兆。只有一台割草机躺在门廊上。还有一辆报废的自行车,只剩下车架和一大块生锈的铁链。一辆黑色小轿车驶入街区,冲上路沿,停了下来。

"凯文·皮尔斯?"

这声音把凯文从缭绕的思绪中拉了回来。勒尼汉神父已经在圣安德鲁教堂工作了三十年。据凯文所知,他所在教区的风滚草①比星期天走在教堂走道上的教徒还多,他是唯一留在这种教区里的神父。

"神父,您好吗?"

"我很好,谢谢。"

凯文向他走近了一些,但没有伸出手。神父探过身子,黄昏的阳光照耀在他的脸上,点亮了他眼睛里的脉络以及脸颊和鼻子上的红血丝。

---

① 又名"俄罗斯刺沙蓬",是一种有害的杂草,几乎占据了北美的所有地区,但在美国的东南部相当罕见。

"你看上去不错，凯文。"

"我有点儿惊讶，您居然能认出我来。"

"你跟你妈妈长得一模一样。你为何事而来？"

"没什么，只是想来看看以前住过的地方。"

他们都开始凝望着街区。通信电缆上挂着一双球鞋，车辆在橡树广场上兜来转去，黑沉沉的身影在昏暗的光线里一掠而过。神父先开口说话了："这里发生了诸多变化。"

"每个人都这么说，但是我不确定，他们指的是变好了还是变糟了。"

勒尼汉点了点头。这时，一个敦实的白人小孩从街对面的一栋联排别墅的走廊里偷偷跑了出来。他跑到前院里伫立着的"贝壳上的圣母玛丽亚"的雕塑旁边，停了下来，用波士顿当地人特有的方式打量了一眼凯文和空转着引擎的汽车，然后跑回他刚才来的地方，消失在视野里，留下"圣母"自生自灭。

"我听说你在《环球报》工作？"

"我当了记者。"

"很适合你。"

凯文所在的报社曾经揭露过一桩波及整个波士顿大主教管区的丑闻。凯文认识那些负责这篇报道的《聚焦》栏目的记者们。他提前去确认了一下勒尼汉和他童年时认识的其他几位神父是否被列在丑闻名单上。名单上没有勒尼汉，但来自布莱顿的其他几位神父榜上有名。凯文想说自己曾经预感到恶魔的存在。当他还是个孩子的时候，他感觉脖子后面的皮肤上有什么东西在爬行。人们对他俯下身，摸摸他的肩膀，拨乱他的头发，纠正他犯下的错误，对他进行惩罚，教育他分辨是非，但是他一点儿感觉也没有。在他的成长过程中，圣安德鲁教堂对他而言从来不是他的家——不像有些孩子那样——但是，只要待在那里，他就会一直感到很安全。然而现在，那里只让他觉得恶心，他想尽快摆脱整件事情。老神父却没有选择的余地。

"你还见过其他人吗？"

"今天早上我见过波比·斯凯尔斯。"

"波比？你知不知道他几乎每天都来教堂？我在为弥撒点燃蜡烛的时候，他就坐在教堂后方。他以为我不知道他又回到了那里，但其实我知道。"勒尼汉的脸上燃起了一个老式的爱尔兰人的微笑，这让凯文不由自主地把上臂搁在了汽车顶上。

"我是不是应该告诉他，您注意到了他？"

"让我们保守这个秘密吧。"

"没问题。"

"神知道，我们无法赶走那些真正显现的人。"神父端详着凯文，好像一个乞丐在圣诞节盼望着落入杯中的硬币。

"对不起，神父。"

"事实如此，你大概比其他人都更了解这一点。"他抬起下巴，望着钱普尼大街，"那里看上去有何变化？"

"有变化，又没有变化。"

"一如往常？"

"的确如此。"

"欢迎回家，凯文。请代我向大家问好。"

"我会的，神父。"

勒尼汉微微挥了挥手，好像是在祝福，之后便开着车慢慢地离开了路沿。又只剩下凯文一个人了，只有他和这幢房子——他在这幢房子里长大，外婆在这幢房子里死去，他逃离了这幢房子。他走过铺着石板的人行道，爬上水泥阶梯时感觉到了鞋底的刮擦。他在童年时曾经穿过百万次的纱门还在那里，只是原先完整一片的纱门被撕成了好多片，被仅剩的一颗螺丝钉钉在仅剩的一个铰链上。他用两个手指打开了门，在一片嵌在门槛上的木板下面摸到了钥匙。

房门被打开了，太阳在门厅的地板上投下长方形的影子，他闻到一股旧油漆和尘土的味道。凯文在门槛上轻轻地晃了晃，寻找他父母夹在客厅沙发和椅子上的靠垫之间的身影。老男人的声音似乎一把抓住了拴住他后颈的一根细线。他还记得想象中的小便顺着腿部流下的温暖感觉，以及随之而来的战栗，单纯的战栗，那来自一种未经雕琢的恐惧，用一种只有孩子才能够体验的方式。那一年他九岁。之后，他一直保留它，用一生的时间养育它。他看见了他的母亲，在角落里一动不动，眼神空洞，嘴角疲惫。她生命的外壳剥落成了一片片薄薄的悔恨。他想，一切都已经结束了——泥土沉沉地落在他父亲的棺木上，宣布了他一部分生命的终结，而这部分生命其实在很久以前就已经终结了，也或许并没有。他咽了一下口水，浸润干涩的喉咙，走进了房间。前窗旁的书桌上放着一些他之前没有见过的纪念品。一张模糊的照片上，科琳戴着毕业帽，穿着毕业服，手上拿着高中毕业证书，微笑着对着照相机镜头竖起大拇指。旁边是一些科琳在高中时期的照片，还有一张是布丽吉特的：她托着手肘，站在房屋的后门廊上抽烟，眯着眼睛，凝视着远处某个令人恼怒的东西。凯文在一把绿色条纹配粉色花朵图案的旧椅子上坐下，抚摸着费德里斯的男孩们在他的太阳穴边留下的一道一碰就痛的淤青。然后，他站起身，走进厨房。

和客厅一样，厨房也没什么变化，只是这里的东西更破旧，更灰暗。他看见自己小时候用来喝牛奶的那些杯子和吃谷物的碗，还有那些刀、盘子和叉子。他走进食物储藏室，这里曾经是他的卧室。门框上有一列铅笔标出的刻度，曾经用来测量他们的身高。他注意到隔壁的走廊里有一个旧的电话线插孔，里面冒出一团乱糟糟的电线，散落在地板上。凯文想起桌子上曾经有一部笨重的黑色电话机，桌子旁边有一把椅子。深夜里，他的父亲喝饱了威士忌和啤酒，摔倒在走廊里。电话机拨号盘被拨转，然后又弹回。父亲的说话声像枫糖浆一样。他对他的女人们说着甜言蜜语，告诉她们他很快就会离开家，求她们再等等他，描述他见到她们时会对她们的身体做的那些事情。然后，他挂上电话，爬到凯文母亲的床上去了。这回忆令凯文感觉喉咙里的口水变成了木屑，温热的脉搏在他的喉咙深处加速跳动着。

他往储藏室的深处走去。里面唯一的窗户被刷上了油漆，封了起来。凯文俯下身子，查看窗户下方的一块墙面。1967年的时候，波士顿红袜队还是一支很烂的球队，完全无足轻重。赛季开始时，庄家把红袜队夺冠的赔率定为100比1。但那时候，凯文不怎么在乎庄家的看法。开幕式那天，他跳上开往芬威体育场的公共汽车，和沙克斯以及其他八千名死心塌地的球迷一起坐在体育场的廉价座位区内。那一天，朗博格以5比4击败了埃迪·斯坦基和他所在的芝加哥白袜队。凯文通过半导体收音机收听了那一季的所有比赛。他在夜里调低音量，把最后的比分刻在床边的墙上。一开始，只是在各地进行的一场又一场的比赛，但随着这个"不可能的梦想"的慢慢实现，他越来越频繁地在墙上记录比赛结果。1967年的那支球队成为他的家人，肯·科曼和内德·马丁的嗓音给他带来了安慰，在每个夜晚欢迎他的加入，为他提供了一片土壤——在那里，他感到安全和温暖，甚至感到自己是被爱着的，以一种只有他自己能理解的疯狂的方式。凯文用大拇指刮下墙上的一层厚厚的尘土，一些用黑色圆珠笔写下的字迹显露了出来：

> 4月14日
> 红袜队 3
> 洋基队 0
> 比利·罗尔本垒打！！
> 7月27日
> 红袜队 6
> 天使队 5
> 10局

他又刮下一些尘土，找到了一个困倦的三年级小孩用潦草的笔迹写下的完整的比赛记录：

> 8月22日
> 红袜队 2
> 参议员队 1
> 8月28日
> 红袜队 3
> 洋基队 0
> 9月4日
> 红袜队 6
> 参议院队 4

在墙的最底部，凯文刮出了已经褪色的决赛记录：

10月1日
红袜队 5
双城队 3
决赛
红袜队 92-70
双城队 91-71
老虎队 91-71
冠军……世界联赛！！！
不可能的梦想

他去看了最后一场比赛，他们一群人都去了。二十个人硬闯球场右侧的几个大门，他们之中的一些人被抓住了，但凯文逃脱了，因为他跑得不是一般地快。他坐在廉价座位区的水泥台阶上，距离候补队员区几英尺远，看着朗博格打完了全场比赛。接着他跑到球场上，在青草和红土上打滚。那一刻在一个年轻男孩的一生里只会出现一次，前提是他得极其极其幸运。

凯文拍掉手上的尘土，站起身来。走廊的另一头有他父母以前的房间，现在已经锁上了。他摸着光滑的球形门拉手，并没有转动，接着往回走，穿过厨房，走上门廊，靠在弯弯曲曲的金属栏杆上，往下看着自己年少时待过的后院。"老汤出租车公司"已经在几年前关门了，但办公室依然在那里。窗户都是暗着的，停车场的泥地上长满了高度及腰的野草。凯文穿过院子，走上寥寥几格台阶。大门被锁上了。凯文走近了才发现大门很厚实，而且是新安装的，锃亮的带锁把手也是新的。他转到房屋的侧面，试着爬窗进去，但窗也被锁上了。房屋里面的窗台上有一个红色的报警器正在耐心地闪烁着。远处，办公室里看起来空空荡荡的，只在靠墙的地方露出一个办公桌的轮廓。凯文想知道，那是不是他外婆的办公桌，现在谁在用它，以及为什么会在这里安装报警器。他沿着一条若有似无的小路走到房屋的背后。那里的树木已经长得相当粗壮了，和屋顶连在一起，形成一片顶篷，造出一条深深的阴暗的隧道。他正要拐弯时，有个什么东西从黑暗中呼啸而来。他低下头，听见球棒击中房屋的侧墙发出的木头碰撞的声音。有人正拿着球棒胡乱地挥舞。凯文心想，这人要么就是水平太差，偏离目标太远，要么就只是想吓唬他一下。他向前一步，一手抓住袭击者的手腕，将手肘翻转过来。一只穿着靴子的脚猛踢他的膝盖，球棒夹住了他的小腿。他骂了一句，加大力气转动袭击者的手肘，直到他听到球棒落地的声音。一只手抓住了他的头发，把他拉到地上。他们滚到了野草丛里，然后滚出了树荫。最后，凯文占据了上风，用膝盖压住了袭击者。

"该死的布丽吉特！"

"凯文哥哥。"他的妹妹穿着一条牛仔裤和一件松松垮垮的白衬衫。她张着鼻孔，老男人一样的疯狂在她的眼睛里流动，她的血管里涌动着他们共有的血液。这就好像在某个感恩节的餐桌上，医生和律师围坐在一起，争论着他们各自职业的细微之处，而他们的一些亲戚们却用银餐具相互捅来捅去，啃着饭后甜点上的花边装饰。布丽吉特眨了眨眼睛，眼睛变得很困倦，昏暗而浑浊。凯文站起身，把她扶了起来。

"我弄伤你了吗？"

"天哪，没有。"她揉着手肘，捡起球棒，"你干吗回到这里鬼鬼祟祟地瞎转悠？"

"你干吗拿着一根斯拉格球棒冲向我?"

"这附近还是有很多贼头贼脑的家伙,去年他们三次想闯进这里。"

"你就是因为这个才装了报警器?"

"当然。"她走回出租车办公室的大门。凯文跟在后面。

"我没在我们住的房子里看到报警器。"

"他们不想去那里。"

"这里面有什么?"

"其实没有什么,但那些家伙不知道,一群该死的蠢货。"她把车停在泥地停车场的边缘。后座上有一些购物袋,"我开车经过的时候,正好瞥见你,但我不知道那是谁。我们把车留在这里,只要拿上购物袋。"

他们开始穿过院子,布丽吉特走在前面一点儿。在过去的这些年里,他们见面的次数不超过五次,每次不过悄悄讲个一两分钟。此刻,他研究着她沐浴在黄昏的粉色和紫色交织的光线下的侧脸。他的妹妹今年三十八岁,已经从一个碍手碍脚的小孩长成了一个高效得近乎残酷的女人。她身材精瘦,上唇有着波士顿女人——这是一群来自爱尔兰和英格兰的厨房的女人们——与生俱来的刻薄的线条。如果在这里或者那里稍作一些调整,布丽吉特也许会很漂亮。然而现在,她不得不勉强接受自己平淡的长相。

"你已经进过屋子了?"布丽吉特问。

"就进来了一分钟。你该找个新的地方藏钥匙了。"

"你打算来告诉我该怎么管理这个地方?"

"我只是想说……"

"我告诉你,除了我,没有人想进这个地方。进来吧。"

凯文坐在厨房桌子旁，看着布丽吉特打开购物袋。她把一些法式面包披萨和一些炸鱼条胡乱地塞入冷藏室，"砰"的一声关上冰箱门，然后在他对面坐下。那是一把很厚实的椅子，掩盖了她瘦长的身躯。

"你现在是得了普利策奖的大人物了。"

"你怎么知道？"

"霍里根商店里的人们正在谈论这件事情，你知道那会是个什么样子。"

"这不是什么大事。"

"当然是大事。"她用大拇指揉搓食指，把桌子上的一把勺子翻了过来，"早知道你要来，我们应该给你举办一个派对。"

他想象她抬起头咯咯笑的样子，好像一只鬣狗压着刚捕获的猎物，嘴角流着鲜血。然而，她只是坐在那里，皱着眉头，好像他是一幅残缺的拼图。

"你看上去老了。"她终于开口说道。

"谢谢，布丽吉特。"

"每个人都会老去，或者死去。你听说沙克斯的事情了吗？"

凯文点点头。

"就在爸爸妈妈死后，他也死了，他所有的兄弟都死了，一个接着一个。"布丽吉特把她死去的祖辈们在手指上排成一行，"你知道阿吉的事情吗？"

"我听说她在养老院。"

"是他们想让她去养老院，但是我对他们说'去你的'。我在牙买加平原找了一间公寓，安排了一个住家保姆。是谁告诉你她的事情的？"

"科琳。"

布丽吉特的脸上闪现出一丝沾沾自喜的神情。凯文感觉自己好像出卖了一方。

"这么说来,你和小妹妹还有联系?"她问。

"这个你是知道的。"

她毫无意味地耸耸肩,似乎聊起这个话题没什么意义。"她现在住在牛顿。"布丽吉特提到这个地名时,摆出一副不屑一顾的样子,不过科琳认为那是个好地方。

"我知道。"

"和她卑鄙的丈夫和愚蠢的小孩住在一起。"

"天哪,别这么说。"

"你不觉得斯科特是个卑鄙小人?"

"科琳过得怎么样?"他尖声说道,像他母亲一样加快语速。

"没什么,她再好不过了。"

布丽吉特站了起来,开始收拾桌上刚买来的东西。凯文走到门廊上。几分钟后,她也走了出来。

"你已经二十五年没在这里露面了,你想从这里得到什么?"

凯文张嘴想要回答,但是又一次,他发现自己无话可说。他们就这样站着,布丽吉特用她自己特有的方式打量着凯文。

"你发现我拆掉走廊里的电话了吗?"

他感觉一阵热血冲上脑袋:"那又怎样呢?"

她眨了眨眼睛。凯文心里很清楚,她在很久以前就已经知道了一切,她也知道谁真的在乎这些。凯文指着阴暗的楼梯问:"谁住在楼上?"

"顶楼空着,二楼住了一对年轻夫妇,他们每个月付八美元租金。"

凯文走上第一段楼梯。布丽吉特紧随其后。

"你还记得克里希·麦克纳布吗?"

"你是指那个吸毒女?"

"你知道她的事情吗?"

"每个人都知道克里希的事情。后来她失踪了,她的姑妈还住在毕格罗大街。怎么了?"

"你俩在学校里是同一个年级的。"

"我恨那个该死的地方。你问她干什么?"

"没什么。"他们走上另一段楼梯,"你过得怎么样?"

"我睡在小时候睡的床上。你觉得我还能怎么样?"

"抱歉。"

"不用抱歉,这是我自己的选择,再说我很适应。"

他还是觉得抱歉。布丽吉特是他的妹妹,他却什么忙也帮不上。

"你会在这个房子里住多久?"

"这就是你来这里的原因吗?让我猜猜,你和小公主想把这房子卖掉?"

凯文在楼梯口停下脚步:"我只是想确定你一切都好。"

"我交税,付暖气费、电费,还在去年装了一套新的热水器。"

"我只是想说,如果你还缺什么的话……"

"如果我缺什么的话,还有波比。"她的脸上掠过一丝微笑。

"我听说你俩在约会。"

"我们暂时分开一段时间。"

"好吧,你们暂时分开一段时间。"凯文在最上面的一段楼梯上转来转去,然后在最高的台阶上坐了下来,在离他外婆以前的公寓大门几英尺远的地方。布丽吉特就在下方坐了下来,侧着身子，张着鼻孔，东张西望。现在她充满着野性，好像正在捕猎中。

"怎么了？"凯文问。

"没什么。"

"我不是你的玩具，布丽吉特。你有话要说，那就说出来。"

"你听说过皇家旅馆吗？"

"你是指那个在博伊尔斯顿大街上的廉价旅馆？"

"科琳的丈夫就在那里嫖妓，每周二，跟钟表一样准时，有时周三也去。"

科琳的婚姻好像一辆飞驰而过的汽车失事撞在路边。

"你告诉过她吗？"

"这不关我的事。"

"那为什么你看上去好像很享受这件事情？"

"实际上，我觉得这是一件令人难过的事情。更令人难过的是，那个小姑娘知道这些后却无动于衷。我猜是因为她太爱她在牛顿的那幢房子了。"布丽吉特靠近了一些，"现在，跟我讲讲你的女朋友吧。"

"讲她的什么？"

"我听说她是个杂种。"

"滚开。"

布丽吉特解开一粒纽扣，然后两粒。她让身上的衬衫滑落了下来。凯文瞥见缠绕在她身体上的几道紫色疤痕，它们在一侧的肩膀上汇合，然后如长长的细流一样伸向她的背部。她转过身面对着他。她没有穿内衣，右侧的乳房被粉红色的光线笼罩着。下方还有另一条疤痕，纤细而又清晰。布丽吉特的手指在疤痕上移动着："一个黑鬼给了我这个，哥哥，就在我们现在坐着的地方。难道你已经忘了？"

"我没有忘。看在上帝的分上,穿上你的衣服。"

她拉上衬衫,用两个手指捏住它,防止滑落:"你来这里的真正目的是什么?"

"我不知道。"凯文朝着肩膀上方的公寓大门点了点头,"也许我想再去那里看一眼。"

"如果你想进去,我有钥匙。"

"在这里就可以了,已经够近的了。"

布丽吉特轻笑了一声:"老男人总说你是个胆小鬼。"

凯文离开了。布丽吉特坐在楼梯上,抽着一支烟,一条长腿搁在另一条上面,衬衫依然只穿了一半。凯文到达山脚,偷偷回头看了钱普尼大街8号最后一眼。夜幕正在降临,蓝黑色的天空下,房屋的轮廓看上去很模糊。飘窗前出现了一个身影,他总以为那是他的父亲。那个身影往外盯着他看了一会儿,然后便关上窗,拉上窗帘,消失不见了。那一刻,凯文产生了沿着原路返回山顶的念头,但是他又想了想,最后还是离开了。

布丽吉特从窗户边走了回来,琢磨着她的哥哥。她明白什么是贪婪,什么是欲望,什么是复仇。但是,对于人类的那些更细腻的情感,她总是无法理解。这令她感到不安。她关上客厅的灯,那里只剩下街上传来的一点儿亮光。她从后门廊走出房屋,穿过野草和暗影,来到以前的出租车办公室的大门口,轻易地打开门锁,钉在铰链上的门无声地转开了。她按下报警器的密码,解除了警戒,然后坐在外婆的办公桌后面,给自己倒了一杯斯多里伏特加,点燃了一支烟。门外传来了声音。布丽吉特伸手去拉一侧的抽屉,但动作不够快。科琳的丈夫已经站在了门口。

"我告诉过你,今天别在这里转悠。"

斯科特·卡森往里面走了一步："刚才离开这里的是谁？"

"你太太的哥哥，他没想见你。"

斯科特的目光落在酒瓶上。布丽吉特用一只手按住酒瓶，一口喝掉了杯子里的酒。斯科特又走近了一步。

"你让我的妹妹很难堪，斯科特。"

"我没有……"

"你睡了几乎半个城市的女人，而且她都知道。"

"科琳什么都不知道。"

布丽吉特从一侧的抽屉里拿出一个信封，数出十张二十美元的钞票，推了过去："回家去对她好一点儿，表现得好像你是真心的。"

斯科特一把抓过钱："能给我喝一口吗？"

布丽吉特给他倒了一小杯酒。他一口喝了下去，想再要一杯。

"你记不记得有个名叫克里希·麦克纳布的姑娘？"布丽吉特一边问，一边又给他的杯子倒上酒，看着他喝掉。

"麦克纳布？"

"过去住在毕格罗大街上，有很重的毒瘾，街头妓女，为了一口毒品可以给人口交的那种女人。这些年人们都没在附近见过她。"

"完全没印象，怎么了？"

"没什么，当我没说。"

斯科特举起那叠钱："波比知道你给我这个吗？"

"波比根本不在乎。"

"他在哪儿？"

"不关你的事。"

斯科特舔了舔嘴唇，眨了眨眼睛。他有话要说，但又不想说。

"怎么了？"

"我听说了一些关于他的事情。"

"他是谁？"

"波比。"

"现在你可以走了。"

她知道斯科特想解决掉她。他想开枪打她，杀死她，睡她。如果他搞得定的话，最好三桩事情都做。她在他身上嗅出了这个念头，她希望并祈祷这个蠢货会决定碰碰他的运气。然而，他却夹着尾巴逃跑了。她掐灭了烟，喝掉了酒，拿出一个粉饼盒。圆形的小镜子里映照着她紧抿的嘴唇。她在嘴唇上涂了一些唇彩，又开始猜想她哥哥究竟在忙些什么。接着，她又想起了波比。她很清楚斯科特·卡森在街上听到的是哪一类事情，没有一件会是好事。该死的波比。

第二十六章

储藏室架子上的咖啡罐里塞了一些钱。波比在厨房桌子上数了一下，不到两千两百块。他可以弄到更多的钱，但目前这些已经足够了。波比拿出几百块钱，其他的用报纸包起来，和三天的换洗衣服一并放入一个手提箱里。他知道自己在这里待不到明天了，只是在动身之前，他还有很多事情要做。形势也可能出现转机，到时候他就根本不需要走了。在一些松动的木地板条的下方，他找到了一把黑色手柄的镀镍 9 毫米手枪，确认了一下弹匣后把手枪放在桌子上。房屋外面，下班回家的人开着汽车，在红绿灯前排着队，慢慢地向市场大街移动。波比拿出那张在帕拉贡公园拍的老照片，把它放在手枪旁边。最后要拿的是刀。他用漂白剂把它擦干净，正打算绑上膝盖时，听见门外楼梯上传来了声音。波比把手提箱推进储藏室，轻轻走到门口，通过猫眼往外看。谢默斯·斯莱特里正站在门的那一边，仅剩的那只好眼睛左顾右盼。这个神经质的喋喋不休的男人居然押上了他全部的筹码，要求开一局骰子。这个男人其实已经死了，但是他还不知道。波比摸了一下刀柄，手心感觉到了它的坚硬和干涩。爱尔兰人举起他的手指关节，犹豫了一下，然后敲了敲门。

第二十七章

晚上快十一点的时候,乔伊酒吧里挤满了喝酒的人。凯文坐在汽车里,看着窗户上映出的铁锈红色的舞厅灯光。一群男女正在举行小型音乐会。他们喝酒抽烟,骂骂咧咧,还图谋不轨。他们调情、打架,还有一对男女——凯文非常确定——正在女卫生间旁边阴暗的角落里做爱。夜空中充满了笑声。这时酒吧大门打开了,四个身穿紧身衣、脚蹬高跟鞋、头发梳得很高的女人摇摇晃晃地走了出来。她们相互搀扶着走过市场大街,瞥了一眼凯文的汽车,在一台自动取款机前稍作停留后,走入了一家叫作"波特贝利"的爱尔兰酒吧。大门打开时,凯文瞥见一个移民的粗糙的脸,在热和酒精的作用下泛着红光。他站在舞台上,手里拿着一个麦克风,声嘶力竭地哼唱着马文·盖伊的歌——《性之治愈》①,在他的下方,有一群紧挨在一起的大屁股女人。歌手的啤酒肚在法兰绒衬衫下露了出来,突出皮带半英寸之外。这群女人们跟着这啤酒肚轻轻摇晃着,节奏完美一致。在大门打开的瞬间,凯文看到了全部的这些;大门再次关上后,这些又被完全包围,幸运地掩盖了起来。他把头靠在驾驶座旁边的窗户上,思考着他这趟

---

①指美国著名黑人男歌手 Marvin Gaye(1939—1984)最著名的一首单曲 *Sexual Healing*。

回家所经历的一切。记忆在他的心里留下了寒冷、恶心和空洞,妹妹的话语在他的头脑中翻滚,就好像一个罐头被踢到一条空旷的街道上。

收音机被调到了只播放新闻的电台,每个整点零八分开始。天气很糟,波士顿的司机们更糟。电台开始播放新闻时,凯文调大了音量。头条新闻是关于桑德拉·帕特森的凶杀案。那天下午,萨福克郡的检察官公布了死者的身份。德马提奥没有提供任何细节,只说了帕特森是一名州警,她在阿尔斯顿—布莱顿地区的某处被杀害,以及会成立一个专案组展开调查。凯文关上收音机,查看了一下手机——没有任何来自丽萨的消息。他想知道她是否出席了发布会。德马提奥不会放过每一次可以让她上电视的机会。他不让她说话,只是让她坐在他身后显眼的地方。地区检察官是个精明的家伙。丽萨是个黑人,但肤色又不算太深,无论在屏幕上还是在现实中,都看上去相当漂亮。凯文看到街对面有一个男人路过乔伊酒吧的门口,身穿一件双排扣大衣,扣上了所有的纽扣,躲在大楼的背风处。他脸上脏兮兮的,但凯文觉得他双腿弯曲和轮流支撑身体重心的样子似曾相识。男人从口袋里拿出一罐哥本哈根啤酒,这时凯文确定自己认识他,这个人是比利·斯维尼——这个地方充满了未能实现的传奇,他正是其中的一个。

傍晚时分,周围的世界安静而又空旷,只听见曲棍球棒的相互敲击声。口中呼出的气好像寒冷的白烟,明晃晃地升上蓝得刺眼的天空。凯文和他的伙伴们正在努力比赛,追逐着比利·斯维尼在钱德勒池塘上摇曳的身姿。其他队员都在拼命挣扎,用冰鞋踩碎粗糙的冰块，踢着别人的小腿，而比利却漂浮在冰上，穿梭、旋转、跳跃。冰球好像用一根看不见的细线拴在他的球棒上。当他划出一个快速圆滑的曲线时，冰刃飞驰而过，发出嘶嘶的声音。比利大凯文三岁，他拿着奖学金上了天主教纪念高中，并以一年级新生的身份加入了全校最好的球队，成为核心队员。在他二年级的时候，纪念高中赢得了州赛的冠军，比利被授予年度最佳球员。在升入三年级之前，波士顿学院和波士顿大学都已经对他垂涎不已，虽然那时他体重还不到一百二十磅。总共有十几个像斯维尼这样的人，他们都很穷，家里只有他们的母亲每天早晨在沙发靠垫里找到的几个铜板。但这并不碍事，因为对比利来说，一切都会是免费的，真是个奇迹男孩！凯文十四岁的时候，比利已经是纪念高中的四年级学生了。在一个夏天的夜晚，比利开着一辆火红色的蒙特卡洛车，带着一个来自法纳尔贫民区的被人称作"小滑头"的白人小孩。他们问凯文想不想坐车出去转转。那是一个炎热沉闷的夏夜，凯文正感到极其无聊，于是爬上了汽车的后座。"小滑头"开车。他是一个白化病人，没有眉毛和睫毛，眼睛像太阳一样明亮地闪烁着。汽车的前排座位上有一个装满了冰块的冷藏箱和一打滚石乐队的唱片。凯文没想要啤酒，但比利主动给了他一罐。凯文"砰"的一声打开啤酒罐，瘫在铺了软垫的座椅里，体会着空调吹在脚上的感觉，望着飘过的一幢幢房屋的房顶。在开了大约一千米之后，凯文注意到汽车的点火系统上插着一把螺丝刀。比利告诉他，这是一辆专门用来吸大麻的汽车，但他不必担心。他们从位于阿尔斯顿的一个汽车经销店的停车场里偷来了这辆车，车主不到明天早上不会报警。凯文正想着在下一个路口跳车，这时汽车后窗被闪烁的警灯点亮了。"小滑头"想开车逃跑，但车被堵在了拥挤的车流里。第二辆警车从旁边靠了过来，"小滑头"只好把车停在了路边。比利骂了一句，"小滑头"布满红血丝的眼睛立即转向了副驾驶座前的手套箱。凯文感觉自己好像罗马桨帆船上的一个奴隶，在拼命地划着桨，由于船长把船撞上了另一艘该死的船，底下的蠢货们会像老鼠一样淹死。警察抢在绿灯变红之前极速穿过路口，命令所有人都站到路边。手套箱里有一包大麻、半份可卡因和一些药丸。凯文是一个将来能考上大学的人，比利·斯维尼是未来的国家冰球联盟的球员。但现在，事情发生了一些变化。他们戴着手铐，坐在警车后厢里被押到了14号警署。凯文在牢房里待了不到一个小时之后，波比来到了警局大厅。从他身后的某个地方传来了排挡发出的嗡嗡声和短促而又尖厉的说话声。接着，凯文所在的牢房的门被打开了。

"让我们把你从这儿弄出去。"

没有什么文件需要填写，没有什么声明需要签署，也没有开庭日期。有的只是他和波比走出警局大门，波比的手臂搭在他的肩膀上保护着他。在这个年纪，凯文还不知道什么是爱，但是他非常了解什么是忠诚。他知道波比是他在这个世界上唯一可以指望、可以背靠背作战的人。街上的好多人都在谈论那种游戏，但该死的几乎没有人可以做到。可波比却永远可以。

"小滑头"和比利·斯维尼也在那天晚上被放了出

来，就因为他是比利·斯维尼，而"小滑头"是和他混在一起的人。没有人从中吸取什么大的教训。两周后，比利在萨默维尔①从另一辆专门用来吸大麻的车里爬了出来，朝着密斯提克贫民区明亮的灯光奔跑。一个警察对着他大吼，叫他停下，并开了一枪作为警告。子弹落在人行道上又弹了起来，击中了比利的臀部。最后，比利成功逃脱了，但是他前往波士顿大学、国家冰球联盟以及其他什么地方的"中奖券"被撕成了碎片，扔在了垃圾桶里。自那以后，他只能是一个模仿明星球员的池塘曲棍球选手，和其他人并无两样。

凯文坐在汽车前排的座位上，看着比利穿过市场大街。比利低着头，下巴顶着胸口，像一个早衰的老人似的走着。他口袋里插着一份《先驱者报》，还明显跛了一条腿，在一个转角处消失不见了。于是凯文下了车，走上前去。更多人的身影挤成一团，在厚厚的外套的掩饰下，跌跌撞撞地走出乔伊酒吧。一个穿着灰色长外套的家伙撞到了他，只敷衍地骂了一句令凯文百思不得其解的"蠢货"。一个穿黑色T恤的保安站在酒吧大门口，双臂交叉，在寒冷中纹丝不动。他摇着脑袋，剃光了头发的脑袋上抹了油，在街灯的照射下闪闪发亮。

"来喝个烂醉？"

凯文没理睬他，径直转过街角，来到波比家的入口，走上楼梯，敲了敲门。

"门开着。"波比坐在椅子上，大腿上放着遥控器，电视上播

---

① 指 Somerville，是美国马萨诸塞州东部古老的工业城市，在波士顿正北方向。

放着某部黑白警匪片，床上放着一个手提箱。

"冰箱里有啤酒。"波比指了指冰箱，眼睛依然没有离开电视机。

"不用了，谢谢。"

"那就坐吧。"

凯文在床边坐下。

"你有没有看过《安迪·格里菲斯秀》？"

"看过不少。"

"我有没有跟你说过，里面那个欧皮总让我想起你。"波比终于抬起头来。凯文摇了摇头。

"有一集里，欧皮打死了一只鸟，你可以在他的脸上看到五味杂陈的表情，非常好的演技。"

"罗尼·霍华德扮演的欧皮。"

波比关掉电视机，把遥控器扔在地上。他的左手上缠着厚厚的绷带："我记得我告诉过你别再回来了。"

"今天早上有些事情我没告诉你，有一些东西你得看看。"凯文拿出他从柯蒂斯·乔丹凶杀案的档案里复印出来的资料。波比飞快地看了起来。

"柯蒂斯·乔丹是罪有应得。"

"我知道。"

"但这件事依然折磨着你。"

"今天我去了费德里斯，问了他们关于乔丹的事。"

"然后呢？"

凯文摸了摸太阳穴边上的淤青："当地人不太高兴。"

"该死的欧皮。"波比给了凯文一个干巴巴的微笑，然后继续翻看资料，"你从哪儿弄来这些的？"

"我的女朋友是地区检察官办公室的公诉人,我从她的公文包里拿到的。"

"这样做应该可以增进感情。"

"他们正在引蛇出洞,波比。"

"以前根本没人在意这个案子,现在他们为什么又开始调查了?"

"还有些别的情况。"凯文拿出波比的名片,"你听说那个死去警察的事情了吗,一个名叫桑德拉·帕特森的女人?"

"只在新闻上见过她的照片。"

"她在'仁人之家'工作。实际上,他们发现她死在你们的一套房子里面,在拉德诺路上。"

波比耷拉着眼皮,从凯文手上接过名片,并把名片夹在两个指尖上快速转动着:"你对其他人说过这个事情吗?"

"你觉得呢?"

波比朝着凯文刚才经过的大门抬了抬下巴说:"你下去要一杯啤酒,我五分钟后就下来。"

凯文在与酒吧主区有一墙之隔的角落里坐下。那里只有他、一个圆形的台球桌,以及三个坐在酒吧另一端的爱尔兰人,他们正在为"性交"和"傻子"两个词发明新的用法。有一个戴着破旧的红袜队棒球帽的老家伙加入了他们,还给他们点了一轮酒。接着,波比走了进来。他穿着一件长得几乎要触及地面的黑色外套。凯文在一面印着"权力威士忌"①的镜子里看着他走过来,房间里的其他人也同样看着他。波比拉出一张吧椅,酒保扔来了一个杯垫。

---

① 指 Powers Whisky,知名爱尔兰威士忌品牌。

"百威？"

"谢谢，阿瑞。"

酒保拿着一个啤酒瓶走了回来。波比喝了一大口啤酒，然后把脸凑近烟雾和灯光。

"重回故里，"凯文说，"却无人相识。"

波比笑了。

"有什么好笑的？"

"汤米，"戴着破旧的红袜队棒球帽的人在酒吧另一头探出人群，好像卡通片里的草原土拨鼠跳出它的洞穴，"过来。"波比用脚推出一把吧椅。这个老家伙坐了下来。他的皮肤近看是灰黄色的，布满了凹凸不平的黄褐斑，其中两三颗斑上还长了毛。他的一只眼珠东张西望，黑色的瞳孔像镍币一样又圆又大。另一只眼珠在眼眶中颤抖着，在波比和凯文之间跳来跳去，好奇着他们想要什么以及为什么。

"汤米，你还认得出我的这位朋友吗？"

眼珠停止了弹跳，在凯文身上固定了下来。

"这是你以前的游击手，凯文·皮尔斯。凯文，这是你的二垒，汤米·杜塞特。"

杜塞特的脸上绽开微笑，露出裂缝间沾满棕色唾沫的细细的牙齿："该死的凯文·皮尔斯，我还以为你已经死了呢！"

波比轻拍了一下杜塞特的手臂："他现在给《环球报》写文章。"

"体育？"

"我是一个调查记者。"

"真不敢相信！"杜塞特的手指在头发里转着圈，"阿瑞，给我们来一轮酒。"

"我请客，汤米。"波比朝着酒保点点头，让他给汤米的同伴们倒酒。阿瑞不情愿地给杜塞特倒了一杯朗姆加可乐，又在他的同伴面前放了三个小酒杯。他们对着波比举了举酒杯，然后继续骂骂咧咧。

"凯文，到底发生了什么？"杜塞特问，好像他自己的生活不只有走路、说话和该死的一团糟。

"家里发生了一点儿事。"凯文说。

"你就这么消失了。"

"我知道。"

"如果你在，我们应该已经获得了那一年的市冠军。我发誓……"杜塞特的声音越来越轻，他用那只好的眼睛望着杯子里浮现着的已经逝去的过往，陷入了沉思。

"对不起，汤米。这也不是什么大事。"

杜塞特不听他的："去你的，那时候我们还是孩子。"

"凯文刚获得了普利策奖。"波比一边说着，一边打量着两位昔日队友之间的剑拔弩张。

"哦，是吗？"所有汤米·杜塞特可能获得的快乐都在很久以前被掏空了，留给他的只有空虚，"咔嗒咔嗒"发出刺耳的声音，"祝贺你。"他与凯文干杯，两口吞下了杯子里全部的酒，"我最好还是回去吧，波比。"

"下周二，汤米。"

杜塞特吃力地站了起来。波比抓住他的手臂，把他按回椅子上："你欠的再加一个点。"

杜塞特点点头。波比放开了他，看着他小步跑回他的同伴之间："曾经的双杀组合。"

"他怎么了？"凯文问。

"一个已经彻底被毁掉的人。在沃波尔干了五年偷车的勾当,据说赚了不少。"

凯文想起一个非常炎热的七月午后,汤米·杜塞特被一个来自罗杰斯公园的孩子像个婊子似的痛揍了一顿。那个孩子的个子确实大一些,但汤米根本没想反抗。他趴在快融化了的柏油马路上,让那个孩子肆意发泄,直到那孩子自己收手。那时杜塞特十三岁,什么都做不了,只有杀个人,才能赢回他那天失去的尊严。所以,他就变成了现在这个样子——别人食物链上的鲜肉。

"他欠了你多少?"凯文问。

波比摇摇头,说:"这无关紧要,反正他不会去别的任何地方。"

凯文感觉自己如同狗一样伏身沉睡着的童年即将再次苏醒,它们的胃里正发出低吼。

"我今晚看到了比利·斯维尼。"

"哦,是吗?你打招呼了吗?"

"他大概已经不认识我了。"

波比没有回答。

"他现在在做什么?"

"以前在波士顿地铁公司干活。现在,他领着残疾补助金,在围栏酒吧喝酒,经常喝生啤喝到烂醉,然后开始对每个人讲他过去有多了不起。你为什么问这个?"

"没什么。附近还有其他人吗?"

"大部分人都已经不在了。你队里的一垒……"

"布莱恩·塔皮?"

"在开车从纽约回家的路上喝了将近 1 夸特[①]的伏特加,在马

[①] 英国重量单位,指四分之一磅,约 454 克。

萨诸塞州收费公路上害死了他自己和几个高中学生。"波比开始掐着手指计算死去的人,"乔伊·内格尔,被发现死在科里布酒吧后面他自己的汽车里。一发'快球'①爆了他的心脏。萨利死于该死的肝炎,如果你能相信的话。"

"吉米·费兹呢?"

"三年前死了。他们在烧烤酒吧给他守灵,把尸体和其他的一切都放在吧台上。警察说这样做违反了《卫生法》之类的东西,但最后也没阻止他们。"

"考瑞斯怎么样了?"

"保利是个小流氓。戴维在马特攀一家基督教青年会的浴室里吃了一颗子弹。费恩你已经在公园见过了。"

"是的,我见过费恩。他说他以卖T恤为生。"

"去年他卖得最好的是前面写着'施泰因布伦纳吸出来'、后面写着'杰特咽下去'的一件。②"

"我在酒桶酒吧门外见过有人穿这衣服。"

"大概就是从费恩那儿买的。你去过钱普尼大街了吗?"

"布丽吉特威胁我。"

"她确实会这么做。你妹妹喜欢收集信息,还喜欢收集人,用一根细线把他们拴在自己的口袋上。都是些没用的东西,但她却极其吝啬,一点儿也不肯拿出来。"

"你见过科琳了吗?"

"最近没有,怎么了?"

"没什么。"

---

① 一种毒品。
② 指 George Steinbrenner 和 Derek Sanderson Jeter,两人分别为纽约洋基队"教父级"的老板和队长。

"嘿,看着我。"波比加强了他在对话中的存在感,低声严厉地说道,"你想说她那个该死的老公,是吗?"

"你怎么知道?"

"那个混蛋一直在这里喝酒。只要是个会动的,他就想和人家上床。我想把这件事情告诉小科,但你知道……"波比耸了耸肩,他不想再插手这件事情。有人把桌球胡乱地扔进了圆形球桌。球沿着桌子底下的木头轨道平稳地滚动,相互碰撞,直到停了下来。波比点了几杯杰克丹尼威士忌。来自范·莫里森的《精彩评论》里的一段音乐响起,从另一个房间飘了过来。

"一首好歌。"波比说。

"是啊。"

"你知道它的意思吗?"

凯文摇摇头。

"我打赌范只是现编现讲,他让人们自己去猜这是什么意思。"

酒保拿着一瓶杰克丹尼威士忌走了过来,倒在他们的小杯子里。凯文一口咽下威士忌,用手背擦了擦嘴:"我刚才提起的我的那个女朋友……"他努力抑制语气里的激动不安,但明显还是失败了。

"那个公诉人?"

"她正在负责桑德拉·帕特森的案子。她问我能否在这里调查上一两天,看看我能发现什么。"

波比从容地用大拇指剥着啤酒瓶上的标签:"这么说,她认为杀死警察的凶手来自布莱顿?"

"我告诉过你,她的公文包里还有乔丹凶杀案的档案。"

"是的,我一直在思考这一点。你没觉得这一切来得似乎有点儿太容易了吗?"

"你什么意思?"

"也许她希望你找到这份档案。她猜你会看上一眼,然后奔过来找我。"

一个画面出现在凯文的脑海里——丽萨开着水龙头,从淋浴室里探出身子,在温热的水蒸气里微笑着让凯文去翻她的公文包。

"丽萨不会做那种事的。"

"我应该相信你的话吗?"

"我来这里是为了告诉你发生了什么,波比。不多不少,就这一个目的。"

"那我能相信你的女朋友吗?"

"你能相信我。"

标签蜷曲着被剥落了下来。波比把它放在吧台上。"我认识桑德拉·帕特森,她在'仁人家园'用的是另一个名字,但我知道是她。"

"你们很熟吗?"

"工作期间跟她谈过一两次话。我根本不知道她是个警察。"

杜塞特和他的爱尔兰朋友们都已经走了。打桌球的孩子们正沉浸在他们自己的世界里,得意洋洋地大笑着,研究着自己的击球,不放过每一次照镜子的机会。凯文拿出了那份枪支检验报告。

"你女朋友还送了你别的礼物?"波比说。

"这是一份前天签发的枪支检验报告,上面说杀死帕特森的凶手用的手枪和杀死柯蒂斯·乔丹的有关联,还提到了罗希·塔伦特的案件。"

凯文看着波比阅读报告时的眼睛。读完后，波比把资料推回了吧台的对面："你就是偷偷摸摸地靠着这些资料才得了普利策奖？"

"什么？当然不是！里面没有任何证据表明詹姆斯·哈珀是无辜的。但这不是重点。如果他们认为是你杀了乔丹，他们就会为了另外几桩凶杀案调查你。"

"你知道我在想什么吗？"

"什么？"

"我在想，有人在耍你。"

"大家都知道你是乔丹案的嫌疑人。根据这个关联……"

波比竖起了一个手指："别说了。"

凯文闭上了嘴。

"在这里等我一会儿。"波比走到吧台后面，对着酒保耳语了一句，然后走出大门，消失在视野里。过了一会儿，他回到酒吧，对凯文说："我们走。"

外面的气温已经开始下降，蒙蒙细雨穿过屋顶，在街灯的照耀下闪着光芒，然后消失在黑夜中。他们穿过市场，波比的外套被大风吹得鼓了起来。波比爬进汽车时，凯文好像看见波比的外套底下露出一件金属的东西。凯文坐到驾驶座上，然后他们开车离开了。

第二十八章

栗山水库坐落在波士顿学院主校区的东部边缘,足球场和凯利溜冰场近在咫尺。白天,那里到处都是慢跑者,他们绕着一个一千五百米的圈子跑步。但一到晚上,那里就变得相当冷清。凯文把车停在水库旁边的一小片空地上,关掉汽车引擎。

"我们来这里做什么?"凯文问。

波比只是坐着,侧耳倾听。

"波比……"

"你多久会想念一次死去的那些人?"

"别闹了。"

"我是说真的。多久?"

沙克斯的脸落在凯文前方的引擎盖上。沙克斯吸了一口好彩牌香烟,烟雾被缓缓地吐在雨刷上,融入夜色消失不见。

"不知道。"凯文说。

"你几乎不怎么想起他们,其他人也一样。我们为什么应该想起他们?事实上,一旦你被埋入地下,你就离开了。我爱你的外婆,但是五十年后还有谁会知道她曾经存在过呢?该死的,谁还会知道我们曾经存在过呢?"

"我们会知道。"

"我们都会死。"

"是的,但是我们会知道,那应该意味着什么。"

"世间万物都会与你一并归于尘土。小凯,仅此而已。"

"你真是个让人高兴的混账。"

"你依然拥有你的灵魂。你想听我讲讲吗?"

"不想。"

波比轻声笑了笑,缠着绷带的手轻轻地撞了撞车玻璃:"那些威士忌让我说了胡话。"

"你那里怎么了?"

波比举起绷带,咧嘴笑了笑:"你担心我?"

凯文依然表情镇定:"我可没说。"

"工作时被电锯割伤了,没什么大碍。"波比的手落在腿上,"你给我看的那份枪支检验报告,上面说他们从桑德拉·帕特森和罗茜·塔伦特身上取出的子弹和杀死乔丹的 38 口径手枪相吻合,是吗?"

"嗯。"

"而你想知道那把枪在哪里?"

"差不多。"

"走。"波比下了车,拿长大衣紧紧裹住身体。他们钻过围栏上的一个洞,走上一条黑色的小路。小路的一边长着歪歪扭扭的树和蔓生的灌木。波比拿出一个银色手电筒,打开了它。河岸上有一排树林,浓雾在水面上盘旋和疾走,闻起来好像雨水的气味。

"只需沿着河岸线走。"波比用手电筒的光亮指了指,然后开始往前走。凯文跟在后面。月光透过树木间的缝隙,忽明忽暗地照射在他们的脚上。

"我有没有告诉过你，我要离开一段时间？"波比的声音因寒冷而沙哑。

"没有。"

"我有些生意需要去打理一下，明天出发。走这里。"

他们沿着弯曲的河岸又走了一百码，然后进入树林。波比在一片狭小的林中空地上停下，把手电筒支在一块石头上。他的脸浸润在黄色的光芒中，映在身后一大片树叶上的影子好像突然间有了生命。

"就在这里。"他用脚尖碰了碰地面。

"就在这里？你在说什么？"

波比从外套下面拿出一把折叠小铲子。他打开铲子，开始挖了起来："几年前，我在这里作了标记。我知道由于靠近水库，这片土地被保护了起来。没有人会在这里建造产权公寓之类的玩意儿。因为这是一块特殊区域，所以到处都是毒葛，却没有警告牌。"

凯文往后跳了一下："该死！"

"这已经是很小的代价了。"尽管用缠着绷带的手很不方便，但波比还是一点儿一点儿挖开了泥土。凯文没有上前帮忙。挖了大约十分钟后，波比跪了下来。他已经挖开了坚硬的表层，下面的泥土十分松软。他的呼吸里带着一阵阵寒意。波比再次开口说道："你知道我在下面埋了什么吗？"

"你为什么不告诉我们呢，斯凯尔斯先生？"又亮起了一个手电筒，刺眼的白光照在他们的脸上。

"站起来，慢慢地。把你的手放在我看得见的地方，站在凯文旁边。"

波比照着对方说的做了。丽萨·米格诺往前走了几步。她穿着牛仔裤和短皮夹克，一条丝巾像流血的伤口似的缠在她的脖子上。她戴着黑色皮手套，右手拿着一把枪。

"现在，你们谁想给我讲讲这个故事？"

凯文和波比都一声不吭。丽萨把脚尖伸到波比刚才开始挖的洞里转了两下，对他点点头说："把里面的东西挖出来。"

波比把铲子扔在她的脚边："你自己挖。"

"波比，这是我的女朋友，丽萨·米格诺。她是萨福克郡地区检察官办公室的公诉人，所以很显然，她是可以开枪的。"

"看来我说对了。"波比说，"她一直在利用你，小凯。她把那些档案放在你能发现的地方，然后跟着我们来到这里。"

波比揭露的真相闪过丽萨的脸庞，因她的美貌而变得更加不堪。不过很快，他们又回到正题。

"我本来可以带一车子的警察过来，"她说，"但是我没有。我一个人在这里，而且没有人知道我在这里。我是因为想帮助你们才这么做的。我想帮助你们两个人。相信我，你们需要我的帮助。"

"把洞挖开，波比。"凯文说。

"别信她。"

"把洞挖开。无论里面藏了什么，她最后总会知道的。"

波比拿起铲子，又开始挖洞。挖了四下之后，铲子的边缘碰到一个坚硬的东西。波比从黑色的泥土中挖出一个白色的盒子。

"把它放在那儿，斯凯尔斯先生。"丽萨没有把枪放入皮套，用枪指着一棵树的底部。波比照做了。

"那里面有什么？"丽萨问。

波比没有回答。丽萨看着凯文。

"我不知道。"

丽萨蹲下身子,花了点时间,笨手笨脚地打开搭扣,看了看盒子里面:"空的?"

"我想你可以放下枪了吧?"波比说。

"请你告诉我,你为什么在这么偏僻的地方埋了一个空盒子?"

"我脑子不正常,你问凯文。"

丽萨收起她的武器。"过来。"她弯了弯手指,走到河岸边。凯文跟了过去。

"这里面本来装着什么?"

"我告诉过你,我不知道。"

"我们在他的公寓里安装了窃听器。"

"这么说,他是嫌疑犯?"

"他惹上大麻烦了,凯文。如果你不小心点,你也会变成嫌疑犯。"

"关于我拿到乔丹凶杀案档案的事情,他说的对吗?你是故意留给我的吗?"

"我没想到事情会变成这样。"

"该死,丽萨,该死!"

她舔了舔嘴唇,目光重新回到波比身上。波比正背靠着一棵树坐着,膝盖上放着那只缠着绷带的手。

"我对你说的都是实话。今晚就我一个人监听了窃听器。没有人知道我在这里。"

"你想做个交易?"

"我不把这事说出去,作为交换,他告诉我这个盒子里本来装着什么。"

"柯蒂斯·乔丹杀了我的外婆。"

"我读过那个档案,我为你感到难过。但是,波比·斯凯尔斯是调查组的头号嫌疑犯。"

"他从来没有被捕。"

"那是在 1975 年,凯文。当时布莱顿的警察听说一个住在贫民区的黑鬼为这个案子买了单,他们大概开了个该死的派对好好庆祝了一番。但现在问题又出现了,这把枪又回来了,而且就在两天前,有人用它打死了一个便衣警察。"

"如果某人杀了乔丹,并藏着这把枪。他为什么又在几年后把它拿出来用呢?这完全不合常理。"

"你说的对,但是这类事情很多都是不合常理的。这一点你也很清楚。无论如何,你的朋友被卷入了这个案子。"她移动了一下身体的重心,夹在皮带上的枪套里的手枪发出碰撞的响声,"你知道他也可能在耍你。"

"怎么耍我?"

"他把你带到原来埋枪的地方,然后做出非常惊讶的样子:枪不见了!"

"你想说这是一场表演?"

"他让你看到这个空空如也的洞穴,让你相信别的什么人把那把 38 口径的手枪挖走了,并杀了那些女人。我是一个他事先没料到的麻烦,但那也无妨,这依然只是一个空空如也的洞穴。"

"你相信这种假设?"

"我五分钟前才第一次看到这个人。"

"也许是我杀了乔丹。"

"我不信。"

"你有点儿相信。你有点儿怀疑也许事情真的是这样。"

"坦白地讲,凯文,我觉得你和那把 22 口径的手枪有关,就是柯蒂斯·乔丹死后脑袋上中的那一枪。对一个十五岁的孩子而言,38 口径有些太重了。"

凯文转身要走,丽萨拉住了他的衣袖:"没人有兴趣知道谁在幕后指使了乔丹,至少我没兴趣。我们只想找到这把枪。"

"死后的枪伤也是塔伦特和帕特森案的线索。"

"你和那些女人的死无关,这个我知道。"

"你凭什么确定?"

"很简单,我爱你,我了解你,我还和你住在一起。"

"我们之间已经结束了。"

"真的?"

"去收拾一下你的东西,把钥匙留下。"

丽萨凝视着他,好像他是自己曾经认识过的某个人。她眨了眨眼睛忍住眼泪,好像根本没在看他,接着往河岸走去,在树根上踢了一脚,然后蹲下身子,与坐着的波比在同一高度上。

"这个案子,我还会继续调查一两天。你和凯文商量一下,然后打电话给我。否则,我们也会来找你。如果我是你们,我会考虑请一个律师。"丽萨往波比的手里塞了一张名片便离开了。她没有回头看凯文,拿走了盒子。

第二十九章

"喂。"

"弗兰克,我是丽萨。"

"监听到了什么猛料吗?"

"监听根本不管用。"

弗兰克·德马提奥把电话从一个毛茸茸的耳朵上移到另一侧。他本来应该已经回家和老婆躺在床上了,但现在,他却站在布莱顿温西普小学后方一片黑魆魆的停车场上。

"斯凯尔斯正拿着那把枪,或者,他知道枪在哪里。"

"也许他已经把枪扔掉了。"

"然后就被某个人捡到用来杀人了?我不相信。他说什么了吗?"

"他整晚都待在公寓里,没有人来访,没有人来电。"

"该死的!"萨福克郡的地区检察官往后仰着头,凝视着几乎要消失在墨水般的天空中的一些灰暗浑浊的星星。他有一种不祥的预感,他不确定这种预感来自斯凯尔斯还是他的同事,也许两者皆有。

"你想做什么?"她的声音听上去柔和而又镇静。

"把监听撤掉。"

"你确定？"

"很快，专案组会加入进来，对着所有人发号施令。让他们自己去装一套该死的监听。"

"你在哪里？"

"我明天告诉你。"

"我不用再管这个案子了？"

"这个取决于专案组。"

"这就是指我不用再管了？"

"把监听撤掉，丽萨，我们明天再谈。"

"晚安，弗兰克。"

德马提奥把手机塞进口袋，迈开步子。他感到有些愧疚。这愧疚的感觉是他自己努力挤出来的——丽萨太过聪明，这对他而言不是件好事。再说，她是个黑人。作为萨福克郡唯一当选要职的共和党人，德马提奥是民主党的头号攻击目标，而米格诺却是他们的梦中情人。如果她幸运地在监听上获得任何有用的情报，并借此找到帕特森案的突破口，那么他在下一次的选举中就惨了。不过，目前为止他还有机会，他需要做的只是对斯凯尔斯提起诉讼，这就是为什么在如此潮湿和寒冷的天气里，他依然奔波在外，在布莱顿追赶着鬼魂的踪迹。

温西普停车场分成两层，之间由一段水泥阶梯连接着。德马提奥在阶梯上走来走去，口袋里的零钱叮当作响。他不紧不慢，好像拥有全世界的时间。有一个穿制服的人正在下层区域里等他。

"你叫什么名字？"德马提奥问。

警察不停地搓手跺脚。他开口说话时，洁白的牙齿在夜里闪耀："报告长官，我叫克拉维尔，乔斯·克拉维尔。"

"是你发现了尸体？"

"是的，长官。它被裹在一块柏油帆布里。"

"带我去看看。"

克拉维尔用手电筒照着道路往前走。他带着德马提奥来到一辆货车前，货车停在一个垃圾箱和学校的围墙边上。检察官的头探进车内时，克拉维尔把手电筒的灯光移到货车的后排座位上。帆布像熟透的香蕉一样被剥开，露出一个黑头发的脑袋，上面有一缕与分发线平行的头发被染成了浅色。

"你发现他时就已经这样了？"

"是的，长官。"

"眼罩是怎么回事？"

"急救医生说他少了一只眼睛。"

"没开玩笑吧？没有东西勒在他的脖子上？"

"脖子上？没有，长官。"

"死因呢？"

"急救医生说他的胸部被捅了几刀。"

"帆布就是像这样裹着的？"

"两头都用电线绝缘胶带封了起来，我需要把它裁开才能确认他的身份。"

"但身体还保持着原样对吗？脸朝下，张着嘴，什么都没动过是吗？"

"是的，长官。"

德马提奥知道克拉维尔在想什么：萨福克郡的地区检察官深更半夜跑出来管这件不起眼的案子，他究竟想干什么？德马提奥和在现场干活的警探们已经喝了十轮，然后又和他们的老板继续喝。作为地区检察官，他完全有权力待在现场，但有些社交礼仪还是必不可少的,该死的社交礼仪。

"死者叫谢默斯·斯莱特里?"

"是的,长官。他住在弗农山庄旁边的一条大街上。"克拉维尔朝着一片铁丝网的方向指了指。

"货车是他的?"

"是的,长官。"

"有没有前科?"

"两次因藏毒被捕,藏的是可卡因和大麻,但最后都被释放了。有几次醉酒寻衅,去年还有一次酒驾。他是个爱尔兰公民。"

"去他的爱尔兰万岁!①他有绿卡吗?"

"十年前拿到的。"

德马提奥从克拉维尔手中拿过手电筒,照亮了后排座位:"告诉我你看到了什么?"

"那是他的右手,长官。"

"我知道。"德马提奥仔细照着尸体的手掌。那手掌笨拙地伸向两个男人,好像在邀请他们进来。

"上面缠了绷带,长官。"

"你有刀吗?"

克拉维尔拿出一把小巧的便携刀。德马提奥进入车内,割开缠绕在尸体手上的白色纱布:"你现在能看到什么?"

"看上去好像是个刺伤。"

"也许两个?"

"是的,长官。"

德马提奥把手电筒推到死者的脸上:"他的脑袋看上去也被狠狠地打了一下。"然后"啪"的一声关掉了手电筒。三十码开外,

---

①原文为 Erin Go Bragh,是爱尔兰语 Éirinn go Brách 的英文化表达。

两个警探正凑在一辆配合调查凶案的工程车旁，一边喝咖啡，一边和一个技术人员聊天。

"报案的女人是不是说她昨天看到这个男人被痛打了一顿？"

"是的，长官。她说她在窗户外看到的。"

"她有没有说她看到有人在这个人的手上钉钉子？"

"我没有问。"

"该死的，这个还需要问吗？"

"长官，我不太明白……"

"刺伤被绷带遮住了。而且如果报案的女人看到有人这么做，应该会主动提起的。"

"是的，长官。我想警探们正打算询问她。"

"她住在哪儿？"

克拉维尔又一次朝着铁丝网的方向指了指。

"带我去看看。"德马提奥穿过停车场，这时豆大的雨点开始落下。克拉维尔紧跟着他往前走。五分钟后，他们才意识到自己到了哪儿。

第三十章

波比低头快步走进大门,天空中随即下起了倾盆大雨。他顾不上在身后轻轻晃动着的大门,径直走上了通向公寓的阴暗的楼梯。楼上传来一阵皮革摩擦木头的声音。波比拿出他插在皮带上的那把镀镍 9 毫米手枪。"糕点"的动作应该不会这么快,但还有谁会在凌晨三点来拜访他呢?走到第一段楼梯的中间时,波比又听到一个声音。这次是擤鼻子的声音,接着是一声无奈的叹息,一个女人的叹息。波比在确认没有危险之后,把枪轻轻地塞进了外套里面。他走上剩余的台阶。街上的灯光照亮了来者一半的脸庞。雨水敲打着头顶的天窗,窗玻璃隔开了雨声,令波比感觉他们是这个世界上仅有的两个人。

"你淋湿了吗?"女人问。

"你在这儿干吗?"

"我需要跟你谈谈。"

他打开公寓的门,科琳·卡森跟着他走了进去。她坐在一张椅子的边缘,紧抓着一个放在腿上的黑色的包,慢慢地环顾四周:"这里真不错。"

"别讽刺我了。"

自从科琳结婚之后,他们就不怎么讲话了。后来波比开始和布丽吉特约会,于是他们就再也不讲话了。波比把窗打开了一条缝,感觉风和雨水从缝里飘了进来,打湿了他的手指。他能够闻到科琳的香味,混杂着暴风雨的味道。他想起了十五年前发生的事情和那个位于哈佛大街上的名叫"调色剂"的爱尔兰酒吧。

这是一段欢乐时光。用木头搭建的小舞台上,一个小伙子拿着一把吉他,弹着尼尔·戴蒙德①的歌,好像他以此为生,或许他真的以此为生。每个人的身体都僵硬得好像该死的门把手一样。他们弯曲着手臂,通红的脸上布满了汗水。他们唱歌、跳舞,喝着五十美分一杯的生啤,干着各种波士顿当地人发明的狗屁玩意儿,只有那些靠得很近或者离得很远的人才会觉得这很了不起。科琳·皮尔斯坐在一张桌子旁,上面放着五个啤酒杯,还有两支烟在烟灰缸里燃烧着,而她的女伴正仔细观察着周围何时何地何人干着何事。波比上一次见到科琳是在她大约十五岁的时候,之后就再也没有见过。小伙子们来到桌子旁,又从桌子旁离开。终于等到她的女伴去了卫生间,波比这才悄悄地在空椅子上坐下。他问她是不是皮尔斯家的人,虽然他知道她是谁。科琳眯着眼睛,大声问他在采取行动之前是否总是需要考虑那么长的时间。他们一直交谈着——各种轻松、有趣、愚蠢的交谈,令人战栗的交谈,青春洋溢的交谈。她抽着烟,而他看着她抽烟,把她的每个动作都留在脑海里,

---

① 指 Neil Diamond,1941 年出生于美国纽约的布鲁克林,是20世纪60至80年代美国最为成功的流行歌手和创作人之一,他的音乐风格属于典型的民谣和流行摇滚。

像珍珠一样串了起来。他们又喝了一些生啤,不多不少的程度,感觉很舒服。在某个时间,她的女伴回来了一会儿,但接着又消失了。他们和其他人一起摇摆着,轻唱着比利·乔尔①的歌《弹钢琴的人》。她把手放在他的手上,好像他们是一对结婚多年的夫妇,做着这世界上最自然的事情。后来,他们离开了酒吧。没有了酒吧里的烟雾和吵闹,城市看上去甜美而又朦胧。他们在克利夫兰圈的皮诺披萨店里买了一个披萨,看着地铁轰隆隆地开过,谈论着他们这一辈子都等着谈论的一些事情,只是以前他们没找到真正合适的人——这个人知道什么时候应该倾听和什么时候应该倾诉。他们的关系原本可以从那一晚开始发展下去,但是波比心里很清楚:他已经为自己挖好了战壕,建起了围墙,他的心已经缠绕上了长长一圈尖利的铁丝网。于是,凌晨两点,他把她送回钱普尼大街,看着她走进房屋。后来,她给他打过几次电话,但他都没有接。还有两天就到圣诞节了,他在市中心一家餐厅的窗户里看见了她。她正和一个大学生模样的年轻小伙子坐在餐桌旁,欢快地笑着,把手放在小伙子的手上,好像他们是一对结婚很久的夫妇。波比感觉内心一阵抽搐,他对自己的反应感到惊讶。一年之后,她嫁给了斯科特·卡森。生活继续了下去。

---

① 指 Billy Joel,1949 年出生于纽约的希克斯维尔,是美国的著名歌手、钢琴演奏家、作曲作词家。他从 1973 年出道至 1993 年退休,灌制了多张深受欢迎的唱片,曾六次获得格莱美奖,全世界唱片累计销量超过一亿张。

"要不是什么很重要的事,你知道我是不会来的。"科琳说。她的眼眶周围被焦虑吞噬着。

"你想要什么?"

"我也不太确定。"

她撒谎,她知道自己想要什么,人们都是为了这个来找波比的。人们从前会在大街上很不自然地对他微笑,会尽量回避他,直到那一天来临——人们需要他帮忙除掉那些把他们的生活弄得一团糟的垃圾。这就是他的工作,就是他为什么会这样生活。

"小科,你的丈夫在哪里?"

"他有好几把枪。"

"他在哪里?"

"我不知道。他走了,他在房子里放了一把猎枪,还有一把好像是自动手枪。"

斯科特·卡森是一个自以为是的、傲慢的蠢货,他把科琳当作一个傻妞。那是波比私底下的看法,他从不告诉别人。可那还不是斯科特唯一的问题。

"跟我讲讲毒品的事情。"

"那个我一点儿都不了解。"

波比站起身,打开大门:"如果你对我说谎,那我什么也帮不了你。"

"波比。"她拥有的东西很少,所以她把它们看得很重。她利用身边每个人来确保它们的安全。他可以责怪她,但又何必自找麻烦呢?

"把你知道的都告诉我,小科,我不会告诉别人的。"

"好吧。"她的声音变得急促,充满着挑衅,躲躲闪闪的话语好像一块在绿色浅池塘上跳跃的石头,"我知道他一直在做毒品生意。"

波比关上门,用身体抵住它:"多久了?"

"从我第一次听说到现在已经六个月了。"

"他有没有告诉过你,他是从哪里弄来的毒品?"

科琳摇摇头:"我们需要钱,在牛顿的那些该死的账单,还有康纳的学费。但是那些枪和其他的一些东西……天哪,我害怕他会在某个晚上冲进来杀了我们。"

波比走到窗口,关上窗,又拉上窗帘,这样他能在零星的光线下更清楚地观察她。科琳穿着羊绒薄毛衣,锁骨像鱼骨一样凸起。波比注意到她涂了粉的脸颊有一边肿胀着,往下看到她的喉咙上有一圈手指摁出来的淤青,好像一条细细的项链。他凑近了一些,用手指触碰着这些淤青。

"他有一些女朋友,波比。他与她们在市中心的酒店里上床。上个星期,我坐在酒店大堂里,看到他和其中一个女朋友走了进来。然后,我去了卫生间,呕吐了起来。"科琳的眼角流下一滴泪水,慢慢地流过她黏糊糊的脸颊,流到她的嘴角,"你那里怎么了?"她指着波比手上的绷带。

"没什么。他的老窝在哪里?"

"老窝?"

"他藏毒品和钱的地方。"

"斯科特不让我看那些东西。"

波比又坐了下来,向前倾着身子,紧握着的双手落在膝盖间。他并不急着采取行动,这一点他俩都知道。她从包里拿出一个小巧的烟盒,把它推到桌子上。烟盒里面塞了一些现金,按二十、五十、一百的纸币分类,整整齐齐地卷成几卷,每一卷外面都包着一张纸条,上面写着一些数字和人名。现金下面有一个透明塑料密封袋，里面装着二三十张彩票。彩票对折起来，用回形针夹着。每张彩票的折痕里都盛着粉末状的可卡因——看上去都是八分之一和十六分之一盎司的量。波比瞥了一眼包着现金的纸条上的人名，然后把现金和毒品放回盒子，关上盖子。

"这里有四千多一点儿，"科琳说，"我不知道这些毒品值多少钱。"

波比用手指敲着桌子。外面风雨交加，像一个醉汉似的敲打着大楼的一侧。

"今晚，你带上你的儿子，拿上你所有的东西，离开那幢房子。"

"但是……"

"没有'但是'。带着康纳离开。"他在一张纸上潦草地写下一个名字，"这是一个位于新罕布什尔州的可以长租的酒店。给你们自己弄一个房间，藏在那里别动，直到我联系你们。"

"你刚才拿走的是我所有的钱。"

他走到手提箱旁，拿来一些二十和一百元的纸币，总计一千元："这些够你用上一段时间了。"

她抓过钱，塞进她的包："如果他来找我们怎么办？"

"斯科特再也不会来找你们麻烦了。"

"真的？"她的声音有些沙哑，闪烁着一丝阳光、坚强和残忍。

"你该动身了，小科。"

"今天上午，他会在皇家旅馆。我的意思是，我想他会在那里。他经常在那里开房间。"

波比没有回答。科琳站起身，穿上外套，准备离开。突然间，她急切地希望离开她将要开始做的事情越远越好。

"还有一件事,"波比说,"别对你姐姐泄露半点消息。"

"我能不能对她说我要离开一小会儿?"

"不能。"

"为什么?"

"因为她喜欢谈论。因为她不喜欢你。因为只要她想,她会变得极其凶狠。"

科琳小心地坐回椅子上:"还有一件事情或许我们该谈谈。"

如果换成别人,这突如其来的转折会令波比厌烦,但是,眼前的人是科琳,波比总对她接下来会带来的事情感到好奇。

"什么事?"

她的目光移到了她的包上。窗外,雷声轰鸣,长长的叉状闪电照亮了她的脸。波比在她的脸上看见了萨尔·里加和另一个已经死了的农贸市场里的男人,那个人的眉毛抬起时会变成问号的形状。科琳把手伸进包里,拿出了一把枪。

第三十一章

丽萨眨着眼睛,好不容易让眼睛睁开。嵌在仪表盘上的时钟显示此刻是上午六点整。她原本打算去找一间酒店房间,但最后还是把车停在了他们的公寓门口。越过海洋滚滚而来的巨大的暴风雨裹挟着她。她凝视着让人昏昏欲睡的车窗玻璃,直到睡着。暴雨继续落在平克尼大街上,雨水把车窗顶部砸得噼啪作响,并沿着挡风玻璃倾泻而下。一个男人站在一家帽子店的门口,抽着烟,凝视着冰冷的雨水积聚在路边的排水沟里,往山下冲刷而去。咖啡馆里亮起朦胧的灯光。一个女人探出头来,拿起大门前已经被雨水淋得湿软的报纸。丽萨是她的第一个客人。丽萨坐在前窗边,喝着一杯热咖啡。窗外渐渐变成了细雨蒙蒙,最后雨索性停了下来。太阳短暂地露了一下脸。这时,凯文正从他们的公寓大楼里走出来——现在已经是他一个人的公寓了。他径直朝汽车走去,眼睛始终没离开地面,然后发动了汽车,直视着前方,完全不看左右,一路颠簸着驶下了山坡。他走后,丽萨又等了十分钟,然后穿过马路,走上四段楼梯。她原本可以过两天再来拿东西,但好像有些什么事情在提醒她应该尽快收拾。她走进公寓,四处张望。公寓里凝结了她和凯文一起生活的时光。壁炉台上有一个新英格兰捕鲸船的牙雕复制品,墙上挂着一幅他们在普罗温斯敦买的廉价的水粉画，对面有一些相框，里面放的是他们在南塔基特岛①的渡轮上拍的照片。还有一幅画技高超得多的水粉画，画的是南塔基特岛上的灯塔。丽萨走进厨房。冰箱上贴着新英格兰爱国者足球队比赛的票根，还有一张他俩在圣诞夜拍的照片。那天从下午五点起就真的开始下雪了。他们在保温杯里装满热可可，步行穿过城市。路边空荡荡的，光秃秃的黑色树枝迎着新英格兰低矮的天空，摆出各种姿态。夜晚来临时，婆罗门赤褐砂石建筑的窗户里亮起灯光，点亮石头阶梯，给拱道铺上一层薄薄的白色外衣。他们在丽兹酒店的酒吧里喝酒，聆听着从阿林顿大街教堂里传进来的圣诞颂歌，然后在国家公园的长椅上结束了这一夜。雪越下越大，一片片雪花在月光里落了下来。一个正在拍照的老妇人对着他们微笑，他们也报以微笑。老妇人想起了过往的一些快乐时光……丽萨把贴在冰箱上的照片拿了下来，塞进了口袋。她允许自己留下一件东西作为纪念。

  卧室里，衣橱顶部的架子上放着她的手提箱。她取下这个滚轴手提箱，把自己的衣服放在里面。十五分钟后，她的本田思域汽车里装满了属于她的东西。到了离开的时候了。她靠着汽车，把整个街区上上下下地看了最后一遍。人们都忙忙碌碌的，做着他们昨天已经做过的、明天和后天还会继续做的那些事。她是一个闯入者，一直都是。她的生活是一场幻想——搬入比肯山上的公寓里，有一个肤色如百合花般白皙的男朋友。无论对于她、对于凯文，还是对于他们在一起的时光而言，这都不公平。但她已经习以为常，她知道自己永远都会这样。这是她最大的强项，也是她最大的弱点——一种孤独感，她把它当作第二层皮肤，还有与之相伴的一颗坚定的心。丽萨拿出车钥匙，弯腰打开车门。一

---

① 指 Nantucket，位于马萨诸塞州的一个风景优美的小岛。

个戴着徒步旅行者太阳镜的女人擦过她的身边,把她撞倒在汽车的侧门上。丽萨猛地转身,手肘向女人凶狠地甩了过去,但没能击中她,她已经走开了。丽萨回到车内,周围塞满了她的东西。她驶下了比肯山。虽然心里充满着悔恨和愤怒,但是她依然开着车,一刻不停地离开了。手机在她的公文包底部响了起来,是弗兰克·德马提奥打来的,让她去停尸房见面。他也是个该死的!

布丽吉特·皮尔斯把徒步旅行者太阳镜推到额头上,看着本田思域汽车驶下山脚,转弯离开,接着慢慢走上街区,经过凯文的公寓大楼,走到她租来的汽车旁。布丽吉特不知道她想在她哥哥的住所里找到什么,但他女朋友真是个极其有意思的人,也许,甚至还会很有用。布丽吉特开车回到欢乐大街,撞开了几个为了拍照走下人行道的游客。接着,她转弯驶上剑桥大街,消失在朝着市中心方向的拥堵的车流里。

第三十二章

斯科特·卡森沿着皇家旅馆的后门楼梯往上爬,一步一格肮脏的台阶。尼克给了他一个四楼的房间,窗户下方是一条小巷。普里克今天心情非常好,一直在微笑,把钥匙递给斯科特时,还称呼他为"卡森先生"。普里克说,虽然他只付了上午的房费,但是在今天剩下的时间里他都可以使用这个房间。这是一个只配给人擦屁股的家伙。斯科特在爬楼梯的过程中一度停下来,坐在楼梯井边抽了支烟。他感觉耳朵里有汩汩的血流声,一只和小比格犬①差不多大小的蟑螂在他身边的墙上爬过。七点差几分钟的时候,他推门进入房间,立即把两扇窗都打开一条缝,想让前一位住客留下的气味散出去一些,然而这是白费力气。他走进浴室,擦了擦脸上的汗,摸了摸脸颊和眼皮上的浮肿。他早该去度假了,也许拉斯维加斯不错。晒晒太阳,在游泳池边消磨时光,再去赌上一小把,这些都是他应该享受的。不过首先,他的老婆会是个麻烦,他觉得很难甩掉她。然后,他就接到了那个电话——似乎科琳已经不再是个问题了。想得太多反而自寻烦恼,所以斯科特决定不再去想关于他老婆的事情。他在洗手台上方的架子上找到一个玻璃水杯,从纸袋里拿出一瓶扁瓶装的苏格兰威

---

① 身高在 30~40 厘米之间。

士忌。他早上找的那个姑娘，名单上说她十八岁，但拉皮条的小伙子向他保证，说她只有十四岁，很紧——那个小伙子就是这么说的——而且永远不会满足。这真美妙，永远不会满足。斯科特给自己倒了一些威士忌，吞下一把止痛药，然后又吃了一粒蓝色的小药丸，接着是第二粒。搞什么，为什么要冒这种风险？明明整个早晨你都粗得跟马厩柱子似的。有人轻轻地敲了一下房门。斯科特喝干了杯子里剩余的酒，再次对着镜子确认了一下自己的仪容。他推了推下巴上几层松垮的皮肤，又仔细整理了一下脑袋上横七竖八的头发。那人又敲了一下门。斯科特穿过房间时就感觉自己已经硬了起来，他迅速调整了一下，这样不至于让姑娘第一眼看到的就是他勃起的阴茎。

"你来早了……"他张开了嘴，又立即闭上。他的阴茎颤抖着，睾丸几乎缩到了胃里。他的客人往房间里走了一步，关上房门。斯科特的脸破裂成瘫软的碎片："你来这儿想干吗？"

中了第一枪的时候，感觉像被蜜蜂蜇了一下，斯科特低头看着衬衫上的枪眼，心想：应该比现在感觉到的更疼吧？他咳嗽了一声，看见枪眼里都是冒着小气泡的鲜血。又一声枪响，他身上又多了一个枪眼。斯科特发现自己不知怎么倒在了地板上。他抬头看着天花板上的污渍，心想它们是不是堪称奥林匹克比赛水平的射精留下的痕迹。现在，他能听到自己的心跳了，在胸腔里发出刺耳的声音。他感觉双唇间有液体流出，抬手擦了擦，袖子变成了鲜红的颜色。有个人跨过他的身体，鞋尖碰到了他的鼻子。一双粗糙的手在他的衣服上和口袋里搜寻了一番。他转过头，看到一个黑色的身影翻出窗户，爬上通往地面的消防楼梯。现在，只剩下斯科特一个人了。他想要叫喊，但只发出了几声死者的低语。尼克大概正在门外的走廊上，耳朵贴在门上，尽情地笑着。

让他笑吧,该死的窝囊废。斯科特又咳嗽了一声,喉咙里的血液像厚厚的糖浆一样,充满了他的肺,淹没了他,让他透不过气来。在布莱顿一直有种说法:不要去招惹皮尔斯家的女孩。斯科特悲哀地笑了笑,他从来没把这种说法放在心上。现在他得到了该死的教训。他最后咳嗽了一声,浑身上下都是鲜血的他呼出了身体里的最后一口气。在刚到七点的时候,他转过头对着早晨的阳光,死了。

第三十三章

七点四十分整,波比把车驶入一个废弃的停车场,听了一会儿汽车引擎在宁静的早晨里"哒哒"发动着的声音,然后下了车。他迅速冷静地用一把平头螺丝刀把他吉普车上沾满泥污的车牌卸了下来,扔在一辆蓝色丰田车的后排座位上。几辆汽车并排停着,旁边有一片丑陋的田地,里面杂草丛生、怪石嶙峋。波比的手提箱也跟着车牌被扔了进来,还有一个黑色的小号运动包。丰田车的引擎先空转了一会儿,然后伴随着一阵轻柔的隆隆声发动了起来。波比开车离开停车场,行驶了一英里半的路程,然后把车停在距离圣安德鲁教堂一个街区的一条小巷里。他走向教堂,一路上低着头,口袋里放着一把枪。至少据他的观察,没有人跟着他,也没有人看见他。

他坐在教堂里最后一排长椅上,参加了八点开始的弥撒,没有领圣餐。等到教堂里空无一人之后,他朝着忏悔室走去。忏悔室门上的绿灯亮着,表明里面有一位神父正等待着他的下一位忏悔者。波比跪在飞扬的灰尘和黑暗中。木头的移动隔板打开了,发出涂了润滑油的嘎吱声。光线透过铁丝网照射下来,在他的脸上投下不规则的图案。波比眯起眼睛,挣扎着想看清他的聆听者,但他只能看到一个黑色的轮廓,笼罩在某种神圣的光辉中。

他自己做着祷告,轻轻地念了几个词,然后对方也对他轻轻地念了一些。接着是一阵沉默——这是一个神圣的时刻,等待着他用陈述自己犯下的罪行来填满。

"我一直没有来忏悔。"

对面传来一阵勒尼汉神父更换祭衣时发出的干燥的窸窸窣窣的声音。

"对不起,我不是很明白你的意思。"

波比把那张在帕拉贡公园里拍的照片从隔板上的门洞里塞了过去:"剑桥的圣里吉斯之家,1972年。"

窸窸窣窣的声音停了下来。一双青筋暴突的手在一圈摇曳的灯光下拿着照片:"请问您怎么称呼?"

"你不必知道,不过我几乎每天都来这里做弥撒。"

"我一定能认出你的脸。"

一种内心深处的羞耻感被挖了出来,令波比蜷缩到了忏悔室后部。他舔了舔嘴唇,振作起精神。

"我没有被侮辱过,至少没有被任何一个神父侮辱过。但是我看到了那种事情,也在那里看到了你。"

"孩子,我们去圣器室谈吧。"

"我始终有一种感觉——你想救他们,你想阻止这一切,但那时你太年轻,什么都保护不了。"

那个身体轮廓沉了下来,前额顶在隔板的金属框上,呼吸在牙齿间形成轻轻的呼啸声。

"神父,我来这儿不是为了教训你,也不是为了抱怨自己的生活。"

"我们可以找人来帮你,我可以保证……"

"我不需要,我也不想要。"教堂后部传来了大门打开又关上的声音。然后,教堂的钟声响起。波比拿出一小卷书,读了起来。

> 我们存在的中心,是一片虚无,罪恶和幻想都不曾触碰过它。它是一个纯粹的真相,它是完全属于上帝的一个点或者一个火花,它永远不由我们处置。上帝用它处置我们的生命。

"托马斯·默顿[①]。"

"没错,神父。"

神父的手颤抖着从洞里伸了过来,摸索着波比的手臂,最后紧紧抓住了他的手腕。他精神紧张,只能低语:"你要知道,我已经尽了全力。"

波比的手指碰了一下口袋里的枪柄:"我确定你已经尽了全力,神父。但事实上,有时候,就算是好人也得死。"

凯文车里的暖气设备从汽车的地板上断断续续地咳出温热的空气,它的咳咳喘喘听上去就好像一个一天抽五包烟的烟鬼发出的声音。凯文敲了几个按钮,又猛捶了一下仪表盘,想把这破玩意儿吓唬得恢复正常运转。但是暖气还是老样子。他一拳关掉开关,坐着不出声,眼睛盯着圣安德鲁教堂沉重的红色大门。从水库回来的路上,波比没说几句话,只在下车时说他会参加早晨八点的弥撒。凯文本来简单地认为可以在那里讨论他们的事情,但后来他意识到事情需要再缓一缓。此外,他满脑子都是丽萨。从水库回来时,他认为丽萨可能正在公寓里等他。当发现丽萨不在

---

① 指 Thomas Merton(1915—1968),美国作家及天主教特拉普派修道士。他的自传《七重山》(1948)使他蜚声海内外。他是20世纪最著名的基督教神秘论者之一,相信人可以通过敛心默祷的生活与上帝沟通。

公寓里时，他又竭力克制自己想要打电话给她的欲望。与此同时，他感到自己非常可笑，竟然乐意为了这么一点儿破事儿出卖自己的灵魂。他拿起他在汽车后座上找到的一顶丽萨在冬天戴的帽子，闻了闻帽子上依然沾着的丽萨的香气。他还记得自己第一次亲吻她时的情形，无法相信一切真的发生了。一个像她那样的女人，嘶嘶地亲吻着他的嘴唇。这令他双腿发软，把他的梦想变成了血与肉的现实，同时也吓得他魂飞魄散。像他这样的人，像他这样从未得到过爱也不懂爱的人，最后会把爱看得太过重要。他无时无刻不看见它，触摸它，想象它。丽萨从一开始就明白这一点，所以把他当成傻瓜一样玩弄。而他却拿着一个该死的勺子，欣然接受了她的施舍。令人悲哀的是，如果再给他一次这样的机会，他还会重蹈覆辙。凯文把丽萨的帽子扔进手套箱，"砰"的一声关住了这该死的东西。

　　人们做完了弥撒，三三两两从教堂里慢慢走了出来。这些人大部分是老人和女人。凯文正考虑着要不要走进教堂，突然感到胃里有一件恶毒的东西眨了眨眼睛。他待在原地不动，张开手指，把清晨的寒冷从他的指关节里揉出来。他想知道波比在哪里，到底会不会出现，如果波比没有出现，事情会发展成什么样。凯文打开手机，拨了一个电话给他的老板。

　　"你现在已经是大学的客座作家了吗？"

　　"嘿，吉米。"

　　"等一下，别挂。"吉米·爱德华兹把电话听筒从一个耳朵移到另一个耳朵上。凯文感觉到他正起身去关办公室的门。

　　"新闻室也许用得着你，小凯。"

　　"我可能有点儿眉目了。"

　　"什么？"

"那桩警察谋杀案。"

"帕特森？"吉米的声音绷紧了一些，凯文知道自己已经吊起了他的胃口。

"阿茉和我正在调查这个案子。"

"为什么我到现在才知道？"

"是我的错，是我让她别讲出去的。"

"好吧，那你现在告诉我。"

"还没到时候。"

"去你的'还没到时候'。警察什么都不会告诉我们的。州政府正在四处打听。"一阵沉默之后，他问，"你女朋友在处理这个案子吗？"

"我要跟阿茉说话。"

吉米把这当成一个肯定的答复："你还需要多久？"

"我要跟阿茉说话。"

"明天给我消息。这是我的办公室，我说了算。顺便跟你讲一声，有人给了史丹利一份新工作，别说是我说的。"

"在镇上？"

"《芝加哥论坛报》，听说薪水也不错。"

"真的？"

"别挂电话，我叫她过来。"

凯文还没来得及问另一个问题，他的老板已经走开了。然后，阿茉接了电话。

"你对他做了什么？"她问道。

"吉米？没什么。"

"他对帕特森案感到很焦虑，是吗？"

"我告诉他，我们正在调查这个案子。他没有异议。"

"哦？"

"是真的。关于麦克纳布的案子，你有没有什么进展？"

"没什么进展，她的案子不是眼下的首要任务。不过，我确实看了一下验尸报告的剩余部分。"

"然后呢？"

"凶案中使用的刀和攻击桑德拉·帕特森以及塔伦特的刀是类似的。"

"有多类似？"

"凯文，我不是该死的验尸官。伤口的尺寸看上去几乎是一样的。半英寸的刀刃，四到六英寸的伤口。不过，波士顿每年大概要卖出一百万把这样的刀，那是其中的一把。"

"一百万？"

"我只是想说，这是一把普通尺寸的刀。"

"但你认为这和麦克纳布的案子有关联？"

"我从一开始就这么认为。"

"我也是。"

"那么接下来该怎么办？"

"我还需要一天时间，然后我就能告诉你一切。"

"他们确实希望我能提交些什么。"

"再给我一天时间。"凯文停顿了一下。圣安德鲁教堂的红色大门打开了，一些满头银发的老妇人蹒跚着走了出来。她们一边讨论教堂大门前的阶梯，一边发了疯似的打着手势。头顶上方，教堂的大钟敲了九下，然后沉默了下来。

"你现在在哪里？"阿茉问。

"不用担心，吉米说你在考虑一份在芝加哥的工作？"

"我告诉过他要保密。"

"你打算接受?"

"也许吧,《芝加哥论坛报》要开一个新的版块。钱给得不少,同事看上去也挺好。谁知道呢,对吧?"

她要离开了——凯文从她的语气中听了出来,感觉自己的胃往下一沉。

"我为你高兴,阿茉。"

"别太高兴,我还没走呢。你看手机短信了吗?"

"我手机关机了。"

"真是聪明,凯文。我在一个小时前给你发了一条信息。他们昨晚在波士顿又发现了一具尸体,死者名叫谢默斯·斯莱特里。"

"从没听说过这个人。"

"嗯,好吧,他胸部被刺了两刀,脖子上没有勒痕,至少我还没有听说。"

"你能看到档案吗?"

"不能,不过我的线人说你女朋友在负责这个案子。"

"别开玩笑了。"

"就是说你还不知道?"

"不知道。"

圣安德鲁教堂的红色大门又一次打开了,波比·斯凯尔斯走了出来。

"抱歉,阿茉,我得挂了。"

"你在哪里?"

"再给我一天时间,然后我们坐下来详谈。"

"你现在有很重要的事吗?"

"很重要。"

"和政府有关？"

"世界上有什么事情是和政府无关的呢？"

"肮脏的勾当？"

"相当肮脏。"他停顿了一下，"再给我一天的时间，阿茉，最多一天半。然后，就我们俩，弄一些啤酒，谈谈帕特森的案子和其他的一切。"

阿茉刚要开口，凯文已经挂断了电话。波比一声不吭地上了车。他穿着一件飞行员皮夹克，有一些地方脱了线，手肘的地方还磨破了。

"你去了哪里？"凯文问。

"先做了弥撒，然后去了忏悔室。"

"我已经很多年没有忏悔了。"

波比耸耸肩："这不是为每个人准备的。"

他们的汽车发出"突突"的声音，开上华盛顿大街，转弯进入牛顿那片乐土。小的时候，凯文和他的伙伴们会骑着自行车，在牛顿的街区里游荡，寻找他们的晚餐。有一次，他们找到一个后院，里面有一个无人看管的烧烤架。他们拿出折叠刀，叉起尽可能多的肥美的牛排，然后骑上车，消失在风里。他们找了一个昏暗的地方吃牛排，吃完后，还舔掉了手指上的肉汁，为自己从"住在牛顿的有钱的蠢货"那里得到一份免费的晚餐而激动不已。那时候，他们都是没有什么东西可失去的孩子，尽可以戏弄全世界。对他们而言，最重要的是"此时此刻"。凯文踩下油门，感到汽车往前颠簸了一下。他左转上了一条漫长蜿蜒的道路，轮胎发出一阵响声。波比坐在他的身边，好像山上的一座墓碑，双眼无神地瞪着窗外。一座公园向后移去，柔软的土地沉睡在一层逐渐融化的春天的霜冻之下。一个很老的男人，戴着一副充满学究气的眼镜，穿着一件绿色的防水夹克，手上牵着一条金毛狗，从公园里走了出来。住在牛顿的每个人都会向别人挥手致意，好像这是一条当地法律之类的东西似的。他们又往前开了一英里左右，开过几条长长的私人车道和一些厚厚的草坪。那些草坪一直延伸到一幢接着一幢的牧师住宅的大门阶梯前。波比终于回过神来，指挥凯文开车绕回市中心。一切都会在一段时间后变得单调乏味，连牛顿也不例外。

"我想我们应该找个律师谈谈。"汽车滑行到红灯前停下时，凯文说。

"你的意思是你想听从你女朋友的意见？"

"她快搬出去了。"

"她只是在做她的工作，小凯。"波比的左手上缠着一块小一点儿的绷带，他抠着粘在指关节上的胶带。凯文注意到他的手腕上环绕着一些红色的印痕。

"那是什么？"

"什么是什么？"

"你好像被什么东西抓伤了。"

波比检视了一下那些印痕，然后耸了耸肩，不再理会。绿灯亮了，凯文慢慢地开过十字路口。

"我有没有告诉过你，前几天我遇见了勒尼汉神父？"

"世界真小。"

"你知道《环球报》曾经刊登过关于教堂和丑闻的一系列报道吗？"

"嗯，我读过那些报道。"

"我认识写那些文章的记者们。我查看了全部涉案神父的名单,勒尼汉神父的名字不在上面。"

"你为什么要告诉我这些?"

"因为你去那个教堂。我想你大概有兴趣知道。"

他们开车离开牛顿,经过一条坑坑洼洼的道路。路面刮擦着轮轴,发出"砰砰"的声音。

"你打算什么时候再问我关于水库的事情?"波比在路面变得平坦一些后问道。

"我不打算问了。"

"好的。"

"无论你在那里埋了什么……"

"你知道我在那里埋了什么。"

"无论那是什么,你都应该告诉律师。"

"你很了解律师吗?"

"显然不到我之前以为的那种程度。"

波比咯咯地笑了,做手势示意凯文转弯开上特莱蒙大街。他们一路颠簸前行,沿着有轨电车的旧轨道,还有道路两旁的联栋别墅和三层小楼门前成排的尖木桩。木桩都搭得歪歪扭扭的,用的是粗糙的钉子和木头。波比又做了个手势,他那只没有受伤的手微微动了动。凯文把车开进一片空地,停了下来。他们各自抬头看着这个被布莱顿人称为"阶梯"的地方。

第三十四章

"阶梯"一共有八十九级台阶。光滑的石板沿着梯田形的灌木丛向上攀升至圣安德鲁教堂的后门。当初建造这些台阶是为了给那些住在地势较低的街区里的虔诚教徒们上下特莱蒙大街用的。过去的六十年里,他们在每个周日的早晨爬上台阶,开始他们的赎罪之旅。做完弥撒后,他们又推搡着走下来,去度过又一个充满欢乐的一周,包括咒骂、打架,以及其他为了各种目的犯下的罪恶。波比带头往上爬,一直没有解释他们为什么在这里逗留以及他们要去哪里。爬到半山坡时,他做手势示意在树林间休息一会儿。于是,他们走到堆着废墟的一块林中空地上。这里曾经有一幢小楼。波比踢开一堆啤酒罐子,在潮湿的草地上坐下,背靠在小楼唯一剩下的一面墙上。凯文在离他几尺远的地方站着不动。

"这里找不到什么律师,波比。"

"你知道谁曾经住在这里吗?"

凯文摇摇头。

"所有的爱尔兰修女。她们每天爬上阶梯,去向那些神父提供他们想要的一切。坐下,你让我感到紧张。"

"你的枪让我感到紧张。"

波比拉开夹克拉链，拿出一把 38 口径的左轮手枪。这把枪的枪柄上裹着灰色的胶带。"你还认识这把枪吗？"他把枪放在脚边的地上。凯文蹲了下来。树上依然挂满了雨水。树叶连成一片，把外面的世界隔开，为他俩单独筑起了一个满是叶子的露天剧场。

"这么说来，是你把枪从洞穴里拿走的？"

"这是你外婆的枪，她把它和现金一起放在一个保险箱里。"

"她从没告诉过我。"

"她为什么要告诉你？那天早上，她被杀害之后，我跑上了楼。我本以为警察或其他什么人已经把枪拿走了，但是没想到它还在那里，就在瓷器柜的架子上。"

"然后你拿走了它？"

"我用它干掉了那个杀死你外婆的混账家伙。"波比拿起那个武器，比划了一下，然后把它放了下来，"你女朋友昨晚用乔丹的档案威胁你。"

"所以你认为自己的处境很不利？"

"你觉得呢？"

一阵微风吹过山坡，把树顶上的雨水摇了一些下来。凯文感觉波比正在摇曳的光线下打量着他。

"我一直很擅长杀人，小凯。这一点你比谁都清楚。"

"你是说你杀了那些女人？"

"如果不是我死就是她们亡，那结果一定是后者。你应该明白这一点，你应该最先明白该死的这一点。"

波比站起身来，轻轻穿过空地，往台阶下方偷窥了一眼。他右手拿着枪，低垂在身体的一侧。在他俩相距大约十五英尺时，波比转身，举起枪来——一个简单利落的动作。凯文举起双手，好像他的双手可以阻止一颗38口径左轮手枪的子弹做出符合上帝和人类意志的事情。波比把一个手指放在嘴唇上,让凯文安静。他曾经用这把枪干掉了那个杀死凯文外婆的凶手。周围寂静无声。凯文将在天黑前进入这片土壤,被埋在修女房屋后面那片湿软的树林里,就在他第一次领取圣餐的教堂的下方。这些想法以及还有更多的一些想法,在凯文的脑子里以扭曲变形的速度奔跑着。同时,凯文模仿波比,也把自己的手指放在嘴唇边,没有发出一丁点儿声音。他最后成了一个心甘情愿的受害者,也许他认为自己会因此受到表扬。波比做手势让凯文跪下,把枪口对着他的前额。两个男人维持着这样的姿势,好像树林间的两尊严肃的灰色的雕像。接着,波比扬起下巴,把枪口往上移了一点儿,对准凯文肩膀的上方。凯文听见左边传来一阵树叶的沙沙声。一只浣熊摇摇晃晃地从灌木丛中走了出来,盯着斜坡下方的他俩。它有着黑色的尖爪,邪恶地微笑着,露出锋利的牙齿。又一只浣熊从灌木丛里探出脑袋,发出"嘶嘶"的吼叫声。两个家伙踉跄着走回丛林,摇着黑白皮毛的尾巴,消失在视野里。

"该死的,嘿。"波比放下枪。枪杀时间——如果确有其事的话——已经过去了,"你没事吧?"

"只是有一点儿紧张。"

波比弯下腰,把凯文扶起来。他捏着凯文的上臂,低声对他说:"你真的认为我会伤害你?"

凯文甩开了波比的搀扶,滚烫的恐惧感从他的胃里流了出来,流入脚下的黑色土壤里。波比把38口径手枪轻轻地放进夹克里面:"我要你在这里待上一会儿,冷静一下。"

"你要去哪里?"

"还不确定。也许我会和费恩一起去佛罗里达,就像他这些年里叽里呱啦说的那样。"

"你没有杀害那些女人。"

"但你看见枪了。"

"我们去跟他们谈谈，看看能不能达成司法上的一致意见。"

波比咧开嘴笑了笑，他的那种笑容一定让他的浣熊朋友们相当骄傲。

"你今年几岁了？"

"四十二。"

"你挖过多少洞？"

凯文没有回答。

"如果你杀过人，你会变的，兄弟。"

"我也在现场。"

"你是在现场，但没有扣动扳机。"波比从口袋里拿出一个小东西，"你去纽约那天，把它落下了。别总以为我能把它还给你。"

是一块珍珠母贝，光滑、坚硬、苍白。凯文把外婆的项链坠子放在手心，此时仿佛全世界都离他而去了。他把项链坠子翻过来，感受着它的纹路和形状。上一次他拿着坠子的时候，那上面沾了血。

"她死后，一切都变了。"波比说。

"我把我的人生分成了那之前和那之后两个部分，即使到现在还是这样。"

"那别让这一切白费了。如果你真想帮我，就找一天让你女朋友跟我见个面，然后把你知道的告诉他们。是我杀了柯蒂斯·乔丹，当时你试图阻止我。"

又一阵风吹过山坡，他们的谈话接近了尾声。波比静悄悄地跑上阶梯的顶部，头也不回地消失在视野里。凯文坐在草地上，用大拇指摩挲着项链坠子，回忆着从外婆点燃的香烟上冒出的烟雾，以及清晨水快烧开时水壶发出的哨声。他想知道，如果她活到现在，一切会变成什么样子。他知道自己永远无法痊愈了，那是他为和外婆在一起的时光而付出的代价。子弹在他的大腿上留下了伤，他会带着它一瘸一拐地活着，一直到生命的尽头，高高兴兴的。他慢慢地走下阶梯，鞋跟摩擦着碎石。他刚坐上驾驶座时，两辆警车闪着警灯，驶入了停车场。一个警察下了车，拔出左轮手枪。另一个警察靠近凯文，命令他下车。

第三十五章

　　谢默斯·斯莱特里跟扑克牌里的杰克似的侧着脸,一只眼睛凝视着天花板。一位停尸房的工作人员正在为他用棒球式针脚缝合胸口。空气中充满了内脏散发出的浑浊气味,还混着胆汁和尿液的酸味,只留下尸检后剩下的一具空壳。十英尺远的地方,弗兰克·德马提奥咬了一口迪安吉罗①牛排芝士三明治,一半被他吞进了嘴里,而另一半则落在了桌子上的白色包装纸里。

　　"太好吃了,要不要来一口?"

　　丽萨摇摇头:"这世界上有一种叫作胆固醇的东西,弗兰克,你听说过吗?"

　　"你的话听起来像我老婆说的。"德马提奥打开一罐低热量的胡椒博士汽水,喝了一小口,"我们来谈谈正事?"

　　"昨晚我们打电话的时候,你为什么不告诉我斯莱特里的事?"

　　"那时候我不确定它是不是和另外几桩案子有关。"

　　"那你现在能确定了?"

　　"你也看到了那伤口。"发现丽萨没有反应,萨福克郡的地区检察官放下三明治,用餐巾擦了擦手指,"你需要我把验尸官叫

---

① 美国连锁三明治餐厅,1967年始建于马萨诸塞州。

回来吗？"

丽萨摇了摇头。德马提奥抬起手臂，好像在说自己已经尽了全力。

"所以是斯凯尔斯干的？"丽萨问。

德马提奥掰着手指，开始罗列他的理由："他认识帕特森。他为关于罗茜·塔伦特案的报道做了剪报，把它们藏在床底下。我们非常确定，在这个爱尔兰佬被发现遇害的前一天，斯凯尔斯往他的手上钉了几个钉子。他开设赌局搞出了超多现金。有个带着超多现金的家伙通过布莱顿运送毒品，真是超多现金。而且，哦对了，他还一枪打爆了柯蒂斯·乔丹。"

"可能他杀他们只是为了好玩。"

"我确定他现在一定很受煎熬，不过这跟我一点儿关系也没有。我们散散步吧？"

德马提奥把他剩下的午餐扔进了垃圾桶，然后带着丽萨穿过走廊，来到一个狭长低矮的房间。房间里铺着石头地板，砌着煤渣砖墙。另一个工作人员——这次是个女人——正在待命。

"他在哪里？"

这个房间被两个大冰柜占据了大部分地方。每一个冰柜上都有三排银色的抽屉，配着黑色的把手。工作人员走上前，拉开其中一个抽屉。丽萨和德马提奥看了看躺在里面的尸体。尸体松松垮垮地躺在平板上，胸口有两个枪眼。

"这是谁？"丽萨问道。

"身份不明。在皇家旅馆的一个房间里发现了他。钱包、戒指、手表和钱都不见了。"

"旅馆登记的名字是什么？"

"不清楚。经理说他独自走进旅馆，用现金付的款，租了一个上午的房间,乱七八糟说了一大堆。这是皇家旅馆,你知道他们的套路。"

"所以你觉得他是个嫖客?"

"他当然是个嫖客。"

丽萨用戴着手套的手指摸了摸其中一个枪眼:"两个伤口相距不到一英寸。如果凶手是一个妓女,这枪法也太好了点。"

"也许是给她拉皮条的家伙干的。"

"就算是拉皮条的家伙,这枪法还是太好了点。"

德马提奥对着工作人员点了点头,于是工作人员把抽屉关上。

"波士顿凶案组说他们会在二十四小时内查明被害者的身份。来吧。"

他们再次穿过走廊,回到停尸房。工作人员已经缝好了斯莱特里的胸口,正在接着缝他的脑袋、嘴唇和一只曾经看得见的眼睛。工作人员一边缝着,一边轻轻地吹着口哨。

"让我猜猜,"丽萨说,"你想让我接手那个身份不明的家伙的案子?"

"我需要一个能够挑起重担的人。"

"而你会继续调查帕特森的案子?"

"帕特森的案子会移交给专案组。他们明天会对斯凯尔斯的公寓签发搜查令。如果他们在晚上就执行逮捕,我也不会惊讶的。"

"凯文怎么办?"

"恕我直言,你们的关系已经结束了,在你安装窃听器的那一刻就已经结束了。"

"也恕我直言,我的私人生活跟你没有半点关系!"

德马提奥举起双臂:"好吧。如果是他对着乔丹扣动了扳机……"

"那不是他干的。"

"那他应该没事。"

"你不会利用他逼着斯凯尔斯就范的,对吗?"

"我可没说过。听着,我没能力和他们谈条件,无论是为了你,还是其他任何人。"丽萨的老板抬起手腕,看了看手表,"我接下来约了人。我们再花上一天的时间,之后一切都会交给专案组。"

"我被踢出这个案子了?"

"这不是你应该管的案子,丽萨,从来都不是。另外,你还有那个身份不明的家伙的案子,够你忙的了。往后还会有很多案子的。"

德马提奥的声音里充满了得意,丽萨无法忽略这一点。他走出去时,她凝视着他的肩胛骨之间的一个点。工作人员已经为斯莱特里缝合完毕,跟着德马提奥走了出去。只剩下丽萨一个人了。她把脸贴在玻璃上,看着自己的梦想被慢慢地扼杀。她正要离开时,那个工作人员又把头伸了回来:"这里有个人想见您。"

丽萨没有回答。工作人员犹豫不决地往房间里走了一步。

"女士?"

"我在。"

"这里有个人想见您。"

"你说第一遍的时候我就听到了,但是没有人知道我在这里。"

"她说她打电话到您的办公室,他们告诉她您在这里。"

"她叫什么名字?"

工作人员告诉了她。丽萨感觉脑袋里一片空白。

"她现在就在这里?"

"是的,女士。"

"好的,把她带到隔壁房间。抱歉,你叫什么名字?"

"史蒂芬,女士,史蒂芬·萨克里夫。"

丽萨拿出一本拍纸簿,在上面飞快潦草地写下几行字:"史蒂芬,帮我个忙。把你们办公室里所有关于这些案子的资料都拿给我,纸质的和电子的都要,包括所有你们已经找到的零零碎碎的信息,还有关于斯莱特里的一切。"

"那会有一大摞资料。您想让我送去您的办公室吗?"

"实际上我想在这里看一下这些资料。就今天,可以吗?"

"我会给您准备一个房间。德马提奥先生也会来吗?"

"就我一个人。谢谢!"

工作人员离开了。丽萨把她的文件都归拢起来,又看了五分钟,然后穿过走廊,走进一个小咨询室。

"我们从没见过,但我感觉自己好像认识你。"

"我也是。"布丽吉特·皮尔斯微笑着伸出了手。

第三十六章

"棒棒糖"丹尼斯·隆巴尔多一直驾驶大型轿车——他老板喜欢称它们为"大家伙们"。这次出来干活,他开的是一辆德尔塔88,一个重达两吨的棕色家伙,有着宽大的座位、充足的供双腿舒展的空间以及一个既宽敞又不会发出声音的后备箱。他喝了一小口咖啡,打开收音机。艾灵顿公爵的《搭乘A号列车》的乐曲突然冒了出来,蔓延至整个车厢。"棒棒糖"喜欢听老歌,四五十年代的摇摆乐和爵士乐。音乐的音质极其粗糙,但他自己也是个粗糙的人,所以感觉不到什么,再说也不会有人告诉他这一点。一辆警察巡逻车开到十字路口,先在红灯前停了一下,然后呼啸着穿了过去,进入街区。"一群混账东西。""棒棒糖"发动引擎,火箭V8引擎的震颤轰轰作响,通过汽车钢架往上传到他的鞋底。他开着车在街区里巡视了一圈,然后换了一个地方停车,在那儿可以从另一个角度监视这幢大楼。他从早晨五点开始就一直坐在波比·斯凯尔斯的公寓大楼前,而现在已经差不多下午四点了。他们告诉他,斯凯尔斯是一个有很多习惯的生物,早睡早起,生活很有规律。可是,这地方整整一天都没有人进出。"棒棒糖"因此断定斯凯尔斯肯定已经逃跑了。这就意味着,他会成为别人的麻烦。"棒棒糖"完全不在乎这些,反正会有人付他钱，虽然不如带着尸体回来赚得那么多。他最讨厌的工作环节是接电话——他老婆称之为交际能力。她对他说，他需要发展一些交际能力。她总是对的。

"棒棒糖"又喝了一口咖啡，回想着他上一次来波士顿时的情形。他当时的目标是一个独自住在位于南波士顿一间公寓里的老人。那天夜里，"棒棒糖"冒着风雪和寒冷，守候在街对面的一个小巷里。前门廊上结了一层冰，"棒棒糖"知道老人因此会慢慢地走进屋子。老人拿出钥匙打开门时，"棒棒糖"从小巷里悄悄地窜了出来，踏上台阶，推开门冲进了屋子。他把老人绑在厨房的椅子上。被害人通常会说一些"棒棒糖"从来不会去听的蠢话，例如"你抓错了人""这完全是个错误""我根本不值得你花这些时间"之类的，但这个老人什么都没说，他只是坐在那儿，双手反绑在背后，微微动着嘴唇，念着零零碎碎的字句，几乎没有半点声音。"棒棒糖"在抽屉里找到了一本《圣经》，开始大声地朗读《约翰福音》的序言："太初之时即为道，道与神同在，道即为神……"

他读完后，给老人的双手松了绑，让他给他的女儿写封信。老人希望能走得快些，求"棒棒糖"给他的脑袋上来一枪。"棒棒糖"知道自己不能这么做。这墙壁薄得跟纸一样，枪声会太响。他问了老人几个关于他女儿的问题。老人解释说，如果她站的姿势得当，再把手放在腰上，她看起来会和她母亲一模一样。老人说这些话的时候，"棒棒糖"走到他的身后，用一根牵狗绳勒死了他。干得不算很利落，但在这种情况下，也不算太糟。

艾灵顿公爵的歌已经被格伦·米勒的《兴致勃勃》所取代。"棒棒糖"闭上眼睛，手指敲打着宽大的木头方向盘，让自己沉浸在音乐的律动中。他梦见自己和妻子以及年幼的女儿一起躺在床上。他的手臂越过女儿,手指轻拂着正在熟睡的妻子的脸颊和头发。他们的狗睡在床脚。他把脚放在狗温暖的身上,感觉着它的肋骨随着呼吸一起一伏,让自己融化在周围一切事物所带有的生活气息之中。突然响起的手机铃声惊醒了他,那是从普罗维登斯打来的电话。无所谓,这个电话一定会打来的。等铃声响了四下之后,"棒棒糖"接起了电话:"我想他已经逃到别的地方去了。"

电话那头传来一阵骂骂咧咧,好像污水从管道的另一端倾泻而来。"棒棒糖"把手机放在远离耳朵的地方——该死的人际关系!有时候人们就需要别人在他们的脑门上开上一枪,尤其是那个他正在为之干活的蠢货。大街对面有一个骨瘦如柴的黑人小孩,戴着一顶洋基队的棒球帽,从小巷里钻了出来,抬头凝视着斯凯尔斯的公寓。"棒棒糖"感到一小股液体从肾上腺喷涌而出。他从座位底下拿出一把22口径的小手枪,把它放在大腿上。电话线另一头的那个混账家伙终于停下来喘了口气。

"我好像发现了什么,过会儿打给你。"

"棒棒糖"按掉电话。那个小孩穿过大街,在斯凯尔斯的公寓大楼入口停了一下。"棒棒糖"把车门打开一条缝,一只脚踩在人行道上。他右手拿着枪,插在口袋里。小孩离开入口,好像一缕木头燃起的轻烟似的飘到街区里,掠过一个转角。"棒棒糖"扣上大衣纽扣,往大楼走去。入口的大门微微开着。他侧着肩膀走了进去,刚走上半段楼梯,就听到帆布和皮革摩擦发出的声音。戴着洋基队棒球帽的小孩就站在大门的后面,正用手从锡罐里拿出安德伍德牌油煎火腿来吃。

"我喜欢把它们夹在面包片里吃。""棒棒糖"一边说着,一边走下几级台阶。小孩扔下锡罐,拿出一把沉重的黑色手枪。"棒棒糖"看见太阳光照在小孩的右脸上,他黄色的眼珠里盘旋着亢奋。小孩还不明白夺取别人生命这件事情的分量。不过,他以前杀过人,而且他很喜欢。

"你知道怎么用那个东西吗?""棒棒糖"问道。

"你很快就有答案了,黑鬼。"小孩僵硬地握着枪。"棒棒糖"望着他皮包骨头的手指扣在扳机上。

"你是在找某个住在这里的人吗?如果是的话,我可以帮你。"

小孩咧嘴笑了起来,好像这是他听到过的最好笑的事情。那一刻,"棒棒糖"明白小孩要朝他开枪了,子弹会穿透他的胸口。接着,上帝送来了一阵微风,"棒棒糖"脸上感觉着它,嘴里品尝着它。同时,太阳落到了云层后面,固定在铰链上的旧木门"嘎吱"一声打开了。正是这命运之轮的最后一转让小孩畏缩了。小孩回头看了一秒身后是否有人,但这一秒竟成了永恒。"棒棒糖"掏出22口径的手枪,随即一枪击中了小孩。他一脚把门踢上,在小孩倒地前抓住了他。小孩的双眼好像镜子,脸上依然保持着自作聪明的笑容。

"该死。""棒棒糖"把小孩拖到楼梯下面,轻轻地放下,然后走出大楼,去拿他放在后备箱里的一卷塑料布。

第三十七章

自从布丽吉特第一次看见佩吉·昆兰与人口交以来,二十八年的光阴来了又去。如今每个星期天,佩吉都会在基督教教义协会教课,愤怒地训斥那些十几岁的孩子们。他们跟一群聋子似的,既听不懂克制之美德,也听不懂沉溺之危险。那是1974年的秋天,在印第安岩石公园的中心地带,佩吉躲在一大片树荫底下,把艾迪·埃文斯推倒在树根上。布丽吉特已经十一岁了,她躺在钱普尼大街8号铺着焦油纸的屋顶上,观察着他们,然后把关于佩吉的事情都记录了下来。现在,她坐在同样的地方,凝视着笔记本里写了字的一页,上面有一堆歪歪扭扭的字母,看上去更像手指画。页面脏兮兮的,内容也有一些疯狂。布丽吉特笑了,她想起了艾迪的射精——像雄狮般的白色的喷射,把她和佩吉都吓了一跳。布丽吉特想起自己差点儿从屋顶上滚下来,她听见下面有一阵窃笑——佩吉后仰倒在一堆枯叶上,用手捂着嘴,为事情发展到这个程度而感到惊奇。布丽吉特快速地翻动着她的笔记本,还有一些专门记录佩吉的文字,并不是每一篇都提到了艾迪。实际上,艾迪和佩吉的关系只维持了不到六个月,之后便被一个高中足球队的侧后卫取代了。接下来是一个棒球投手、一个鼓手,最后是一个会计专业的学生,他从本特利大学①毕业后成为一名精算师。佩吉付钱让布丽吉特不要把她的事情讲出去——每周二十块,一直到她和精算师结婚那天为止。布莱顿的人们都很好奇,为什么十三岁的布丽吉特会站在佩吉的婚礼上。布丽吉特只是想穿上漂亮的礼服拍照,想得要死,而佩吉也认为那个想法并不过分。

布丽吉特合上笔记本,把它放回保险箱,就是她外婆曾经放在瓷器柜架子上的那个保险箱。她在想她和凯文的女朋友之间的谈话,想丽萨迷人的微笑,触摸布丽吉特的手背的方式,声音里汩汩流动的、好像钢琴上被娴熟地弹奏出来的轻快的旋律,即使是在那该死的停尸房里。布丽吉特非常确定,她哥哥根本没有机会抓住这段感情。

布丽吉特感觉下身一阵兴奋。她平趴了下来,既冰凉又黏糊糊的焦油纸触碰着她的脸颊。一根树枝"啪"的一声折断了,好像一声枪响。她抬起头,直到下巴与屋顶护墙一样高。波比·斯凯尔斯从一大块露出地面的花岗岩后面探出脑袋。一阵温暖的颤动迅速流遍布丽吉特的全身,她弯曲背脊,放松下身,拿出一本新的笔记本,然后开始观察波比。一个半小时后,波比离开了。布丽吉特潦草地写了五分钟,在读了一遍她写的东西之后,快速合上了笔记本,然后沿着房屋墙壁找了一个地方,在烟囱投下的影子里。她的手滑向牛仔裤,感觉着那里的湿黏,用了整整十分钟的时间。完事儿后,她拿起笔记本,把它和其他的笔记本放在一起——整整十二本,记录的时间跨越了四分之一个世纪。她的巨著整整齐齐地排成一列。她盯着它们看了一会儿,然后把保险箱藏在了几块松动的砖头下面。把它们全部留在那里是一件很愚蠢的事情,但是旧习难改,而且有时候根本不想改。她爬下屋

---

①位于美国波士顿,以会计和金融专业著称。

顶,绕着这街区走了起来。

空气中有着浓浓的泥土的味道。几棵参天大树的树干上长着结瘤,顶部是微微摇曳着的绿色树冠。大树俯瞰着她,就好像她也经常在屋顶上俯瞰着它们,能够感觉到它们的指指点点。布丽吉特不安地从树下走了出来,爬上一块波纹石灰岩,确定了一下自己目前的处境。她很清楚波比为什么要在印第安岩石公园附近转悠,但还是想亲眼看一看。前方地势较高的地方有一块林中空地,被一块巨石占据了大部分面积。巨石一头逐渐收窄,形成一个尖角。正面有一条缝隙,往上蔓延至顶端,形成一个裂口。刚才她看见他时,他就在这里——布丽吉特对此非常确定。她从岩石上爬了下来,开始往前穿行。周围潮湿的光线轻触着新发芽的嫩叶。布丽吉特加快了脚步。她从没见过这种树根,它们好像布满结瘤的灰色手指从地下突然钻了出来,织成一张网,抓住她的膝盖,把她拖入泥潭。

"该死。"布丽吉特在地上滚了一圈,然后坐了起来。波比正蹲坐在巨石的最顶端,平稳得像一个古老的图腾,双腿顶住下巴,双臂环抱着膝盖。布丽吉特感到一阵脸红,匆忙站了起来:"你吓死我了。"

"我们需要谈谈。"

"谈什么?"

"坐下。"

布丽吉特依然站着。波比的眼睛一直没有离开她:"我需要消失一段时间。"

"'消失'是什么意思?"

"就是消失的意思,一个月,或许更久。"

"你为什么告诉我?"

"我想让你在我不在的时候看管那些赌局。"

"我不会去收钱的,波比。"

"费恩会去的。你只需要确保钱在它们该在的地方。"

"我不是一直这么做的吗?"

波比没有点头说"是",也没有说"不是"。他一动不动。布丽吉特想知道,关于她和费恩的事情,波比到底知道多少。

"你害怕和我单独在一起吗?"

"我应该害怕吗?"

"没人知道我们在这里。"他笑了笑,好像一道骇人的闪电。

"你还需要别的什么吗?"

"帮我个忙。"

布丽吉特哼了一声:"又要出什么新花样?"她捡起一块锋利的石头,在两只手之间倒来倒去,掂着它的分量。

"我们之间发生的事情是一个错误,布丽吉特。"

"你认为我在想那些?别太自以为是了。"她把石头扔向一只松鼠,松鼠迅速跳上一棵树,石头差点击中它的侧身。

"你会帮我吗?"

"他割伤我的时候,是你出手帮了我们。"

"那是很久以前的事情了。"

"我只是想说,我为什么会帮你,没有别的意思。"

"好吧。"

"他们在调查什么?"

"柯蒂斯·乔丹的案子,还有另外两件。"

"另外?"

"两个女人。警察会找上门来,把我的房间搜个底朝天,还会去乔伊酒吧寻找线索。"

"他们会想办法找我们谈话。"

"那就跟他们谈谈，反正你什么都不知道。只是别让他们找到任何书面资料。"

"我很擅长藏东西。"

"你以为我不知道那个？"

布丽吉特感到一阵战栗，沉浸在一半欲望和一半恐惧之中。她活到现在，一直都是个观察者。难道事实并非如此？

"一两个月之后，事情就会得到解决。到时候我会回来的。如果我没回来，你可以做任何你想做的事情。"波比的声音越来越轻。

"你不会回来了。"

他转动着眼睛："为什么这么说？"

"我知道了农贸市场的事情。他们说有人正从普罗维登斯赶过来，也许已经到达这里了。"

"我会搞定这件事的。"

"别回家了。"

波比的手指抽搐了一下："我没打算回家。"

布丽吉特靠近了一点儿："我能帮你的，波比。我是指真正地帮你。"

"不，你不能。"

"能，我能的。而且这样做的好处是没有人会知道。"

波比微微地点了点头，好像听见远处传来一个轻柔圆润的声音："我们在说什么？"

布丽吉特离开后，波比站在原地，依然保持着完美的平衡。他仔细地凝视着钱普尼大街8号的屋檐,想知道所有布丽吉特·皮尔斯看到的和知道的到底是什么。他的身后传来一阵窸窸窣窣的声音。费恩走到了空地上。

"她在哪儿?"波比问道。

"在等公共汽车。"

"你有什么想法?"

费恩耸了耸肩:"她是狡猾的婊子。"他把身体往后靠在岩石的一块平面上,凸起的肚子把波士顿红袜队的蓝色摇粒绒衫绷得紧紧的。费恩在沉重的空气里喘着粗气,爬上树林的路程耗尽了他的体力。波比看着他衣服上的红色字母B随着他喘气上下起伏。

"你怎么了?"费恩问道。波比的凝视令他感觉很不自在。波比从他坐着的地方跳了下来,一边沿着空地的边缘行走,一边说:"你一直没拿到那个爱尔兰人欠我们的钱?"

"对不起,阿波,我没逮到机会。"

"警察怎么说?"

"他的肚子或者胸口或者别的什么地方被刺了几刀。他们在温西普学校的后面发现了他。"

"你说你在科里布和那些警察喝酒了?"

费恩用鞋尖刨着地:"是的,就喝了一点儿。"

"你今晚怎么不去了?"

"我为什么要去?"

"很好,那就回家去,早点睡觉。还有,离布丽吉特远一点儿。"

"布丽吉特?"

波比停下脚步:"你觉得她会不会在我们的赌局上捞油水?"

"布丽吉特？绝对不会。"

"我知道你在跟她上床，费恩。"

"是曾经上过床。"

"过来。"

费恩煞有介事地做了一个往前挪的动作，但实际上几乎没有移动。

"过来。"波比抓住他肩膀上厚实的肌肉。费恩皱着眉头，跪了下来："该死，这样很疼。"

"看着我。"

费恩抬头看着波比，发现有一把枪正在挠他的脸颊。

"我们认识多久了，阿波？"他睁大了眼睛，里面布满了破碎的红血丝。

"你就拿这个跟我谈条件？"波比的枪往下滑到了费恩的下巴，"含着它。"

费恩的嘴唇裹着枪口，等待着接下来要发生的事情。

"我知道你做了什么，费恩。"他的朋友想要开口说话，但波比举起了一根手指，"现在，我想知道你是不是值得信赖。"

费恩点了点头。

"你知道那是什么意思吗？"

费恩又点了点头。波比把枪口往费恩的嘴里塞，直到顶住他柔软的喉咙。费恩一直盯着波比的眼睛，坚定地奉上自己的生命——一件他期待波比能允许他继续保留的东西。就在这千钧一发之际，波比移走了枪，扶他的朋友站了起来："回家去，一直待在那里。之后如果有机会，我会去你那儿看看。"

费恩嘟嘟哝哝地道歉，发誓说自己今后会更忠心耿耿。波比心不在焉地听着，拍了拍费恩的背，拥抱了他一下，然后和他一起穿越树林，走在回家的路上。费恩好像在颤抖，但还没有厉害到波比希望的程度。最后费恩也许会赔上自己的性命，但是这太难说出口。一切又安静了下来，波比跟着费恩走出了树林。六分钟之后，他站在钱普尼大街 8 号的屋顶上，欣赏着风景，然后蹲了下来，拉开运动包的拉链，拿出一把黑柄镀镍 9 毫米手枪。接着，他又拿出那把他用来干掉柯蒂斯·乔丹的 38 口径手枪。他把两把手枪并排放下，看着它们。如果普罗维登斯已经派人来了，那波比就没有太多时间了，不过他也不需要太多时间，该发生的事情总会发生的。他再次把手伸进包里，拿出一个米色信封，里面装着厚厚的一摞照片。他像在发牌一样摆放着照片，先是罗茜·塔伦特和桑德拉·帕特森，然后还有两个——克里希·麦克纳布和谢默斯·斯莱特里。他们所有人，除了帕特森，都是住在布莱顿的人渣。他还差一张照片没有收集到，照片里的人还在呼吸着。但这种状况不会持续太久。波比沿着屋顶的边缘昂首阔步地走着，一圈又一圈。他在感到心满意足之后，便开始干活了。

第三十八章

一个胡子里还粘着食物的瘦得皮包骨头的警卫打开了关押凯文的牢房的门,并伸手示意凯文跟他走。之前,他们把凯文关在一个狭小的拘留室里,里面有一张桌子和两把椅子。那些米德尔萨克斯郡的警察没有给他录口供,也没有让他按手印,只是把他带到位于剑桥的监狱,投进了牢房。那是大约七小时之前的事情了。凯文听到外面传来金属钥匙转动发出的碰擦声。丽萨·米格诺走了进来,隔着桌子,在他的对面坐下。

"这里是不是超出了你的管辖范围?"凯文率先开口。

"这里的治安官欠我个人情。"

"你想不想告诉我,我为什么会在这里?或者,我们是不是该讨论一下我要提起的诉讼?"

"你不会提起任何诉讼,凯文。"

"为什么?"

丽萨若有所思地深深吸了口气,回答说:"是我把你藏在这里的,出于两个目的:第一,我不想让德马提奥把你抓起来进行审问,并在市中心游街示众;第二,我想让你知道,你的朋友即将因帕特森凶杀案而被捕。"

"你告诉他们在水库发生的事情了?"

"该死的,我没有。"

"那是为什么?"

"他们找到了斯凯尔斯和帕特森之间的关联,斯凯尔斯和柯蒂斯·乔丹之间也有关联。这把枪和罗茜·塔伦特案的凶器也吻合。"

"这些都只是推测。"

"你有没有听说过一个叫谢默斯·斯莱特里的爱尔兰人?"

"怎么了?"

"他昨晚被发现死在一所布莱顿的文法学校后面,胸部被刺了几刀。验尸官说死亡时间大约在晚上八点到九点。"

"那又怎么样?"

"斯凯尔斯和斯莱特里之间有一些过节,好像是斯莱特里欠了斯凯尔斯一些钱。"

"庄家通常不会杀了欠他们钱的人吧?"

"德马提奥觉得,他有理由认为你的朋友从事的不只有赌博生意。顺便说一下,你昨晚几点和斯凯尔斯碰头的?"

"大约十一点。"

"你知不知道他在那之前去了哪里?"

波比手上缠着绷带的画面掠过凯文的脑海。"不知道。"凯文说。

走廊上传来一些响声,是铁和铁相互碰擦的声音。一扇门打开又关上了,铰链发出嘎吱声。有人在远处骂骂咧咧的,然后是一阵哄笑。

"斯莱特里被杀的方式和其他遇害者一样吗?"

"脖子上没有勒痕,也没有枪伤。但是有一点,斯莱特里身上刀伤的深度和角度与帕特森还有塔伦特是完全一样的。"

"同一把刀？"

"我们认为是的。法医会给出关于伤口形成的详细报告。我们看不出这和塔伦特案有什么联系，但在斯莱特里和帕特森的案子里，刀尖似乎有一个几乎完全相同的缺口。一开始，我们认为刀尖可能是在其中一次袭击里被折断的。但是今天下午，我回来后查阅了法医的报告文件，没有找到我想找的。"

"你想找什么？"

"如果刀尖在其中一次袭击里被折断了，X光报告应该会提到这一点。它可能会发现一个微小的金属片，看上去是个字母'V'的形状。"丽萨举起两根分开大约四分之一英寸的手指。

"但是你什么都没找到？"

"我看了我们手上所有的X光报告，什么都没提到。"

"那说明了什么？"

"那说明目前对于你朋友作案的解释还不够完美，但也足以让我们采取下一步行动了。"

"你为什么要告诉我这些？"

"我利用了你，利用了你们的友谊。我为此感到抱歉。"

"你不必道歉。"

"这很公平。但你要告诉我如何才能帮你或帮你的朋友。"

"所以，这是一笔交易？"

"随便你怎么想。他会坐牢的，凯文。我只是不想把事情搞得那么复杂。"

凯文能够闻到她皮肤上的味道，依然很香，即使此刻她正坐在桌子对面，为他朋友的性命不停地讨价还价。

"波比需要一天的时间。"

"你知道他现在在哪里吗？"

凯文摇摇头。

"你能找到他吗？"

"我不知道。"

她举起一根手指："那就给他一天的时间。如果他跑了，他们会凭借乔丹的案子逮捕你，还会让你所有的朋友在媒体上看到你。你说的我都相信，但是我不想看到这种事情发生。"丽萨拿出比肯山公寓的钥匙，放在桌子上，"今天早上，我已经把我所有的东西都搬出来了。"

凯文凝视着钥匙。弯弯曲曲的钥匙提醒着他已经逝去的以及即将逝去的一切。他把钥匙塞进口袋里。丽萨疲惫地站了起来。

"来吧，让我把你带出去，在我老板找到这里之前。"

"我能看一眼你刚才提到的验尸报告吗？"

"那些报告帮不了什么忙。"

"我还是想看一眼。"

"我的车上有一份复印件。"

丽萨把车停在路上。她从后排座位上拿起一本用几根橡皮筋牢牢捆住的棕色活页夹，递给了凯文。凯文离开后，她一边用手指甲敲击着方向盘，一边想着她最后掷出的这枚骰子。她想知道把档案交给凯文是不是一个错误，甚至怀疑自己是不是受着别人的控制。该死的！丽萨就是丽萨。她望着后视镜里自己化了妆的眼睛，现在她已经明白了，案件的真相是如此清晰，又如此令人难以接受。可是此刻，她为什么很想打开车门，去排水沟边呕吐？她拿出手机，按下了布丽吉特·皮尔斯的电话号码。

第三十九章

书架上依然放满了海明威和斯坦贝克的书籍,厨房里到处都是锅碗瓢盆,墙上贴着红袜队的比赛日程。但波比已经不见了踪影,就像他自己希望的那样。凯文走到波比的书桌前,打开一个抽屉,里面都是一些普通的东西——钢笔、铅笔、橡皮筋和一些账单。当凯文打开另外几个抽屉时,几乎能听到他的朋友在咯咯地笑。他把手放到桌子下面,摸了摸底部和侧面,想找找有没有什么东西被贴在那里,最后确认什么也没有。他把厨房里的抽屉和波比唯一的衣橱都翻了一遍,然后又回到书架那里,把书一本本拿出来并摇一摇。最后,他敲开塞在床下的手提箱,趴在地上,使劲地拽着一块松动的木地板条,这时,一把枪的枪口紧紧地贴上了他的耳朵。

"他过去藏了一些东西在这里,但现在东西已经不在了。站起来。"

凯文站了起来。有人在他背后猛推了一下,他跌跌撞撞地走到房间的另一边。

"我在柜子里找到一块破布和半瓶漂白剂。坐下。"

凯文在厨房里的一张桌子旁坐下。拿着枪的男人走到窗边,拉下窗帘。丹尼·德维托①——这人长得和他很像,只是一对眉毛不像丹尼在电视剧《出租车》里的眉毛那么疯狂,但这人有一双疯狂的眼睛——琥珀般的眼珠,里面流动着一丝丝电流和一点点世界末日的感觉。

"你觉得你朋友……他是你朋友,对吧?"

凯文点点头。

"你觉得你朋友为什么会有半瓶漂白剂?"

"我不知道。"

这个人利索地靠在窗框上,把手枪绕在手腕上,好像这把枪是他一只手的延伸部分:"如果我不想让别人知道我来过这里,我会用漂白剂把这里彻底清洗一遍。但这本来就是你朋友自己的公寓,所以应该还有别的原因。"

"什么原因呢?"

"他在这里杀了人。"

"我不信。"

"你想喝点咖啡吗?咖啡是他没带走的一样东西。"

"不了,谢谢。"

这个人把枪塞进腰里,开始四处翻找。他一边吹着爵士乐的口哨,一边找到了滤纸,取了适量的咖啡,在波比的咖啡机里加了水,接着站在书架前,拿出一张唱片——巴赫的《B小调弥撒曲》。

"这是他写过的最好的音乐。"凯文说。

这个人正在读封底,抬起头来:"你朋友告诉你的?"

"是他说的。"

"嗯,好,他说的对。不过应该是谱曲,而不是写曲。巴赫

---

① 指 Danny DeVito(1944—),美国喜剧演员、导演。

谱曲。"

"我想他就是这么说的。"

这个人咕哝着把唱片放回原处。他似乎并不担心凯文会猛冲向大门口。咖啡准备好了,他往一个有缺口的马克杯里给自己倒了一杯,然后在桌子旁坐了下来:"还不赖,你想来一些吗?"

凯文摇摇头。

"随便你吧。你在这里找什么?"

"明天警察会来搜查这个地方,我想看看会不会有些什么东西……"

"该死的警察!我喜欢这咖啡。"这个人飞快地笑了笑,露出洁白厚实的牙齿,"他们想在斯凯尔斯身上查出点什么?"这是他第一次提到波比的名字,那声音好像一把锤子敲打着石头。

"他们认为他杀了人。"

"杀了人?"

"是的。"

"这说明我的漂白剂理论还不算太荒唐。"

"波比没有杀人。"

"你叫什么名字?"

"凯文。"

"凯文,刚才你对我撒了第一个谎。如果你再撒一个谎,我会往你的膝盖上开一枪。你撒第三个谎,我会给你的脑袋来一枪。然后我会用塑料布把你裹起来,放在我的汽车后备箱里。你想跟我一起去窗边看看我的车吗?"

"不。"

"我的车有一个很大的后备箱。"

"我相信你。"

"所以，现在我们已经明白彼此的想法了？"这个人仔细看着凯文，好像一个屠夫正在研究一块切下来的肉。

"是的。"

"告诉我实话，否则我就要动手了。也许我会找到你朋友，也许不会。说实在的，这对我来说没什么区别。"

凯文相信这个人说的话，他感到放松了一些，虽然他并不知道这是为什么。

"我正在找一把枪，38口径，也许还有一把刀。"

这个人点点头："我叫'棒棒糖'。不要问我为什么。"

"我没打算问。"

"很好。我已经搜查过这个地方了，没有枪。厨房里倒是有几把刀，你想看的话尽管去看。"

"我已经看过了。"

"为什么你的朋友会留一把枪或一把刀在这里？"

"其实他不会。"

"只是找一找会让你心里舒服一些。"

凯文轻轻地耸了耸肩："我猜也是。"

"也许你还在找别的什么东西？"

"我是一个调查记者，挖掘内幕是我经常做的事情。"

"你为谁工作？"

"《环球报》。"

"警察对你也感兴趣？"

"也许吧，但这不重要。"

"这当然重要。""棒棒糖"又喝了一小口咖啡，等着凯文讲他的故事，不知为何他知道凯文会给他讲这个故事。

"小时候，波比救过我的命。"

"怎么救的？"

"他杀了一个人。"

"所以现在，你想还他人情？"

"你不明白。"

"那就给我讲讲。"

"那年我十五岁，有个人杀害了我的外婆，切开了她的身体，把她扔在公寓的地板上。我跟踪了那个人，而波比跟了上来。"

"他最后杀了那个人？"

"是我推倒了第一块多米诺骨牌，我不该这么做的。"

"潮汐变化，生命轮转。你朋友只是变成了他会变成的样子。莎士比亚已经写过了这出该死的戏剧。""棒棒糖"从腰里轻轻拿出枪，把它平放在桌子上，"我今年六十三岁，干掉过大约两百个人，大部分是为了钱。我来这里是为了干掉你的朋友。只要我找到他，我就会这么做的。你知道我为什么要干掉他吗？"

"因为有人付钱给你。"

"其实无所谓你怎么想，也无所谓你怎么选，或者你认为你自己会怎么选。多米诺骨牌自己会倒下。人们活着，人们死去。我们都会怨恨，即使那些一声不吭的人。现在，你走吧，别再回来了。否则，我会把你扔到我的后备箱里。"

"棒棒糖"站起身来，打开大门。凯文还想说些什么，但他的双脚不由自主地走到了走廊上，然后走下了楼梯。他麻木地穿过大街，轻轻地坐上驾驶座。副驾驶座的门打开了，吉米丽·哈珀钻了进来，坐在他的身旁。她指着正前方："开车。"

"棒棒糖"在楼上的窗边观察着汽车前排的两个身影。他没能看清楚是谁坐进了汽车里，但他希望那是一个女人。他希望他们在讨论搭乘一班飞机离开，去一个温暖的地方，在黄昏里的游泳池边喝酒，睡个懒觉后起来吃早餐，接着是悠长的午餐，以及在沙滩上的漫步。他希望他们能去享受这一切，但在那个记者的脸上，他读到了一些不一样的东西，一些"棒棒糖"再了解不过的东西。

刹车灯闪了闪，沃尔沃汽车小心翼翼地驶离了街边。"棒棒糖"记下了车牌号码，然后放下窗帘。那个戴着洋基队棒球帽的小孩的尸体裹着塑料布，被放在浴缸里。"棒棒糖"需要等到夜幕降临之后才离开。这个职业杀手解开外套的纽扣，又一次在桌子旁坐下，小口地喝着咖啡，享受着眼前的安静与平和。

第四十章

吉米丽走过费德里斯，好像那里是她家的后院。她沿着蜿蜒的小路走进凯文两天前去过的那幢石砖砌成的大楼。他们穿过空荡荡的大堂，走上两段楼梯。一边走路，凯文一边计算步数。

"我们要去哪里？"

她在一间公寓前停下脚步，打开大门。房间里有一扇窗，窗下有一张桌子和两把椅子。凯文走了进去，感觉四周的墙壁往外呼着湿气。他用手掌蹭了蹭前额，回想起鲜血曾经在这里汇聚，浸润了油毡地板，填满了地板上深色的缝隙。

"坐下。"吉米丽关上门，自己坐了下来——从窗外洒进来的最后一抹阳光勾勒出她干净强健的身体轮廓。凯文在她对面也坐了下来。

"我们可以在电力大道见面的。"

她摇了摇头："这里更好。柯蒂斯是在这间公寓里被杀的。"

"你认识柯蒂斯·乔丹？"

"他是我的叔叔。"

他琢磨着她的脸，她有一双比实际年龄苍老的眼睛，微笑的时候皮肤好像磨破的皮革。

"你想听我讲讲吗？"

凯文点了点头。

"那是在1975年的秋天,我当时十四岁,住在走廊的另一头。我的妈妈外出做事去了。"

"你不是在开玩笑吧。"

"警察问我话,我说什么都没看到,但那不是真的。我先听到一声很响的枪声,接着又有一两声。如果你住在费德里斯,你会很习惯听到枪声。"

"那你怎么办?"

"平时怎么办就怎么办。远离那些门和窗户,躲在床底下。当时,外面传来一阵跑动的声音,之后就安静了下来。几分钟后,我走到门边,探出脑袋。那时,我看见一个瘦削的白人男孩从柯蒂斯的公寓里走了出来,年纪和我差不多大,眼睛又大又圆,好像晚餐盘子。"

凯文研究着她说话时嘴边的弧线、高高隆起的颧骨和微微上翘的鼻子。他心里想象着她小时候的模样,梳着几个小辫子,上面扎着几个白色和粉红色的蝴蝶结。他自己就在那里,站在走廊上,与十四岁的吉米丽·哈珀面对面。

"你什么时候认出我的?"

"你第一次出现在我家门口说你想要调查詹姆斯的案子时,我就已经认出你了。凯文,你有一双漂亮的眼睛,亲切、温和。女人们都会记住这双眼睛。"

"真的?"

"真的,我知道你就是那天我看到的那个白人男孩。"

"你不介意吗?"

"你想帮助詹姆斯。对我来说,这就够了。再说,我看见你从公寓出来时,手上并没有枪,所以我知道你没有对柯蒂斯开枪。"

"你听说前几天被杀害的那个警察的事情了吗？一个黑人女警察。"

"我在电视上看到了。"

"那桩凶杀案里使用的枪和杀死你叔叔的是同一把。"

她的脸上毫不掩饰地划过一个表情："在这个地方，枪被到处传来传去，这不能说明什么。"

"如果你为柯蒂斯的案子录过口供，你或许又会被警察询问了。"

"你担心我会跟他们讲话，并告诉他们我当年看见过你？"

"我可没这么说。"

"柯蒂斯叔叔曾经雇过一个家伙，专门负责看管现金。他在这个房间里，就在这个地方，装了一块熨烫板。这个该死的家伙整天熨烫那些二十美元的钞票，然后再由我们把钞票叠在一起包好，成为装在杂货店塑料袋里的一捆捆用橡皮筋扎着的二十美元钞票。"吉米丽站了起来，从凯文身后走到柯蒂斯·乔丹胸口吃了两颗子弹时坐着的地方，"柯蒂斯把塑料袋就藏在这里。"吉米丽指了指头顶的天花板，"我每次上来，他都会给我二十美元，但那不是他藏在天花板里的钱。"

"他想让你别说出去？"

她转了回来，又在椅子上坐下。

"发生了什么，吉米丽？"

"你知道，詹姆斯很喜欢你。"

"发生了什么？"

"我操纵着这里的一切，所有毒品的进进出出。我之前是詹姆斯，再之前是柯蒂斯。"

"我不相信你说的话。"

"罗茜曾经为詹姆斯做事。贫民区里的每个人都曾经为詹姆斯做事。而现在,他们为我做事。"

"电力大道是怎么一回事?"

"低调的生活能帮我避开雷达的监测。"

"所以你的孩子们不知道你在做什么。"

她身体前倾,小巧坚毅的双手放在小巧坚毅的膝盖上:"他们将拥有一种人生,凯文,一种真正的人生。如果你不喜欢,那就去你的。现在你该走了,别再回来了。"

"一个警察被杀害了,吉米丽,会有其他人来问你更多的问题,更棘手的问题。"

"当时你在那里。如果有人知道谁是杀死柯蒂斯的凶手,那个人就是你。"

"你就是为了这个才带我来这里的?为了警告我跑远点?"

"我派了一个小孩去看着你。"

"他没找到我。"

她锋利细小的牙齿咬着嘴唇,拳头一会儿握紧,一会儿放开。

"你想说什么就说吧,吉米丽。"

"我知道你外婆的事情。我知道柯蒂斯抢了她的钱,我也知道他杀害了她。"

"街区里的每个人都知道。"

"我叔叔从一个白人小孩那里得到了你外婆的信息。那个小孩比我大一些,当时极其渴望能得到一袋毒品。他告诉柯蒂斯你外婆藏钱的地方、工作的时间以及其他相关的一切。他告诉柯蒂斯的时候,我就在这里,就在这个公寓里。"

"你知道他的名字吗?"

她摇了摇头:"让我把话讲完。杀了警察的那些人把毒品卖到了郊区,引起了很多麻烦,很多人都被干掉了。你大概已经知道整件事情了吧?"

凯文点了点头。

"在背后操纵这件事情的人过着低调的生活。他们之所以这么做,是因为他们和我一样聪明。"

"所以你不知道他们是谁?"

"我不知道,但我知道他们接下来要干掉谁。昨天,我看见了他的照片。虽然过去了很多年,但我还是一下子就认出了他的脸。"

窗外,太阳已经落山了,凯文只能辨认出一个苍白的月亮沐浴在天空中的一片粉红色泡沫里。他从口袋里拿出一张照片,这是一张他和波比、费恩在芬威体育场的露天看台上拍的照片。吉米丽没有碰照片,但仔细地看了看。

"你是个聪明的家伙,凯文。"

"有多聪明?"

"我会告诉你这些,是因为遇害的是你的外婆,是因为你有资格知道一切。"她的一个手指轻轻点了点照片,"就是他。就是他告诉柯蒂斯你外婆藏钱的地方,就是他自己马上也要被干掉了,真的,会非常快。"

凯文把照片举在第一抹夜色中,凝视着费恩微笑着的脸。

第四十一章

凯文开车回到自己的公寓。他坐在客厅里，思考着费恩的事情，费恩该不该去死以及自己是否长期怀有一种杀戮的欲望。到了午夜前后，他想起了那把金柄左轮手枪。那是他从一个名叫巴利·菲茨帕特里克的波士顿警探那里得到的。一天夜里，凯文在位于多彻斯特的一个名叫"爱尔兰"的酒吧里喝酒，这时菲茨帕特里克走了进来，在他身边坐下。他身材瘦削，喉结很大，灰白的胡碴儿盖住他布满麻子的脸颊。他开口说话时低着头，声音很轻。凯文坐在吧椅上，发现自己即使前倾着身子，也只能断断续续地听见他说的话。菲茨帕特里克想谈论凯文写的一篇关于一个年轻的女侦探在执勤中被枪杀的专题文章。那个女侦探曾经是菲茨帕特里克的搭档，他疲惫的双眼里承载着她的死亡。每次提起她的名字，他脸上都会闪过一抹沧桑的微笑。在那次喝酒之后，过了六个月，菲茨帕特里克把他的警枪塞进自己的嘴里，扣动了扳机。不过在那天晚上，他们只是交谈，还有狂饮。一杯变成了三杯，三杯变成了五杯，再加一轮烈酒。时间过得飞快，酒吧要关门了。凯文感觉自己醉了，决定叫一辆出租车回家。菲茨帕特里克跟没事儿人似的，坚持要开车带凯文一程。他把车停在剑桥大街上的一个消防栓前面。凯文还没来得及下车，警探伸过手，从手套箱里拿出一把金柄手枪。他说这枪用一次就得扔掉,没有登记过,它是那么冰冷,是一件需要放在公寓里以防万一的东西。

凯文在卧室衣橱的架子上找到了那把用毛巾包起来的手枪。他把枪拿回客厅,放在咖啡桌上,喝了一罐啤酒,接着又喝了一罐,然后洗了个热水澡,把枪放在床头,睡了三个小时。他在三点半的时候醒来,出门沿着河岸行驶,摇下车窗,让寒风吹过他的头皮。方向盘在他的手里滑动着,汽车知道接下来要做什么,知道需要去哪里。凯文把车轻轻地停在路边,关掉引擎,然后给阿茉·史丹利打了个电话。

"现在几点了?"

"四点三十……五。"

"早上吗?去你的,凯文。"

"你有笔吗?"

"什么?"

"拿一支笔过来。"

他听见她在四处找笔,然后回到了电话那里。

"你想干什么?"

"记下这个名字——柯蒂斯·乔丹,乔……丹……"

"记下了,他是谁?"

"他是一个毒贩,住在费德里斯路,1975年被人开枪打死了。"

"然后呢?"

"他和帕特森案有关,和塔伦特案也有关。我把我知道的都已经写下来了,但还有更多我不知道的。"

"你为什么要这么做?"

"我只是想把它白纸黑字写下来。我给你在新闻室的邮箱里发一份复印件。在这件事情上,别相信任何人,尤其是地区检察官办公室的人。"

"你女朋友就在地区检察官办公室工作。"

"别给任何人看我写的东西。"

"你现在在哪里,小凯?"

"在我的车里,我的公寓大楼前面。"他透过防风玻璃望着费恩住的大楼。这大楼建在一个丑陋的角落里,距离布莱顿市中心半个街区。

"你睡觉了吗?"

"睡了几个小时。"

"发生了什么?我为什么要关心柯蒂斯·乔丹的案子?"

"先读一读我写的东西,然后我们再讨论。"

"我们现在就讨论。"

"稍后讨论,阿茉。"

"你有点儿吓着我了。"

"回到床上睡觉吧,我会打电话给你的。"

他挂断了电话,关掉手机。一只鸟飞上一根电线。一只老鼠从一个垃圾箱后面跳了出来,窜出小巷。凯文第三次检查了一下金柄手枪,确保它已经装上了子弹。他想起那天在塔尔公园遇到费恩。费恩摸着他的肩膀,对他外婆的遇害表示吊唁。凯文把枪塞在口袋里,伸手去抓大门把手。

费恩公寓大楼里的大堂闻起来很像费德里斯,似乎没错。凯文走上一段楼梯,轻轻地敲了敲2B公寓的大门。大门打开时,凯文手臂上的汗毛都竖了起来,他拿出了枪。

"费恩，嘿，你在吗？"凯文的声音被四周平坦的墙壁反弹回来，发出隆隆的声音，在他的耳朵里回响。他穿过客厅，注意到一个相框里放着波比·奥尔[①]在赢得杯赛冠军时一跃而起的照片。旁边是一张费恩和路易斯·提安特一起站在芬威体育场外的照片，照片里的两人嘴里都衔着一支烟。一张咖啡桌上扔着一些空啤酒瓶，旁边有一个装着冰块的冷藏箱，冰块已经融化了一半，里面浸着两瓶没有打开的啤酒。凯文在厨房里的一个吧椅上坐下，凝视着自己放在料理台上的手枪，倾听着自己的血液正在凝结，想着那把顶在一个死人额头上的22口径手枪。手枪发出"砰"的一声，轻得几乎没有在一个人生命的走廊上形成声音的余波。他把金柄手枪塞回口袋里，穿过走廊，来到费恩的卧室。费恩的床单乱作一堆，一个蓝色的避孕套包装袋被揉成一团扔在地上。房间里其余的地方被窗帘蒙上了阴影。凯文正要转身离开时，听见一声轻轻的碰撞。他走到房间唯一的窗户边，窗户通往一个逃生梯，梯子下面是一条砖墙砌成的巷子。费恩还没有离开小镇，至少从传统意义上来说是这样的。他正在逃生梯上，脖子上吊着一根绳子，空洞的眼神透过一片黑色的铁丝网永恒地盯着远方。外面传来一阵警笛的呼啸声，一辆警车驶入巷子，封锁了出口。费恩没有穿鞋子，凯文朝着他的双脚看了最后一眼，脚上慢慢地转动着警灯发出的粉红色和蓝色的光芒。然后凯文转身跑出了公寓。

[①]指 Bobby Orr（1948— ），加拿大著名冰球运动员，被誉为史上最伟大的冰球运动员之一。

第四十二章

今天是她的十岁生日。没人给她买蛋糕,也没人送她贺卡——这正是她所希望的。布丽吉特坐在自己的卧室里,听着从浴室传来的泼洒肥皂水的声音以及像欢快的泡沫似的在她周围飘浮和破灭的笑声。等到吵闹声变轻了之后,她懒洋洋地穿过走廊,在浴室门口站住。七岁的科琳正坐在浴缸里,咯咯地笑着,一点儿也不在意自己正光着身子。一阵微风从敞开着的门外吹了进来,在奶绿色的洗澡水面上拂起波纹,并带来一阵烟味。母亲正在外面的后门廊上偷偷地抽着一支午后的烟。布丽吉特走进浴室,关上门,在浴缸旁跪下。科琳伸手去抓刚刚漂出她一臂之外的橡皮船。布丽吉特把船推回给她。科琳把船按到水底下,看到它又浮出水面时,她笑了。布丽吉特抚弄着妹妹的一绺头发,然后几根手指滑到她的脖子后面,用力把她按到了水下,直到她的额头碰到浴缸底部。起先,科琳以为这是一种游戏——傻乎乎的科琳。在意识到这不是游戏之后,她开始反抗,在浴缸底部扭动着身子。布丽吉特的手上都是肥皂水,所以没能牢牢抓住科琳,让她滑脱了。科琳发出一声充满肥皂泡沫的尖叫。走廊上传来沉重的脚步声，她们的母亲来了。她站在浴室门口，瞪着正坐在坐便器上的布丽吉特，此时科琳正在号啕大哭。也许她不敢问，也许她只是感到耻辱。"感到耻辱"一直都是她母亲的强项。不管怎样，她什么也没说，什么也没做。直到有一天，他们决定给布丽吉特一个教训。

布丽吉特用一把梳子使劲地梳着头，梳齿直直地刮过她的头皮，她看着镜子里的自己。卧室里炎热难忍。她走到窗边，把窗打开一条缝。新鲜的空气扑在她的脸上，她轻轻地吸着。衣橱门后挂着一面全身镜。布丽吉特把衣服一件件地脱掉，最后赤身裸体地站在镜子前。一条凹凸不平的疤痕爬过她的背脊，形成一条粗粗的对角线。她对着镜子扭动着身体，视线随着疤痕移动。十岁那年的冬天，他们用一壶热咖啡烫伤了她。她记得那壶滚烫的黑色的咖啡。当时痛苦像瀑布一样袭来，把她打倒在地。她蜷缩成一团，只在脑子里尖叫着，没有发出一点儿声音，以免引来众人的非议。母亲把睡衣从她的背上剥下来，带着一些血肉。父亲赫然出现在背景画面里，眼睛里含着泪水，一直盯着她看，直到她也看着他时才转身走开。有人找来一块软黄油，用来擦拭她已经被烫出水泡的后背。布丽吉特只是躺在那儿，渐渐失去了生气，好像在老女人的子宫里慢慢腐烂的死胎一样。她是故意这么做的，她的母亲——布丽吉特确信这一点。而她的父亲，他来这里就是为了感受痛苦，哪怕任何一点点的痛苦也能让他感到满足。他想要肉体和四肢的痛苦，即使那是他自己的孩子——布丽吉特知道这一点。她父亲的脑袋里有一个二十四小时广播的电台，而她的脑袋已经和他调到了同一频率上，所以她当然知道他的想法,甚至能理解他的想法。

布丽吉特从衣架上拿下一件波比在法林百货店买的真丝衬衫。这件衬衫配上一条黑色亚麻裤子和一双平底鞋。衣橱的架子上有一本旧版的《格雷解剖学》,书里的示意图被铅笔的划线和小孩子的涂鸦覆盖着。布丽吉特摸了摸几张折了角的书页,然后合上书,把它藏在了衣橱的最里面。她又一次在穿衣镜前坐下,用手盘起头发,举起一副泪珠状的耳环,左右转动着,观察它们在光线下的变化。现在是她的时代了,是她和波比的时代了。他们会住在这里——钱普尼大街上的房屋里。下面的两层楼自己住,最上面的一层租给别人。或许,他们会把整个地方都留给自己。波比不得不消失一阵子,不知道会不会很久。事实上,任何事情都可以安排。归根结底,人需要的只是一个计划和执行它的欲望。布丽吉特戴上耳环,站了起来,对着镜子最后一次拍了拍自己的衣服,然后离开她令人窒息的房间,匆匆走出公寓,往上爬了三段楼梯,去屋顶赴约。

第四十三章

凯文跨过费恩的公寓大楼后方的一个围栏。他感觉自己被警察包围了，知道自己必须不停地奔跑。在跨过三个围栏、穿过两个巷子之后，他来到了斯巴霍克大街上。几个在校女生冷冷地看了他一眼，那眼神告诉他，他不属于这个街区，而她们知道这一点。凯文继续走着，直到绕回他的汽车旁。他轻轻地坐上驾驶座，从后视镜里看到一个警察正在费恩的公寓大楼门口指挥清晨的交通。一辆黑色的轿车撞向路沿，冲上人行道。弗兰克·德马提奥从驾驶座上跳下汽车。丽萨也轻轻地从副驾驶座上走了下来。她在额头上架了一副墨镜。开始巡视街区时，她放下墨镜，遮住眼睛。凯文开车进入车流。在后视镜里，他看到丽萨走上台阶，进入大楼，消失在视野里。

丽萨跟着德马提奥走上楼，然后退到一旁，看着德马提奥指挥周围的人做事。她的老板让她跟着来现场时，她感到非常惊讶。也许，这是一个临别礼物；也许，他想在事情的发展偏离轨道时，拉她一起收拾残局。在整个调查过程中，费恩·麦克德莫特始终是一个次要角色，但现在他站在了最突出的位置上——他可能杀了自己，也杀了别人。德马提奥走进公寓的卧室，几分钟后，他又走了出来，做手势示意丽萨到走廊那里去。他们在楼梯井附近找了一个安静的地方说话。

"他们刚切断了绳子，把他放了下来。"德马提奥说。他看上去很紧张。丽萨的直觉认为，此刻自己说得越少越好。

"然后呢？"

"谁知道呢。也许是自杀，也许是被下了麻药后吊在那里，也许在脖子被套上绳子之前就已经死了。毒理学的专家会帮助我们弄清楚这一切的。"

"他们已经推测出死亡时间了吗？"

"六到八个小时之前。我找到一个住在楼下的女人，她说她昨晚看见一个男人离开这间公寓。我们打算给她看一下斯凯尔斯的照片。"

"你想让我来处理这个案子吗？"

"我自己会处理的。你待在这里，盯着周围的状况。该死的媒体还没有把这些案子联系在一起，但这只是时间问题。"

德马提奥一边打着电话，一边走下楼梯，消失在视野里。丽萨回到公寓门口，往里面看。她数了数，有三个穿着制服的警察、几个便衣警探、跑进跑出负责验尸的工作人员，以及一个法医团队。每个人都在做自己的工作，没有人多看她一眼。丽萨又一次拨打了凯文的电话，这是今天早晨的第三次，电话依旧转入了语音信箱。丽萨把手机放回口袋，思考着隔壁房间里那个死去的男人。一个名叫弗洛伊德·麦金农的年轻黑人警探大喊着她的名字，从浴室里走了出来，手里拿着一把扳机上装着护圈的38口径左轮手枪。麦金农告诉她说，手枪被藏在浴缸下方，那里还有些别的东西。丽萨瞄了一眼手枪，注意到枪柄上裹着灰色的胶带。她心里猛地一沉，命令麦金农把枪包起来，然后走进浴室。

一个警探正在研究几块松动的地板。丽萨拿出手电筒，在地板上的洞穴旁边跪了下来。

"我们找到了什么？"

伏在洞穴上方的警探名叫比利·尼隆。丽萨以前和他一起工作过，知道他喜欢花时间研究凶案现场。通常情况下，丽萨对此没什么意见，但今天早晨是个例外。

"你动手之前，让我再拍几张照片。"尼隆说道。

"你已经拍了几张了？"

"大约五六张。"

"再给你两分钟。"

丽萨看着尼隆又抓拍了几张照片。塞在洞穴最底部的是一个黑色的耐克背包。尼隆拍完照后，丽萨伸出戴着手套的手，把背包拉了出来，又往洞穴里看了一眼，确认里面没剩下别的东西。她在客厅里打开了背包。尼隆围绕着桌子，对着她拍照。另一个警探在拍录像，第三个在做笔记。丽萨先在背包里找到了一件棕色和金色相拼的波士顿大学运动衫，衣服正面有几抹血迹，侧面有两道残忍的砍刀痕迹。运动衫下面有一条粉蓝色的女式围巾、一顶冬天的帽子和一部手机。在背包的最下面，她找到了一个皮制的小零钱包，里面有桑德拉·帕特森、罗茜·塔伦特和克里斯汀·弗兰纳里的驾照。丽萨再次拿出手机，按下了她老板的电话号码。

第四十四章

老派店面招牌上的霓虹灯已经熄灭了,只剩灯管组成的字母,像一个现代的忒瑞西阿斯①,眼睛什么都看不见,却瞪着北比肯山与市场大街相交的十字路口。凯文把车停在第二个字母"D"正下方的空位上。丽萨给他的验尸报告依然在汽车的后排座位上。凯文抓起报告,埋头走进唐恩都乐餐厅,在一张桌子旁坐下。从这里可以清晰地看到餐厅大门,而且离紧急出口很近。门外有一辆警车闪着警灯呼啸而过,接着又有一辆。一个女招待大声问:"耶稣基督,到底发生了什么事?"然后信步走到窗户边,想看个明白。凯文搅拌着咖啡里的糖,看着费恩的脸在那里面旋转。费恩死了,他为此有点儿高兴——这种高兴令他感到害怕,但它确实存在,他不能继续无视它了。他拿出手机,打电话给丽萨。

"凯文,我一直在打你电话。"
"你听我说。"
"说吧。"
"电话有录音吗?"
"我说过了,这件事我错了。"

---

①希腊神话中的盲人预言家。

"电话有录音吗?"

"没有。"

他不相信她,但这其实也无关紧要。

"我刚离开费恩·麦克德莫特的公寓。"

"别挂断。"电话里一阵停顿,然后,她回到电话上,"你在哪里?"

"这个不重要。我看见你和德马提奥停下了车。那是自杀吗?"

"我们还不知道。你为什么去那里?"

"我发现费恩和柯蒂斯·乔丹的案子有关。我想跟他谈谈。"

"我们在他的公寓里找到了杀害乔丹的手枪,至少我们认为是这把枪。我还在那里找到了一些罗茜·塔伦特和桑德拉的私人物品。我刚和德马提奥通了电话。"

"所以,已经结案了?"

"我们还不确定这一切意味着什么。如果你去过那个公寓,你需要来这里录一个口供,在他们找到你曾经去过那里的证据之前。"

"费恩还不能说明问题吗?"

"也许能。"又一个轻微的、深思熟虑的停顿,"你知道波比·斯凯尔斯在哪里吗?"

"不知道。"

"好吧。告诉我你在哪里,我会派人去接你,然后我们一起把整件事情仔细研究一遍。"

凯文感到胃里一阵抽搐。唐恩都乐餐厅四面的墙壁似乎都向他逼近了两英寸。

"我们现在就来仔细研究一下。"

"我不能那样做。"

"那我想我还是保持在原地不动吧。"

"你现在的处境很危险,凯文,所以我不想和你在电话上讨论这些事情。"

凯文在心里挑出"危险"这个词,转动着它,观察它如何吸收和反射光线。

"凯文,你还在吗?"

"也许你应该试着解释一下,然后我们就能明白事情会如何发展。"

"这是一个诬陷麦克德莫特的好机会。"

"所以你认为他是被谋杀的?"

"我们有一个目击证人,她说她昨晚看见斯凯尔斯从麦克德莫特的公寓离开。"

"然后你觉得我和这件事情有关?"

"这件事情很复杂,凯文。你为什么不过来和我谈谈呢,就你和我?"

凯文挂掉电话,坐回到椅子上。手机响了。他把手机关掉。他们要来抓他了。他们想抓波比,但凑合着先抓他。丽萨指挥着这次进攻,凯文想知道她能否定位他的手机。为什么不能呢?他的视线落在了丽萨给他的那些文件上,它们正堆在桌子上,靠近他的咖啡杯的地方。作为记者,他很想读一些什么,想要手指触摸纸和墨水的感觉。文字散落在页面上,华丽的长句,治疗心碎的良药。他解开橡皮筋,打开活页夹,首先看到的是一份谢默斯·斯莱特里的验尸总结报告。凯文跳到了描述致命伤的部分:

斜向刀伤,左胸第五和第六根肋骨之间,长度约半英寸。下端刀口呈方形,长度约三十二分之一英寸;上端刀口逐渐收窄。伤口切入左胸膜腔,深度约三至四英寸。伤口路径不平整,或说明凶器尖端在行凶过程中受损。但 X 光片未显示任何碎片。

凯文把报告放到一边。他们想起诉他什么呢?丽萨极其聪明,她已经想到了什么,但那并不重要。在他们还没有抓住波比之前,他一个字也不会说。如果波比被逮捕了,最后被判了刑,凯文会提供一份口供,详细地说明自己在柯蒂斯·乔丹的凶杀案里扮演了怎样的角色。他知道这会是他职业生涯的终点,也会是他人生的终点,而且这不会给波比带来任何该死的帮助,但依然能让凯文心里感到舒服很多。他又喝了一小口咖啡,然后打开第二份档案。档案里盯着他看的是一张他外婆的照片。照片里的外婆在她公寓的走廊上瘫作一团,他孩提时代的夕阳在她的周围洒下经过精雕细琢的完美光线。他飞快地合上档案,凝视着窗外。一辆公交车载着少数几个上早班的人行驶在大街上,发出"突突"的声音。又有一辆警车呼啸而过。凯文已经不想再看档案了,但是他发现自己又打开了它。和现场的尸体照片夹在一起的是一份外婆的验尸报告——一大堆文字和数据号称能把她的特质进行分类,结果却不幸地失败了。报告的下面有一个脏兮兮的灰色文件袋,上面盖着 20 世纪 70 年代的"圣伊丽莎白医院"的红色大写字母图章。在文件袋里面,凯文找到一张单独的 X 光片。那是在二十六年前拍摄的,上面印着他妹妹的名字。凯文记得在外婆去世后的第二天早上,布丽吉特从医院回到家。她身体的一侧裹着白色的绑带,猫一样的眼睛凝视着前窗外,此时母亲正在她身旁哭得昏天黑地。凯文把 X 光片举在灯光下,研究着他妹妹十二岁时的肋骨：它们整齐地排列着，好像肉铺里的春天刚出生的小羊的骨架。在第五和第六根肋骨之间，凯文看见了一样似曾相识的东西。他突然明白自己看见了什么——一个极小的白色碎片，就好像一个倒置的"V"。真相渐渐浮出了水面。

第四十五章

梯子的榫头已经膨胀和开裂了,灰色的木头在新英格兰的气候里待了四十年后也几乎褪成了白色。科琳伸手够到一根梯子的横档。她抬头看着一块方形的浅色天空,天空也回看着她。慢慢地,她开始往上爬。

她的姐姐已经在那里了,在几棵大树投下的深深浅浅的阴影里。大树一直延伸到房屋的另一端,在屋顶上方探出树冠。光线透过树叶间的缝隙,在下方的小巷里闪烁。

"布丽吉特?"

布丽吉特穿着灰色开襟毛衣和黑色裤子,戴着黑色皮手套,耳朵上还有一副亮闪闪的耳环。

"你看起来很漂亮。"科琳说,但和她保持着一段距离。她以前去过动物园,知道在狮笼前的注意事项。布丽吉特从她坐着的地方站起来,朝着科琳走近了一些。

"我们为什么不在屋里见面?"科琳问。

她姐姐抿了抿嘴唇:"在这里见面不好吗?"

"对不起。"科琳的脑子没来得及思考,道歉的话就已经从她嘴里跌跌撞撞地跑了出来,她并不想阻止。

布丽吉特伸手指了指围着屋顶边缘的矮墙,说:"我们去那里坐一会儿。"

"我在这里就很好,谢谢。"

"我很清楚在皇家旅馆里发生的事。"

科琳感觉脸上迅速涌起一阵潮热——羞耻感,母亲的羞耻感,外婆的羞耻感。一代代的女人,带着羞耻感被埋葬。科琳把它作为自己的东西继承了下来。

"这不关你的事。"

布丽吉特在墙边坐下,平静地凝视着变化着的光线。

"我知道你的秘密。"科琳说,她的声音里喷洒着突如其来的陈年的恶意,"我知道你藏在这里的东西,还有所有其他的东西。"

布丽吉特微微转过身,眨了眨眼睛:"真的?"她拍了拍矮墙。科琳战战兢兢地走近了一些,观察了一下周围的气氛,然后坐了下来。

"舒服些了?"

科琳点了点头,感觉一阵跳动堵在她喉咙里。布丽吉特几乎是有些害羞地把手伸过来,触摸着她的衣袖:"你觉得我真的会做什么伤害你的事情吗?"

"我希望不会。"

"我不会,我也不能。"布丽吉特拿出一把锃亮的金色大口径短筒手枪,把它放在她俩之间,"他不尊重你,科琳,也不尊重你们的婚姻。所以我把他解决掉了。"

科琳的目光从这把突然成为她生命中的一部分、小巧又精致的手枪上移开,眨了眨眼睛,落下一颗热泪:"什么时候?"

"昨天,在皇家旅馆。你和康纳会拿到一笔钱,开始新的生活。"

"我告诉过波比,他是不是……"

"去他的波比。"布丽吉特舒展眉头,露出笑容,"我只需要你为我做一件事情,然后一切就结束了。你可以吗?"

"我可以。"科琳的回答飘了出来,进入一片无声的空间,变成了悬挂着的树叶间的一千个窃窃私语。

"很好。"布丽吉特的左手上拿着一个小螺旋本。她撕下一页,发出干涩的撕纸声。科琳感觉自己退缩了。

"你犯过一些错误,科琳。你嫁给了他,还在牛顿买了房子。你以为自己可以让一切运转起来。"

"我骗了我自己,我骗了每个人,这我知道。"

"给我写一句话。不需要细节,不需要特殊说明。只需要写一句话,说你感到很抱歉。"

"你没开玩笑?"

"我知道这要求听上去很疯狂,特别是来自我。但从某些角度来看,我认为它能够帮助我们既往不咎、冰释前嫌。给我们一个理由来信任彼此。"

"就这样?"

布丽吉特点了点头。科琳从她手里拿过纸,潦草地写下几行字,然后签了个名。

我为自己造成的痛苦和伤害感到抱歉。我能做的只是希望大家能够原谅我,如同我原谅他们。

科琳·卡森

"这样可以了吗?"

"完美。"布丽吉特把纸叠成一个正方形,放入口袋,然后站了起来。科琳现在朝她靠近了一些。从下方涌来的早晨的空气,刺痛了她手臂上的皮肤，给她的骨头带来一阵舒服的刺激。

"我记得我们小时候经常来这里，"科琳低声说，"这里永远是一个专属于你的地方，永远，永远，永远。"

布丽吉特伸出手臂。科琳把手塞到布丽吉特的手臂下面，脑袋靠在她姐姐的肩膀上。布丽吉特的手滑到她妹妹的后腰上。那一刻，她需要做的只是轻轻一推。科琳像个马戏团的小丑一样摇晃起来。她化过妆的眼睛转动着，鲜红的嘴唇一张一合，手指在空中乱抓。布丽吉特伸手扶住科琳，把她自己刚写的纸条塞进她的一个大口袋里，并把锃亮的手枪塞进另一个口袋，然后又推了她一把。

科琳听见自己的鞋跟摩擦墙头发出的刺耳的声音，接着便从屋顶上摔了下来，沿着光滑的楼房墙壁一路下坠。下坠的过程变成了永恒——她在各种层次的光与影之间无声地落下，往上看见她的姐姐正低头凝视着她，仿佛凝视一个深邃的矿井的底部。科琳记得的最后一个画面，是姐姐脸上的假笑和弯曲着表示再见的手指。之后，她的后脑勺猛地撞上了地面，电影画面切换成了漆黑一片。科琳的尸体躺在冰凉的阴影里，躲开了这个她不再居住的世界。她终于得到了安息。

第四十六章

钱普尼大街8号的客厅好像一个舞台。灯光亮起，观众匆匆涌入，最后一幕即将上演。凯文喊着布丽吉特的名字，但只有蟋蟀跟他打招呼。他并没有感到诧异，径直前往厨房。厨房看上去比以前小了一些，也许所有的房间都会随着一次次的拜访变得越来越小。总有一天，凯文来到这里，打开大门就能看到后院，整个公寓只剩下一个变了形的门槛，承载着时光和回忆。

厨房的水槽里放着一些碟子。水龙头正在滴水，凯文把它拧紧。水槽旁边有三个抽屉，中间那个一直用来放餐具。凯文打开抽屉，发现里面有一些叉子、餐刀和勺子，它们横七竖八地堆在一个托盘里。他把那些餐刀挑了出来，一把一把慢慢地检查起来。检查完后，他没有把它们放回抽屉，而是留在了桌子上。某处传来一阵女人的尖叫声，接着一扇门被"砰"的一声关上了。凯文往外走到后门廊上，那里空无一人，只有一只黄色的公猫用它的一只目光锐利的眼睛朝他眨了眨。凯文有一种感觉：刚才公寓里有什么人就在他的身边，而他没有发现。于是他又走回了公寓。他的左边是走廊，走廊的尽头曾经是他父母的房间。在他还是个孩子的时候，那里一直是他的禁地——不需要谁来告诉他，凯文就是知道这一点。他推开房门，走了进去。衣服挂在衣橱里的衣架上，好像一个个死去的士兵。他在床上坐下，旁边放着他父亲的一件大衣。他把大拇指沿着粗糙的缝线移动着，然后把脸埋进了织布里。大衣闻上去有一股发霉的汗液和恐惧的味道。凯文对它又爱又恨。远处传来木头被按压发出的嘎吱声。他抬头看着清晨的阳光远远地照在房间另一头的墙壁上，想起父亲唯一给过他的一次安慰。那天，凯文在钱普尼大街路面较宽的一头玩街头曲棍球。球门从两只鞋子作为标记，用两根曲棍球杆隔开。有人在路边放了一台收音机，播放着大门乐队的歌曲《点燃我的火》。他以前从没见过他的外婆走在钱普尼大街。他记得自己看到了她厚重的黑色鞋子，这令他感觉喉咙干涩。她尽可能委婉地告诉凯文，一点儿一点儿，用讲述那一类事情时通常采用的方式：他的狗——一只名叫"杰格"的六个月大的小狗——刚刚断了气。一辆运垃圾的卡车压到了小狗，把它的脊柱碾成了三段。凯文扔下曲棍球杆，脱了缰似的跑了起来。他疯狂地迈着双腿，不停地晃动着手臂，想比死神快一步跑到山脚。半新不旧的纱门重重地撞上木头门框的声音宣告了凯文的到来。一些人围在厨房的桌子旁，用意味深长的眼神盯着他看。他们正在低声讨论小狗杰格的流血和骨折，以及他们把它放下时，它对他们流露的眼神。"这也是一种福气。"有人摆出一种充满优越感的、无所不知的姿态对他说。这种人在他们的一生中，除了自己，没有爱过其他任何人或物。凯文很想用拳头砸碎玻璃窗，但他不会那样做，这一点每个人都知道。他跑进妹妹们的房间，扑倒在床上。房门"嘎吱"一声打开了，一只手轻拂着他的脖子。父亲的声音突然在他耳边响起："我们会再买一只小狗。"凯文没有转身，没有说一句话。那年他十岁，他不会立即交出自己，即使父亲非常渴望他这样做。所以他一直听着，直到父亲的脚步声渐渐消失。他们再也没买过另一只小狗,再也没有人提起这件事。他们活着,把他们锁在一起的没有别的,只有血缘。事到如今,依然如此。

凯文把大衣挂回衣架上。一个扁平盒子的边缘在床底下露了出来。他把盒子拉出来,里面有一堆磨损的棒球,是科琳收集的。每个球都涂了清漆作为保护。父亲还用黑色的笔在上面写了花体字母,注明了比赛的日期、球队和比分。凯文拿起一个球。

1975 年 9 月 12 日
城市杯半决赛
布莱顿 3
查尔斯镇 2

他把球放进盒子里,把盒子推回床底下,然后离开房间,关上了身后的门。

凯文拿出来的那些餐刀依然在桌子上排成一排。他把它们整整齐齐地放进装餐具的抽屉里,然后回到厨房的餐桌旁,坐了下来,透过水槽上方的一个小窗户凝视着外面。小时候,每个宁静的清晨,他就坐在这个位置上,和母亲待在一起。那段时间里,整幢房屋都是属于他俩的。凯文吃着早饭,母亲在房间里走来走去。他们的头顶上方有一个时钟,提醒他们出门上学的时间到了。凯文吃早饭的时候,会阅读一切放在他面前的东西——书籍、报纸、谷物盒子背面印刷的文字等一切能喂养他心灵的东西。当没有什么可以拿来读的时候,他会去记忆这个房间的每一样东西——天花板的一边有十六块瓷砖,另一边有二十四块;冰箱门上有六个磁铁,有一段时间里只有五个;炉子上的水壶,顶部镀了银,底部被烧焦了,包裹着壶柄的黑色把手软化了;第一个橱门里有几盒可可泡芙、奶酪意面、通心粉、酱料和花生酱;第二个橱门里有奥利奥饼干、罗娜·杜恩茶饼、几罐金宝汤①、金枪鱼和辣味火腿;第三个橱门里有一些盘子、玻璃杯和咖啡杯;面包保鲜盒旁边是烤面包机,再旁边有四个容器,是上面印着蓝色花朵的黄色铁罐。凯文巡视的目光停了下来——桌子上只有三个容器,原本放着第四个容器的地方只剩下一束光线照射在墙上。他走到容器边,逐个拿起来检查了一遍。容器里面分别装着砂糖、一包面粉和一盒盐。他拉来一把椅子,开始搜查上方的几个柜子。那个不见了的容器被放在冰箱上方一个黑暗的小洞里。凯文把它拿到桌子上。他的嘴巴像泥土一样干燥,他的心像小鸟一样在他的喉咙口扑腾。第四个容器里面有一个硬邦邦的东西,用一块白色的手帕包裹着。凯文把东西拿了出来,放在桌子上,但没有打开手帕。后门廊上传来一阵脚步声,于是他抬头看了看。他有些期待能够看见他的外婆站在门口。

"我来得不是时候?"勒尼汉神父说。

---

①指 Campbell,美国著名罐头浓汤品牌。

第四十七章

波士顿大学的船坞位于查尔斯河拐弯处的一片土地上。查尔斯河在那里拐上最后一个弯,然后流向港口,汇入浩瀚无垠的大海。波比把丰田车停在一小片空地上,关掉引擎。他们看着探照灯的光芒在城市的天际线上忽明忽暗。

波比先开口说话:"我有时候会来这里。"

"这里很美。"她的声音听上去有点儿紧张,好像这是她的第一次约会。波比朝对面看了一眼。布丽吉特摸着自己的左耳,低下了头,一副害羞、娴静得不可思议的样子。

"我们出去走一会儿吧。"

"你觉得那是个好主意?"

"为什么不呢?"

他的反问令她的容貌明亮了起来,于是她打开了门。他让她带路,自己走在她的右边,右手上始终拿着那个运动包。

"你有没有去过河面上?"波比问。

布丽吉特摇了摇头。

"风景从这里看很美,但在船上看会另有一番情趣。有时候,我会一直往城市的方向划船,看着太阳挂在建筑顶上……"

"感觉整个世界都是你的。"

"一点儿没错。"

"我一直不知道你有一条船。"

"只是一条小船。"波比举起一只手挡住刺眼的阳光,他咧嘴笑着说,"你想坐船吗?"

波比认识几个管理船坞的大学生,其中一个允许他把船放在主船坞旁边的一个小棚间里。作为回报,波比替这个学生以及他的大学同学看管这里。他"啪"的一声打开小棚间的门锁,把船拖到潮湿的草地上。船里放着船桨,还有两张木头长凳,底下塞着四件救生衣。船的边缘围着金属栏杆,两头各有一个船桨架。

河岸边的河水看上去是深色的。波比把小船推下斜坡。船开始往外漂浮时,波比往前走了几步,拿起一根船桨,把船拉近了一些,直到它紧贴着河岸。布丽吉特在其中一张长凳上坐下。波比把木头桨叶插进柔软的淤泥里,然后推了一把。一下,两下,水流开始起作用了。波比在布丽吉特的对面坐下,把船桨嵌入锁扣,然后开始划桨。划了五六下之后,他们到达了河中央。水流变缓,周围的风也静止了下来。

"你的船员们外出了?"

波比摇了摇头:"我们就这样漂着,你不介意吧?"

"我喜欢漂着。"

其中一张长凳的下面有一根绳子,系在一个小船锚上。波比把绳子另一头扔过船舷,拉了拉绳子,确认它被牢牢地系住了。布丽吉特转过脸去不看他。一阵微风吹过,河面上荡起层层水波。水波推了一下船,然后又消失不见了。布丽吉特摸了摸自己被微风拂过的脖子。

"你跟凯文谈过了吗?"

她的脑袋好像在一个光滑的支点上转了过来:"我为什么要跟他谈?你带我来这里就是为了问这个?"

"我带你来这里看风景。"

她低下眼睛,看着波比脚边的运动包:"包里装的是什么,波比?"

他打开运动包,从里面拿出一个笔记本。她面无表情。

"这是我在钱普尼的屋顶上找到的,"他说,"里面写的我都读过了。"

"很好。"

波比用手指摩挲着笔记本封面上用古英语字体写着的"圣安德鲁文法学校"几个字:"你几岁开始想要干那件事情的?大概十岁,还是十二岁?"

"你是指我第一次干那种事情?"

"我是指你外婆的那件事情。"

布丽吉特把笔记本拿在手里,快速地浏览了几页,然后合上了它。她的声音听上去好像轮胎在潮湿的沙砾上摩擦:"那个时间段她本来应该在工作。可是,这个老女人居然悄悄走到我的后面,抓住了我的手腕。我只是想偷一些她的钱,但我手上拿着刀,于是我就用刀捅了她。然后我听到那个黑鬼跑上了楼梯。"她突然张开了手指,"一切就这样发生了,'砰砰砰'。他看了一眼,抓走了尽可能多的钱,然后拼命逃跑了。我不得不割伤自己,我知道该怎么做这种事情。然后,我把刀藏了起来,等着他们发现我。"

"那一次你尝到了杀人的滋味?"

"这个从来没有困扰过我。我稍微长大一点儿后,就开始想要钱。"

"然后你就开始偷我的钱？"

"我没有偷任何东西。我帮你做大了生意，那是我们的生意。一开始，我们在这个街区里卖毒品，都是一些微不足道的生意。后来，我们的生意扩张到了郊区。从那时起，事情开始变得疯狂起来。我们现在很有钱，波比，我和你，非常非常有钱。"

他举起笔记本："我数了一下，你至少杀了五个人，包括罗茜·塔伦特和桑德拉·帕特森。"

"都是为了生意。"

"克里希·麦克纳布呢？"

"那个臭婊子，她以为她可以逼迫我，就因为她曾经和我一起上学。"

"斯莱特里呢？"

"更是个人渣。他发现我们在做毒品生意，认为你也在参与。他正要去报警的时候，我问他要不要来一根大麻烟。"

"那么，费恩又对你干了什么呢？"波比第一次在她扁平的脸上看到了一丝惊讶的神色。

"你怎么知道是我干的？"

波比想着他的童年伙伴，在墨西哥湾的某个地方从船上扔出一根绳子。他一直告诉费恩自己会去看望他，但每一次都在说谎。"我昨晚路过他家，一定是刚好错过了你。"

"别伤心。他出卖你就像出卖狗屎一样。他已经准备好了，一旦你逃出城，就把你的赌博生意拿过来。不过，现在你可以留下来了。"

"那是怎么回事？"

"我对凯文的女朋友说，费恩可能正在贩毒。他们会在他的公寓里找到和所有那些谋杀案有关的证据。"

"什么样的证据?"

"我没有把所有东西都交给他们,但那些就已经足够了——衣物、驾照,还有杀死乔丹的手枪。"

"是费恩告诉了你埋枪的地方吗?"

"当然,是他告诉了我。"她停顿了一下,好像要吃下最后一口馅饼似的缓慢地说出了她的最后一条信息,"我也知道关于科琳的事情。"

波比感到心里流下了泪:"科琳和这件事情没有关系!"

"两天前,她找到了那把38口径的手枪,然后把它带到了你——她的白马王子——的公寓。她想要解决和她丈夫之间的所有问题。我想知道你会怎么做。昨天,我看见你把枪放回了屋顶。那一刻,我确定你已经开始行动了。"

波比凝视着河面上的浮油。远处是布莱顿、波士顿,甚至全世界,一点点歪斜地围绕着中轴安静地旋转着。

"那么,接下来呢?"

布丽吉特的眼睛闪烁着苍白的绿色光芒,她对接下来的事情充满着热情。

第四十八章

凯文看着在汽车前排座位上摊开着的手帕以及原本被裹在手帕里面的刀。刀柄是黑色的,刀尖有一个很小的缺口,形成一个完美的"V"字形。刀的旁边放着凯文的手机,正在和丽萨通话中。

"你确定吗?"

"半英寸的刀刃,刀尖有一个很小的缺口,刀柄附近有血迹。就是这把刀。"凯文在兵田路上左转,行驶过桥,到达剑桥那边的河岸,"实际上只有两个人可能会杀害我外婆,一个是柯蒂斯·乔丹。"他的汽车颠簸着开上了纪念路,继续往南驶去。前方,波士顿大学的船坞在树林中若隐若现。

"凯文?"

"另一个是我妹妹。我在我们长大的房子里找到了这把刀。"

"你外婆被杀害的时候,她多大?十一或者十二岁?"

"你给我的档案里有一份当时拍摄了她的伤口的X光报告。我看过了,那一小片金属嵌在她的肋骨里,看上去就像一个极小的'V'。然后我在我们家的房屋里找到了那把刀。现在看来,还能是怎样一回事?"

"她捅伤了自己?"

"对。她杀了我外婆,捅伤了自己,把一切嫁祸给正巧进来的乔丹,之后一直藏着这把刀。"

"直到她决定再次行凶。"电话里一阵停顿,"但是,那把枪该怎么解释呢?"

"波比告诉过我,布丽吉特喜欢收集东西,尤其喜欢收集人。她不知怎么发现了埋枪的地方。也许是费恩告诉她的,我不知道。她把枪挖了出来,用它犯下了帕特森和塔伦特的案子。要不是这些案子变成了社会热点,她会把枪扔在随便什么地方。她影响警方对案件的调查,把它引往对自己有利的方向。正是她的能力和知识,让她能够随心所欲地毁掉别人的生命。布丽吉特喜欢那样。"

"你在哪里,凯文?"

"她把那些证据放在了费恩的家里,然后牵着你的鼻子,把你引到了那里。"

"你在哪里?"

凯文在弯道上放慢了车速,船坞出现在他眼前。

"在我挂断电话之前,我还有一个问题想问你。"

"别挂……"

"闭嘴,给我听着。你有布丽吉特的X光片,你知道它说明了什么,你知道我妹妹就是凶手。"

"我不知道。"

"作为该死的哈佛大学法学院《法学评论》的学生编辑、本市最好的公诉人,你是不会漏掉那张X光片的。你想让我自己发现真相,你希望我去跟踪调查她。"

凯文等待着。汽车窗外,在一排涂了油漆的树后面,出现了一条漂浮在河面上的小船。船上有两个深色的人影。

"她是你的妹妹,凯文。是的,我是想让你自己去发现真相,我是想让你自己作决定。"

"决定什么,丽萨?"

"我不知道。也许跟她谈谈，看看还有没有其他人需要保护。我以为你会来找我。"

"如果我来找你，你就能逮捕她。如果我没来找你，不管怎样，你也会逮捕她，让你那个把波比扯到案子里来的老板看上去像个傻瓜。无论哪种结局，丽萨·米格诺都赢了，你会成为我们这里新的地区检察官。"

"我没想这样。"

"去你的没想这样。我得走了。"凯文挂掉了电话，下了车，开始往河岸跑去。他刚跑到一半，船上的两个身影一起掉进了河里。

在河里划了十几下水之后，凯文已经快到他们落水的地方了。他的皮肤感觉河水油腻腻的。船比在岸上看到的时候大一些，颜色也深一些。凯文在水下游了最后几码距离，在船头探出了脑袋，一只手抓住船舷，爬上了船。这时世界疯狂地倾斜着。凯文首先看到了笔记本。笔记本上用古英语字体写着"圣安德鲁文法学校"，还有布丽吉特用斜草体写的自己的名字。他又注意到了船尾的铁锚绳子被紧紧地拉扯着，越过船舷，落进水里。凯文低头朝水里望去，看到他妹妹也回望着他。她位于水面下一两英尺的地方，绳子扎在她的脖子上。她睁大着乳白色的双眼，在寒冷中死去。凯文一头扎进河里。直到潜到水下，他才看到另一个身体正旋转着沉向河底。波比脸朝下漂浮着，头发像光晕一样在脑袋四周散开。凯文伸出手臂，勾住波比的腋下，把他拉出水面。他没有足够的力气把波比拉上船，所以在他的腰间绑了一件救生衣，然后把他拖上了岸。在河岸上，凯文压了压波比的胸口，让他的脑袋朝后仰起，又给他做了人工呼吸。几秒钟后，波比开始咳嗽，把黑色的河水咳了出来，然后背过身，呕吐了起来。凯文蹲坐在他朋友的身边，拍着他的背，感到手足无措。波比终于转过身来，耷拉着脑袋，坐在不断有河水冲上来的岸边。

"你是从哪里冒出来的？"他的声音好像粗糙的碎片，又沙又哑。

"勒尼汉神父把你的计划告诉了我。他说你在忏悔时对他坦白了一切。"

"她都记在笔记本上了，凯文，从杀害了你外婆那时候起。"

"我知道。我找到了她用过的刀。"他们的头顶上方传来一阵警笛呼啸的声音。

"她把来龙去脉都告诉了我，但是我没有听。我只是在等机会把绳子套上她的脖子，然后把她推下去。我一定会被审判的，这次逃不掉了。"

波比是对的。他永远都是对的，错的也是对的。

"没有人会怪你的，波比。"

"柯蒂斯·乔丹呢？"

"那是很久以前的事了，而且你这么做是为了救我。"

"我这么做是因为我当时认为他罪有应得。我认为自己是唯一足够聪明、唯一能够代替法官进行审判的人。我还认为自己是唯一足够坚强的人。但是我错了。"

几辆警车正在四处搜查，警笛声此起彼伏。

"我们会找一个律师。"

"不，我们不会。"波比苍白的眼睛闪了一下。凯文想起了那只长着一张瘦长脸的杂种狗，它从麻布袋里伸出脑袋，最后一次嗅了嗅河面上的阳光和微风。

"你回到这里来埋葬过去，凯文，但问题是，你得先杀了它。"

"我不确定我能否完成。"

"来吧,我们一起来完成。"波比站了起来,用手刮掉他衣服上的泥土,然后蹚进了河里。凯文跟在他后面,他的双腿划出涟漪,形成几个完美的同心圆,然后消失在黑暗里。他们走到离河岸足够远的地方时,波比抓住凯文的手臂,把他拉近些。他气喘吁吁地说:"我会反抗、会斗争,我会想要抬头。你向下按着我的头,直到我憋不住气。事情办完时你会觉察到的。"

"波比。"凯文的声音飘进了深渊,被一个悄然无声的地方吸了进去。

"一旦我憋不住气了,我就什么都不剩了。"

"好的。"

波比拍了拍凯文的肩膀,然后跪了下来。河水没过了他的胸口。他的嘴唇无声地蠕动着,他弄湿了手指,为自己祈祷。

尘归尘,土归土。你本是尘土,必归于尘土。

他最后一次看了看天空,空中有几抹完美的橙色和红色的线条。这时太阳终于摆脱了城市的束缚,升上了高空。波比舔了舔嘴唇,轻轻地吸了一口气,然后一头扎入水里。凯文抓着他的后颈,按住他,不让他动。一开始,波比一动不动。但后来就像他自己说的那样,他开始挣扎。他第一次弓起背,接着是第二次。凯文无声地尖叫着,波比乱扑腾了几下,最后,他的生命只剩下了一串泡沫。凯文望着这些泡沫破灭消失,此刻的世界像个疯狂的陀螺般旋转着,一个人的生命在他的手指下消失殆尽。他是他的朋友,他的兄弟,他的家人。凯文把波比拉出黑暗的河水,波比已经吸入了很多河水。凯文拥抱他,亲吻他,咒骂他。他们曾经咒骂彼此,咒骂生活、死亡和他们分享的一切。凯文把波比拖上了岸，把他放在岸边。波比看上去更像是死了，但其实他依然活着。接着，凯文对波比讲了自己的计划——与二十六年前同样的计划，只是这一次，波比是那个需要被保护的人，而凯文已经准备着尽自己的义务。

五分钟后，凯文又回到了河里，像鳗鱼一样向小船游去。他冻得牙齿直发抖。在船头的掩护下，他快速解开了拴着他妹妹的铁锚绳子，看着她的尸体旋转着向下沉去，直到消失在视野里。凯文在船尾浮上水面，擦干眼睛，把一只手臂围绕在船舷上。计划很简单：波比会失踪，凯文会和丽萨做个交易——凯义会把那把刀交给她，只要她能放过波比和柯蒂斯·乔丹的案子。凯文很了解他的前女友，她一定会抓住机会清理帕特森的案子。在她的世界里，那才是真正重要的事情。凯文警惕地看了看远处的河岸，勉强辨别出波比正站在那里。他向波比挥手示意自己的汽车就在旁边，但波比没有动。在波士顿那边的河岸上，一辆两吨重的棕色汽车从一个收费出口离开了斯托罗路，驶往波士顿大学桥底下的一个小型停车场。"棒棒糖"穿着一件长大衣，从车里走了出来，手上拿着一件看似步枪的东西。凯文再次潜入水中，在河岸边一片杂草的掩护下浮出水面。杀手穿过一条河边小路，潜伏在离凯文大约二十英尺远的一片矮树丛里，把背抵住一棵小松树的树干，然后举起步枪，脸颊顶着木头枪柄，一只眼睛对着瞄准镜。在河的对岸，波比跪了下来，张开手臂，仰着脸对着天空。凯文又爬近了一些，直到他能够看清"棒棒糖"的手表秒针和他胡子上的蓝色疤痕。"棒棒糖"把手指移到扳机上，但接着停了下来。他离开瞄准镜，眯起眼睛看着他的目标。职业杀手犹豫了一下——这是一个有其理由的动作，一块有其命运的多米诺骨牌，一个有其报应的罪行。凯文拉开夹克口袋，拿出金柄手枪。枪握在手里感觉冰冷、坚硬和潮湿。他晃了一下枪，然后把枪举在眼前。河水拍打着河岸上柔软的淤泥，发出"啪啪"的响声。这时凯文换了一个更好的角度拿枪。杀手又把步枪放下了一点儿，手指靠在金属保护器上。凯文注意观察着他下巴的姿态以及他把步枪又放下一点儿时弯曲的手臂。杀手在研究他的猎物，与此同时，凯文也在研究杀手。一旦凯文扣动扳机，这个人便不复存在。世界上其他事物依然会维持原样，除了凯文。而对凯文而言，一切都将发生变化，那就是波比曾经提起过的变化，只有波比了解这一点。凯文用两只手握稳了枪，感觉心脏重重地拍打着河岸，直到两者合二为一。一只鸟在头顶上尖叫，掠过河面，飞入树林。凯文连续扣动了两次扳机。"棒棒糖"惊讶地哼唧了一声，步枪从他的手上滑落。他厚重的身躯从河岸往下滑了几英尺后停了下来，目光沿着枪管的线条凝视着凯文，他的舌头上栖息着"永恒"，再也没有一个词能逃出他的嘴唇。凯文又开了两枪，然后爬了起来，慢慢地穿过草丛，来到尸体躺着的地方，把他拖进河里。任何东西一旦被放入河里，处理起来就容易多了。"棒棒糖"身上流出一片深红色的血，他瞪着天空，眼神空洞。凯文把他带往船的附近。半路上，凯文让尸体略微下沉，看着杀手的嘴里灌满了河水，用脚把他蹬了下去，接着又扔下了那把金柄手枪。杀手和手枪一起跟着凯文的妹妹沉入了河底。当他游到船的旁边时，波比已经走了。从闪烁的刹车灯来判断，他已经驶上了纪念路。凯文爬上船舷，坐在木头长凳上，听着警笛呼啸而来，看着一排排蓝色的警灯闪烁着抵达了河的两岸。他把船桨嵌入船桨架的沟槽里，开始划桨，又慢又稳地向河岸划去。

第四十九章

凯文坐在书桌旁。窗户打开着，一阵清新的微风吹上山坡，穿过公寓的房间。这地方空荡荡的，墙已经被刮干净了，所有的东西都已经装箱，即将运往它们的新家。唯一剩下的是他整理好放在脚边的一个蓝白色的耐克运动包以及一个联邦快递的包裹。他打开包裹，拿出萨福克郡地区检察官寄来的一个牛皮纸信封。在信封正面，丽萨用漂亮的草体字写了凯文的名字。那种草体字里饱含着光明的前途——她会有光明的前途，只要每个人都愿意配合她。交接弗兰克·德马提奥的工作用了丽萨整整三周的时间。在一场仓促的新闻发布会上，他宣布自己即将退休，会把更多的时间用于陪伴家人。作为对他主动退位的报答，丽萨私下答应，如果他组队参加联邦总检察官的竞选，她会给予他支持。当然，到时候她很可能成为他的竞争对手。不过他现在好像一把简陋的小刀，还得等上一段日子才可能设法得到共和党的全力支持。目前，依然是丽萨说了算。

凯文撕下信封上的封条，这时他的手机铃声响了，丽萨的名字在屏幕上的来电者一栏里闪烁着。凯文拿出厚厚的一捆资料，挑选着看了起来。第一页是关于钱和生意的报告。他们在四个银行账户里找到了将近两百万美元，所有的钱都能追溯到布丽吉特的头上。在出租车公司和位于牙买加平原的公寓大楼的地下室里，他们又找到了二十五万美元和一些货品——可卡因、海洛因和大麻提炼的麻药。

凯文翻到第二页，这是一份被布丽吉特夺去性命的遇害者名单。

费恩·麦克德莫特：与她最亲近的一个人。她在即将败露时杀害了他，让他做替罪羔羊。

罗茜·塔伦特：被詹姆斯·哈珀派去调查是谁插手了费德里斯的毒品买卖。她问了一些不该问的问题，结果为此付出了生命的代价。哈珀最终被误判为杀害罗茜的凶手——这并不在布丽吉特的计划内，但依然极其讽刺。

桑德拉·帕特森：一位关键人物。丽萨的办公室从布丽吉特的一个普通情报员那里得到一份口供。那个情报员是波士顿大学的学生，他对桑德拉有一种不祥的感觉，于是向犯罪组织报告了他的怀疑。地区检察官猜测，就在那个时候，布丽吉特注意到了警察的潜入。

克里希·麦克纳布：布丽吉特的同年级同学，也是她的一个老客户。克里希对她的同学做了不该做的评价？她太过依赖他们之间的老同学关系？归根结底，都无关紧要，反正最后她死了。

谢默斯·斯莱特里：一个爱尔兰人，事实证明他的胃口远远超出了他的能力。

斯科特和科琳·卡森：皇家旅馆的一个经理认出了布丽吉特就是那个敲过斯科特房门的女人。斯科特为布丽吉特推销毒品，所以他们之间有一些问题需要解决。关于科琳，丽萨认为布丽吉特想诬陷她为杀害斯科特的凶手，但她想不通的是科琳为什么会写下他们在她口袋发现的那张纸条。凯文也许可以帮忙解释这一点。他的小妹妹始终认为得到布丽吉特的批准比什么都重要，她愿意为此做任何事情，直到布丽吉特把她推下屋顶的那一刻。

凯文的手机响了一次，然后又响了两次、三次、四次。凯文翻出包裹里的最后一个文件——钉在一起的一摞纸，外面裹着一张透明的塑料封面。那是布丽吉特的验尸报告。

第二页的最上方写着官方认定的死因：自杀。没有提到布丽吉特脖子上留下的绳子的勒痕，也没有提到"棒棒糖"的尸体——这具尸体在夜深人静时被一艘警船从水里捞了出来。当时媒体摄像都已经离开了，河水已经变成了深色。没有提到波比，也没有提到关于柯蒂斯·乔丹的任何事情——就好像某些会计师做的事情，把账面上的数字轧平了，完美收场了。对新的地区检察官来说，这样比较好；对周围所有人来说，也是这样比较好。

凯文把资料都收拢起来，放回联邦快递的信封里。信封放在桌子上，在他的两手之间。手机铃声停了下来。公寓的楼下，阿芙·史丹利正在一辆准备开往芝加哥的汽车里耐心地等待着他。凯文拉开运动包的拉链，把联邦快递的包裹塞了进去。运动包的底部有一打笔记本，是布丽吉特用来记录她的犯罪细节的，其中包括她如何杀害了自己的外婆，也就是凯文的外婆。在运动包的最底部，有一把上了膛的38口径手枪，枪柄上裹着灰色的胶带。这是来自凯文前女友——一个有着迷死人的微笑的女人——的最后一件礼物。她绝对不想要这个，她大概认为凯文是这个世界上最能妥善保管它的人。凯文拿出枪，双手举起它。它是第一个字母，也是最后一个字母；是开始，也是结束。对凯文而言，它们始终如出一辙。他把枪塞回运动包里，关上窗户，然后离开了公寓。他的手机铃声又响了一会儿才停。最后，周围安静了下来。

致 谢

如果我的骨头是芝加哥的,我的血液就是波士顿的,更具体地说,是布莱顿的。那是我成长的地方,是我大部分的家人依然称之为"家"的地方,就好像每个人童年时居住的街区,它是我生命中必不可少的一部分。回到那个地方并把我的小说的背景设定在那个地方,对我而言是一件非常有趣的事情。我希望你也能喜欢这本小说。

谢谢我的编辑——扎克·瓦格曼,他从一开始就对这本书充满信心,实现了它蕴含的一切可能。谢谢他的老板——丹·哈尔朋,以及所有在艾可出版社工作的朋友们!是你们的热情和努力让这本书最终能够到达读者的手里。也谢谢我的代理人——戴维·格纳特,以及我最早的两位读者——芝加哥哥伦比亚学院的加内特·契尔伯格·可汗和帕特里克·史维奥克拉。谢谢我所有居住在波士顿、芝加哥以及两地之间的家人和朋友。

最后,谢谢我的太太玛丽·弗朗西斯给予我的无限耐心和支持。我爱你。